KB261017

한국어 복합종결어미

허 경 행

박문사

머리말

이 책은 한국어 종결어미 중에서 복합종결어미를 연구한 연구서이다. 한국어의 특징은 어미와 조사가 발달하였다는 것이다. 이렇게 다양한 어미와 조사는 한국인의 언어생활을 풍부하고 다양하게 해 줄 뿐만 아니라 섬세한 감정을 표현하게 해 주는 역할을 한다. 특히, 한국어의 어미는 매우 복잡하고 다양하게 나타난다. 현대 한국어의 두드러진 특징 중의 하나는 종결어미의 소멸과 생성이라고 할 수 있는데 이러한 어미체계의 변화 양상을 제일 잘 보여주는 문법 형태소가 바로 복합종결어미라고 할 수 있다.

이 책은 필자의 박사학위 논문인 '한국어 복합종결어미 연구'를 수정·보완한 것으로 복합종결어미의 개념과 판별기준, 유형, 의미기능 그리고 통사적인 특징과 함께 복합종결어미의 전반적인 현상에 대한 내용을 다루고 있다. 이 책의 제2장은 복합종결어미의 개념과 판별기준에 대해서 다루고 있고, 제3장은 복합종결어미의 유형에 대해서 다루고 있으며, 제4장은 복합종결어미의 의미기능에 대해서 다루고 있고, 제5장은 복합종결어미의 통사적인 특징을 다루고 있다. 제6장에서는 복합종결어미화에 대해 다루었으며, 마지막에 복합종결어미 사전을 부록으로 처리하였다. 박사학위 논문의 체계에서 크게 달라진 부분은 복

합종결어미 체계에서 선어말어미부분을 제외하였다는 것이며 더 보완
된 부분은 간략하게나마 복합종결어미 사전을 덧붙였다는 것이다.

이 책은 한국어 문법에 대해 관심을 가지고 있거나 국어학을 전공으
로 하는 대학생이나 대학원생을 대상으로 하고 있다. 그리고 외국어로
서 한국어를 공부하는 외국인 학습자들이 복합종결어미의 의미를 파악
하는 데에도 도움이 되리라 생각한다.

막상 박사학위 논문이 책으로 나온다고 하니 만감이 교차한다. 필자
가 박사학위 논문을 완성하고 또 '한국어복합종결어미'라는 이름으로
책을 내기까지는 많은 분들의 도움이 있었다. 석일균 선생님, 박기덕
선생님, 남성우 선생님께서는 대학교 학부 시절부터 도움을 주셨다.
석일균 선생님께서는 고교시절부터 국어학에 관심이 많았던 필자를
대학원의 길로, 그리고 학문의 길로 들어서게 해 주셨다. 박기덕 선생
님은 국어학에 새로 눈을 뜨게 해 주셨고 석사학위 논문을 지도해 주셨
으며 박사학위 논문을 집필하는 동안 꼼꼼하게 지도해 주시고 많은
도움을 주셨다. 늘 든든한 버팀목이 되어 주시는 남성우 선생님은 필자
가 박사학위를 받을 수 있도록 독려해 주시고 학문의 장을 넓힐 수
있도록 일본에 갈 기회를 만들어 주셨으며 박사학위 논문을 책으로
출판하도록 길을 열어 주신 고마우신 분이다. 양민정 선생님, 허용 선
생님의 도움도 빼놓을 수가 없다. 양민정 선생님은 박사학위 논문을
집필하는 동안 따뜻하게 격려해 주셨다. 박사과정 중에 처음 만나 많은
영향을 주신 허용 선생님은 잠시 길을 잃고 방황하던 때에 길을 밝혀
주신 등불, 등대같이 고마우신 분이다. 그리고 박사학위 논문 심사를
하시면서 조언과 도움을 아끼지 않으신 김기혁 선생님, 장윤희 선생님

께도 이 자리를 통해 감사를 드린다.

또한 이름을 밝히지는 않았지만 필자가 방황하고 포기하려고 할 때마다 격려해 준 친구, 늘 응원해 주고 지켜 봐 준 선배님들, 늘 긴장하게 만들면서 신선한 자극이 되는 고마운 후배들에게도 깊은 감사를 드린다.

그리고 오늘날이 있게 해 주신 고마우신 부모님께서는 필자가 항상 자유롭게 생각하고 생활하도록 해 주시고 가고자 하는 길을 갈 수 있게 도와 주셨다. 부모님의 도움이 없이는 아무것도 할 수 없었음을 잘 알기에 늘 죄송스러운 마음과 고마운 마음뿐이다.

그리고 어려운 출판 사정에도 불구하고 이 저서의 출판을 흔쾌히 맡아 주신 박문사 윤석원 사장님께, 그리고 편집을 훌륭하고 멋지게 해주신 조성희 과장님께 감사의 뜻을 전한다.

마지막으로 나의 모든 것을 주관하시는 하나님께 모든 영광을 돌린다.

20010년 2월 저자 허경행 씀.

목 차
한국어 복합종결어미

제5장. 복합종결어미의 통사적 특성 / 167

표목차
한국어 복합종결어미

제1장.
복합종결어미 연구의 개관

한국어 복합종결어미

1 문제 제기와 연구의 목적

1.1. 문제 제기

한국어의 종결어미는 형태론적인 층위에서 낱말을 완성시키는 기능을 하며, 통사론적인 층위에서 문장을 종결시키는 기능과 높임의 등급을 결정지어 주는 기능을 하는 문법요소이다.[1] 하나의 문장이 완전한 문장이 되기 위해서는 종결어미가 존재하여야 한다. 그러나 다음 예문 (1)의 세 문장에는 종결어미가 나타나지 않지만 문장이 종결되었음을 알 수 있다.

(1) 가. 나는 학교에 가기 <u>싫은데</u>.
　　나. 나를 두고 혼자 <u>가다니</u>.
　　다. 이 영화는 재미없네. 다른 영화를 <u>볼걸</u>.

(1가)는 '-은데'로, (1나)는 '-다니'로, (1다)는 '-을걸'로 문장이 끝났다. (1)을 원래의 문장으로 재구성해보면 (2)와 같이 나타날 수 있다.

(2) 가. 나는 학교에 가기 <u>싫은데</u> 왜 가야 하는지 모르겠어.
　　나. 나를 두고 혼자 <u>가다니</u> 너무 하는군요.
　　다. 이 영화는 재미없네. 다른 영화를 <u>볼 것을</u> 괜히 이 영화를 봤어.

(1가)의 '-은데'는 (2가)에서처럼 연결어미로 쓰이다가 종결어미로 쓰이

---

[1] 고영근(1989)은 문체법과 존비법이 종결어미를 특징짓는 요건이라고 하였다.

게 된 것이고, (1나)의 '-다니' 역시 연결어미로 쓰이다가 종결어미로 쓰이게 된 것이다. (1다)의 '-을걸' 역시 종결어미가 아닌 문법형태가 종결어미로 쓰이게 된 것이다. 이와 같은 비종결어미의 종결어미화는 현대국어에서 흔히 나타나는 현상이다.[2]

종결어미가 아닌 형태소가 종결어미의 기능을 하는 것에는 (1가)나 (1나)와 같이 단순히 하나의 연결어미가 기능을 바꿔 종결어미로 쓰이는 경우가 있는가 하면 (2다)와 같이 두 개 이상의 형태소가 결합하여 하나의 종결어미로 쓰이는 경우도 있다. 이렇게 두 개 이상의 형태소가 결합하여 하나의 종결어미 역할을 하는 경우는 다음의 예문에서 확인할 수 있다.

(3) 가. 내가 노래를 얼마나 잘 <u>부른다고</u>.
　　나. 공부를 잘 <u>하기는</u>.
　　다. 나도 <u>먹는다니까</u>.

(3가)는 '부른다고'로 문장이 끝나고 있으므로 '-ㄴ다고'가 종결어미가 된다. (3나)는 '하기는'으로 문장이 끝나고 있으므로 '-기는'이 종결어미가 된다. (3다)에서는 '먹는다니까'로 문장이 끝나고 있으므로 '-는다니까'가 종결어미가 된다. (3)의 '-ㄴ다고', '-기는', '-는다니까'는 하나의 형태소로 이루어진 단일종결어미가 아니다. (3가)의 '-ㄴ다고'는 '-ㄴ다'와 '고'로 이루어진 것이고, (3나)의 '-기는'은 '-기'와 '는'으로 이루어진

---

2) 비종결어미의 종결어미화에 대한 연구로는 박진완(2000)과 김태엽(1998)이 대표적이다.

것이고, (3다)의 '-는다니까'는 '-는다'와 '-니까'로 이루어진 것이다.

두 개 이상의 형태소가 결합하여 이루어진 종결어미 중에는 종결어미와 종결어미가 결합하여 나타나는 경우도 있다.

(4) 가. 나는 잘 <u>지낸단다</u>.
　　나. 이곳은 매우 <u>춥답니다</u>.
　　다. 이 많은 음식을 언제 다 <u>준비한다지</u>?

(4가)의 '지낸단다'의 '-ㄴ단다'는 종결어미 '-ㄴ다'와 '-ㄴ다'로 이루어졌으며, (4나)의 '춥답니다'의 '-답니다'는 종결어미 '-다'와 '-ㅂ니다'로 이루어진 것이다. (4다)의 '준비한다지'의 '-ㄴ다지' 역시 종결어미 '-ㄴ다'와 '-지'가 결합하여 이루어진 것이다.

이러한 현상에서 알 수 있는 사실은 두 가지이다. 하나는 현대 한국어에서 종결어미가 아닌 다른 형태소-연결어미, 조사-가 종결기능을 하면서 쓰인다는 것이다. 다른 하나는 종결어미 중에는 두 개 이상의 형태소가 결합하여 이루어진 복합형태의 종결어미도 있다는 것이다.

이 책에서 관심을 가지는 부분은 크게 두 가지로 나눌 수 있다. 하나는 비종결어미의 종결어미화에 대한 것이다. 비종결어미의 종결어미화에 대해 최근에 논의가 시작되었으나 그것은 대부분 연결어미의 종결어미화에 국한된 것이다. 종결어미화는 연결어미뿐만 아니라 다양한 문법형태소들에서 나타나는 현상이므로 전면적인 고찰이 필요하다. 다른 하나는 복합형태의 종결어미에 대한 것이다. 복합형태의 종결어미가 존재한다는 사실은 알려져 왔지만 본격적으로는 연구가 된 적이 없었으므로 본격적인 연구가 필요하다.

1.2. 연구의 목적

한국어의 종결어미는 그 목록이 정해져 있는 것이 아니라 기존의 종결어미가 없어지기도 하고 새로운 종결어미가 만들어지기도 한다. 새로운 종결어미가 생성되는 방법에는 종결어미가 아닌 문법요소가 종결어미로 쓰이는 것과 둘 이상의 형태소가 결합하여 하나의 종결어미로 쓰이는 것이 있다. 이 책의 목적은 크게 다섯 가지로 나눌 수 있다.

첫째, 한국어의 종결어미에는 단일종결어미에 상대되는 개념으로 복합형태의 복합종결어미가 존재한다는 것을 밝히는 것이다.

다음의 예문을 보자.

(5) 가. 나는 내일도 <u>한가하다</u>.
　　나. 나는 <u>바쁘단다</u>.

(5가)의 '한가하다'와 (5나)의 '바쁘단다'의 '-다', '-단다'는 종결어미로 쓰이고 있다. (5가)의 '-다'는 하나의 형태소로 이루어져 있다. 그러나 (5나)의 '-단다'는 각각 '-다'와 '-ㄴ다'의 두 개의 형태소로 이루어졌다. 이와 같이 한국어의 종결어미에는 하나의 형태소로 이루어진 단일종결어미뿐만 아니라 둘 이상의 형태소로 이루어진 복합종결어미가 있다는 것을 알 수가 있다.

둘째, 두 개 이상의 형태소가 결합하여 이루어진 복합형태로부터 복합종결어미를 판별해내는 기준을 세우는 것이다. 왜냐하면 다음의 예문에서와 같이 둘 이상의 형태소로 이루어졌지만 복합종결어미라고 보기 어려운 경우도 있기 때문이다.

(6) 가. 승희야, 준하는 몇 시에 <u>온다니</u>?
　　 나. 승희야, 준하는 몇 시에 <u>온다고 하니</u>?

(6가)의 '온다니'는 '온다고 하니'가 줄어든 형태이기 때문에 (6나)와 같이 언제든지 바꿔 쓸 수 있다. 따라서 (6가)의 '-ㄴ다니'는 둘 이상의 형태소로 이루어졌지만 복합종결어미라고 할 수 없다. 그렇기 때문에 둘 이상의 형태소로 이루어진 복합형태들이 어떤 기준에 의해 복합종결어미가 되는지 판별해 줄 기준이 필요한 것이다.

셋째, 복합종결어미가 어떤 구성요소로 이루어져 있는지 살펴보고 구성요소를 중심으로 복합종결어미의 유형을 체계적으로 정리하는 것이다. 복합종결어미를 구성하는 요소는 다양하게 나타난다.

(7) 가. 내가 얼마나 노래를 잘 <u>부른다고</u>.
　　 나. 공부를 잘 <u>하기는</u>.
　　 다. 나도 <u>먹는다니까</u>.

(7가)의 '-ㄴ다고'는 종결어미와 조사가 결합하여 이루어졌고, (7나)의 '-기는'은 명사형 어미와 조사가 결합하여 이루어졌고, (7다)의 '-ㄴ다니까'는 종결어미와 연결어미가 결합하여 이루어졌음을 알 수가 있다.

기존의 연구에서 복합형태에 대한 연구가 있었다고 해도 복합형태를 이루고 있는 구성요소에 대한 관심은 거의 없었다. 그렇기 때문에 복합종결어미를 구성하는 요소들에는 어떤 것들이 있는지 알아보는 작업은 의의가 있을 것이다.

넷째, 복합종결어미의 의미를 밝히는 것이다. 둘 이상의 형태소가 결합하여 하나의 종결어미가 될 때 어떤 새로운 의미를 가지게 되는지를 밝히는 것이다.

다섯째, 복합종결어미의 생성 원인과 과정을 밝히는 것이다. 한국어 종결어미의 변화에서 복합종결어미의 생성은 매우 중요한 부분이다. 그렇기 때문에 이러한 변화가 생기는 원인에 대해 연구하고 복합종결어미의 생성 과정을 밝힐 필요가 있다.

이 책은 '복합종결어미'라는 용어를 처음 사용하였다는 점에서 기존의 복합형태에 대한 연구와 차별된다. 또한 판별기준을 적용하여 복합종결어미를 구별해내고, 구성요소에 따른 복합종결어미의 유형을 밝혀내고, 복합종결어미의 의미 기능과 함께 통사적인 제약에 주목하고 있다는 점에서 기존의 연구들과는 차별된다.

② 연구 방법

2.1. 연구 범위와 대상

이 책의 목적은 둘 이상의 형태소로 이루어진 복합형태의 종결어미를 찾아내 그 유형을 정리하고 그 의미 기능과 특징을 밝히는 데에 있다. 그 목적을 위해서는 먼저 복합종결어미의 목록을 작성하여야 한다. 복합종결어미의 목록을 작성하기 위해서『표준국어대사전』,『연세한국어 사전』,『어미・조사 사전』을 참고로 하여 복합형태로 등재된 모든 어미와 표현을 1차 정리하였다. 그리고 그 중에서 표준국어대사전에서 종결어미로 등재된 것을 중심으로 2차 종결어미 목록을 다시 작성하였다. 그리고『표준국어대사전』에는 등재되어있지 않으나『연세한국어 사전』과『어미・조사 사전』에 등재된 항목 중에서 종결어미라고 분류된 복합형태를 추가하는 형식으로 3차 종결어미 목록을 작성하였다. 그리고 본고 제2장에서 세운 기준에 부합하는 복합형태를 추가하여 최종 목록을 작성하였다. 이 최종 목록이 본 연구의 대상이 된다.

연구의 범위는 현대국어로 한정시켰으며 중세국어 시기의 형태소가 남아있거나 현대국어에서 잘 쓰지 않는 표현 '-으로리까, -더이이까' 등의 목록은 비록 둘 이상의 형태소로 이루어졌다고 하더라도 제외시켰다.

이 연구의 대상이 둘 이상의 형태소로 이루어진 종결어미이므로, 이 연구의 일차적인 관심은 이 연구에서 대상으로 하는 목록의 복합형태들을 종결어미로 볼 수 있는지 확인하는 것이고, 이차적인 관심은 어떤 구성요소들이 결합하여 이루어졌으며, 그 유형별 특징이 무엇인지 확인하는 것이다. 나아가 최종적인 관심은 이 연구를 바탕으로 현대국어 복합종결어미의 특징을 밝혀내어 종결어미의 변화 과정을 설명하는 데 있다.

복합종결어미는 두 개 이상의 형태소로 이루어진 것이므로 복합형태인 종결어미를 다시 두 개 이상의 형태소로 분석하는 과정을 거쳐야 한다. 이때 형태소 분석은 국어문법에 근거하여 이루어졌다. 이 연구는 주로 공시적인 관점에서 이루어졌으나, 종결어미화 과정을 밝히기 위해서 통시적인 분석도 이용하였다.

이 연구의 대상과 범위는 현대 국어의 종결어미 중에서 둘 이상의 형태소 결합으로 이루어진 복합형태로 본책 제2장의 판별기준에 부합되는 복합형태들로 한정한다.

본 연구의 대상이 되는 복합종결어미의 목록은 다음과 같다.

(1) 복합종결어미의 목록
　　-는다니1[3]), -다니1, -냐니1, -라니1, -자니1, **-는다나**, -다나, -냐나, -라나, -자나, **-는다네**, -다네, -냐네, -라네, -자네, **-는다오**, -다오, **-는다지**, -다지, -냐지, -라지, -자지, **-는단다**, -단다, -란다, -잔다, **-는답니다**, -답니다, -냡니다, -랍니다, -잡니다, **-는답니까**, -답니까, -냡니까, -랍니까, -잡니까, **-는다면서**, -다면서, -라면서, -자면서, **-는다며**, -다며, -냐며, -라며, -자며, **-는다니까**, -다니까, -냐니까, -라니까, -자니까, **-는다니**2, -다니2, -냐니2, -라니2, -자니2, -던걸, -으려나, -아야지, -으련다, -으렵니다, -으련마는, -다마다, -고말고, -을테냐, -을테야, -을테다, -을테니, -을테니까, -을텐데, -을걸, -은걸, -는걸, -던걸, -을밖에, **-는다고**, -다고, -냐고, -라고, -자고, -을라고,　-으니까는, -으니깐, -으려고, -기는, -긴, -기를, -길, **-는다더냐**, -다더냐, -냐더냐, -라더냐, -자더냐, **-는다니까는**, -다니까는, -냐니까는, -라니까는, -자니까는, -는다니깐, -다니깐, -냐니깐, -라니깐, -자니깐, **-는다는데도**, -다는데도, -냐는데도, -라는데도, -자는데도, -더라지, -더라니, -더라니까, -더라면서, -더라며, -더라고, -더냐고, -더니마는, -더니만, -을테니까는, -을테니깐

이들 중에서 사전에 등재되었거나 기존의 연구에서 다루어진 복합형
태의 종결어미가 아닌 본 연구에서 처음 다뤄지거나 추가된 목록은
다음과 같다.

(2) 새로 발견한 복합종결어미의 목록
  -으련다, -으련마는, -으련만, -을테냐, -을테야, -을테다, -을테니, -을테
  니까, -을텐데, -을걸, -은걸, -는걸, -던걸, -는다더냐, -다더냐, -냐더냐,
  -라더냐, -자더냐, -는다니까는, -다니까는, -냐니까는, -라니까는, -자니
  까는, -는다니깐, -다니깐, -냐니깐, -라니깐, -자니깐, -는다는데도, -다는
  데도, -냐는데도, -라는데도, -자는데도, -더라고, -더냐고, -을밖에, -을테
  니까는, -을테니깐

2.2. 논의의 구성

이 책은 결론과 서론을 제외하고 전부 5개의 큰 장으로 이루어져
있다.

먼저 제2장에서는 복합종결어미의 개념을 정의하고 복합형태들로부
터 복합종결어미를 판별해낼 수 있는 복합종결어미의 판별기준을 세운
다. 제3장에서는 제2장의 판별기준에 의해 복합종결어미라고 판별된
복합종결어미들을 구성하고 있는 구성요소들을 중심으로 복합종결어
미의 유형을 밝히고 그것을 체계화한다. 여기에서 복합종결어미가 몇
개의 형태소로 이루어져 있으며, 어떤 형태소들로 이루어져 있는지 복
합형태의 유형을 정리한다. 제4장에서는 복합종결어미의 유형별 의미
기능을 살펴본다. 이 장에서는 둘 이상의 형태소가 결합하여 복합종결

어미가 되면서 생기는 의미 기능을 알아내는 것이 목적이다. 따라서 각 유형의 복합종결어미를 하나씩 설명해 나가는 기술방법을 선택한다. 물론 본 연구에서 논의의 대상으로 하는 복합종결어미 중에서 일부 목록은 이미 그 의미가 사전에 등재되어 있는 것도 있으나 본 연구에서 새롭게 등장하는 복합형태들도 많이 있으므로 이들의 의미 기능을 밝히는 것은 이후의 논의를 전개해 나가는 데에 필수적인 과정이라고 할 수 있다. 제5장에서는 제4장에서 나타나는 복합종결어미의 통사적인 특성들만을 골라내어 복합종결어미의 통사적인 특성을 밝힌다. 이를 통해 현대국어 종결어미의 변화 양상과 현대국어 종결어미의 특성을 살펴본다. 제6장에서는 복합종결어미화, 즉 복합종결어미의 생성에 대한 전반적인 논의를 한다. 구체적으로 복합종결어미화의 기제와 과정, 그리고 생성 원인을 살펴본다. 복합종결어미의 기제에서는 둘 이상의 형태소가 결합할 때 그것이 복합종결어미가 되는 방법에 대한 논의가 이루어지고, 복합종결어미화의 과정에서는 각각의 형태소가 어떤 과정을 거쳐서 복합종결어미가 되는지 살펴볼 것이다. 그리고 복합종결어미의 생성원인에 대해서도 고찰하도록 한다.

3 연구사

3.1. 선행연구

종결어미는 문장의 서술어에 결합하여 그 문장을 의미상으로 종결하고 형식을 완성시키는 역할을 하는 중요한 문법요소로 그만큼 문장에서 종결어미가 차지하는 비중은 매우 크다. 그런 이유에서 종결어미에 대한 연구는 많이 이루어져 왔다.

대표적인 연구로는 최현배(1971), 남기심(1973), 이익섭(1975), 고영근(1974), 이현희(1982), 서정수(1984), 서태룡(1985), 성기철(1985), 한길(1991), 허웅(1995), 염광호(1998), 김태엽(2001), 장윤희(2002) 등을 들 수 있다. 이 중에서 이익섭(1975), 서정수(1984), 성기철(1985) 등의 논의에서는 존비법에 대한 것이 주된 관심사였다.

종결어미를 통시적인 관점에서 연구한 대표적인 업적으로는 이현희(1982), 염광호(1998), 장윤희(2002) 등을 들 수 있다. 이현희(1982)는 종결어미의 발달과정을 역사적으로 자세히 살폈으며, 염광호(1998)는 15세기부터 19세기 국어의 종결어미를 통시적으로 고찰하였으며, 장윤희(2002)는 중세국어 종결어미의 형태상·의미 기능상 특성을 밝히고 고대국어로부터 중세를 거쳐 근대국어로 이어지는 변화과정을 추적하는데 주력하였다.

종결어미에 대한 연구는 서법과 존비법의 두 범주를 함께 다룬 것들이 대부분이다. 서법과 존비법을 함께 논의의 대상으로 삼은 연구로 대표적인 것은 최현배(1971)와 고영근(1974), 허웅(1995)이다. 최현배(1971)에서는 풀이씨의 끝바꿈을 다루면서 3개의 하위범주로 마침법, 감목법, 이음법을 설정하였다. 또 마침법의 등급을 듣는 이의 정도에 따라 아주높임, 예사높임, 예사낮춤, 아주낮춤의 4등분으로 나누고 등외로 반말을 설정하였다. 허웅(1995)은 풀이씨의 씨끝바꿈에서 의향법과 청자높임법을 함께 다루었는데 의향법은 서술법, 물음법, 시킴법, 함께법 등

4가지로 하위 범주화하고 각 범주에는 낮춤(안높임), 예사높임, 아주높임의 3가지 층위로 청자높임법의 등급을 설정하였다.

종결어미의 복합형태에 주목한 연구에는 한길(1991), 허웅(1995), 김태엽(2001)이 있다. 한길(1991)은 종결접미사의 다양한 기능 중에서 가장 중요한 것은 서법과 들을이높임을 나타내는 기능이라고 보고 들을이높임의 기준에서 종결어미를 분류, 체계화하는 작업을 하였다. 한길(1991)에서 주목할 만한 사실은 들을이높임의 기준에 따라 종결어미를 체계화하는 과정에서 둘 이상의 형태소 배합에 의해 이루어진 복합형태로 된 종결접미사도 형태소 분석을 하면 종결접미사로서의 기능을 상실할 뿐만 아니라 들을이높임의 정도도 달라진다는 근거를 들어 논의의 대상으로 삼았다는 것이다. 허웅(1995)은 복합형태로 이루어진 종결어미의 방대한 목록을 의향법과 들을이높임에 따라 분류하고 각각의 복합형태에 대한 의미와 통사적인 제약에 대해 사전식으로 기술하였다. 허웅(1995)에서 '-는걸, -을걸, -은걸'과 '-기는, -기를' 등 기존의 연구들에서 종결어미로 분류하지 않았던 형태들에 대해서도 이미 종결기능을 파악하였다는 점은 매우 주목할 만한 사실이다. 김태엽(2001)에 와서 종결어미의 복합형태에 대한 치밀한 분석이 이루어졌다. 그러나 김태엽(2001)은 종결어미를 분석하여 분석 결과 얻어진 형태들 때문에 청자높임법이 결정된다고 하였다. 이 연구는 복합형태의 종결어미를 최대한 분석하여 의미를 찾으려고 했다는 점에서 의미가 깊다.

많은 학자들은 종결어미가 서법과 청자높임법을 나타낸다고 주장하였고, 그 연구에 주력하여 온 것이 사실이다. 그러나 한길은 반말의 형태에 관심을 가졌으며, 김태엽은 청자높임법을 설명하기 위해 그 복합형태에 관심을 가졌다.

이와 같이 종결어미에 대한 연구는 다방면으로 이루어져왔다. 이미 종결어미의 복합형태에 대해 관심을 가진 학자들이 있었으나 이들을 복합종결어미라고 명명하고 체계적으로 분석한 연구는 없었다. 본 책에서는 복합형태로 존재하는 종결어미들의 존재를 인정하고, 그 개념을 정립하며, 그 유형을 체계적으로 밝힘으로써 종결어미가 변화하고 있다는 것을 증명해 내려고 한다.[4]

3.2. 본 연구의 과제

종결어미에 대한 연구업적 중에서 복합형태에 대한 연구는 한길(1991), 허웅(1995), 김태엽(2001)의 세 가지로 압축된다. 앞서 이야기한 바와 마찬가지로 한길(1991)은 복합형태를 종결어미체계에 포함시켰다는 점에서는 높이 살 만하다. 그러나 복합형태로 제시된 목록이 적고 복합형태들을 이루고 있는 구성요소에 대한 연구나 복합형태들이 가지는 전체적인 특성에 대한 연구에는 미흡한 점이 있다. 한길(1991)은 한국어의 종결어미만을 중심 논의의 대상으로 삼아 청자높임법의 등급을 설정하고 그 후에 각 등급에 해당하는 종결어미를 살펴보는 순서를 취하였다. 여기에서 주목할 것은 종결어미의 형태에 초점을 맞춰 종결어미를 단순형태와 복합형태로 분석하였다는 것이다. 한길(1991)은 종

---

4) 이기문(1989)은 현대어의 경어법을 존경법과 공손법으로 나누었다. 그 중에서 공손법은 '해라'체, '하게'체, '하오'체, '합쇼'체 등의 등급이 있으며, 이 밖에 반말이 있다고 하였다. 젊은 세대의 언어는 '하오'체, '하게'체는 사용하지 않음을 특징으로 한다고 지적하였다.

결어미를 단순형태와 복합형태로 나누어 각각의 형태에 대해 문법적 기능과 의미·화용적인 특성을 살펴보았으나, 단순형태와 복합형태를 정밀하게 분석하지 못한 아쉬움이 있다.

허웅(1995)은 많은 목록을 제시했다는 점에서 큰 성과를 이루었다. 많은 목록의 복합형태를 가지고 그 복합형태가 어떻게 이루어지는지, 복합형태를 이루고 있는 구성요소가 무엇인지, 왜 이런 현상이 생기는 지, 왜 이런 복합형태들을 종결어미라고 보는지를 밝히는 것이 본 연구의 과제라고 할 수 있다.

김태엽(2001)은 복합형태를 유형별로 체계화시키는 데까지 논의를 진전시키지는 않았지만 종결어미의 복합형태에 주목하였다는 점은 높이 살 만하다. 이 연구는 종결어미의 복합형태에 자체에 주목하지 않고 앞선 많은 학자들이 연구한 청자높임법을 설명하기 위한 도구로 활용하려는 면이 엿보인다.

선행연구는 각각 큰 의미를 가지고 있지만 몇몇 아쉬운 점이 있는데, 그것은 본 연구에서 극복해야 할 과제라고 할 수 있으며 다음의 8가지로 압축된다.

첫째는 복합형태의 목록이 적다는 점이다. 둘째는 복합형태를 어떤 기준에 따라 목록화하지 못했다는 점이다. 셋째는 복합형태에 대한 인식은 있었지만 각각의 복합형태들을 구성하고 있는 구성요소에 대한 관심이 부족했다는 점이다. 넷째는 구성요소에 대한 관심이 없었으므로 복합형태들을 유형별로 정리하지 못했다는 점, 즉 유형화하지 못했다는 점이다. 다섯째는 복합형태를 유형별로 정리하지 못했기 때문에 복합형태 개개에 대한 의미 기능이나 통사적인 특성을 언급하기는 하였으나 복합형태에 전반적으로 나타나는 의미 기능이나 통사적인 특성 등을 발견하지 못했다는 점이다. 여섯째는 복합형태들의 복합종결어미화에 대한 관심이 부족했으므로 그 과정에 대해 살펴보지 못했다는 점이다. 일곱째는 어떤 이유에서 이런 복합형태들이 만들어지는지에 대한 고찰이 부족했다는 점이다. 여덟째는 새로운 형태의 생성에 대한 원인이나 발생 이유에 대한 연구가 없다는 점이다.

본 연구는 이러한 한계점을 극복하기 위하여 최대한 많은 복합형태의 목록을 작성하고 거기에서 복합종결어미를 판별해내는 방법을 취하려고 한다. 또 복합형태를 단순히 복합형태로만 인식하지 않고 복합종결어미라는 하나의 문법형태소로 보기 위하여 판별기준을 세우는 데에 주력한다. 그리고 각각의 복합형태들을 구성하고 있는 구성요소들에 관심을 가지고 복합형태들을 구성하고 있는 구성요소에 따라 유형화하려고 한다. 그리고 복합종결어미에 전체적으로 나타나는 의미의 특성이나 통사적인 특성을 밝히려고 한다. 복합형태가 어떠한 과정을 거쳐서 복합종결어미가 되는지 밝혀 아직은 복합종결어미가 아닌 복합형태들의 복합종결어미화 가능성도 추측해 볼 수 있을 것이다. 그리고 복합종결어미들이 생성되는 이유를 고찰하여 현대 한국어에서 복합종결어미의 지위를 알아보려고 한다.

제2장.
복합종결어미의
개념과 판별기준

한국어 복합종결어미

1. 복합종결어미의 개념

　복합종결어미란 두 개 이상의 형태소가 결합하여 이루어진 종결어미를 말한다. 한길(1991:106)은 종결어미의 복합형태에 대하여 언급한 바가 있다. 한길(1991)에서는 둘 이상의 형태소 배합에 의해 이루어진 복합형태는 형태소 분석이 가능하지만 복합형태 자체가 한 몸처럼 작용할 뿐만 아니라 형태소 분석을 하게 되면 종결접미사로서의 기능을 상실할뿐더러 들을이높임의 정도에서도 분석 전과 분석 후가 달라질 수 있기 때문에 단순형태의 종결접미사와 동일한 차원에서 이들 복합형태를 다루었다. 한길(1991)의 복합형태에 대한 정의는 본 연구의 연구 대상인 복합종결어미와 크게 다르지 않지만 축약이나 줄어든 형태라는 이름으로 존재하는 다른 복합형태들과 구별하기 위해서 복합종결어미의 개념을 분명히 할 필요가 있다.

1.1. 단순복합형태, 복합종결어미, 단일종결어미

　복합종결어미는 둘 이상의 형태소가 결합하여 이루어진 종결어미를 말한다.5) 둘 이상의 형태소로 이루어진 모든 복합형태가 복합종결어미가 되는 것은 아니다. 복합형태에는 세 가지 형태가 존재한다. 첫째, 단순히 줄어든 형태로서 형태상으로나 의미상으로 언제든지 원래의 형태로 되돌아갈 수 있는 경우가 있다. 둘째, 형태상으로는 둘 이상의

---

5) 복합종결어미의 판별기준은 이후 자세히 논의하기로 한다.

형태소로 분석할 수가 있지만 의미상으로는 분석할 수 없는 경우가 있다. 셋째, 둘 이상의 형태소가 매우 긴밀하게 결합하여 형태상으로나 의미상으로 완전히 하나의 형태소로 굳어져버린 경우가 있다. 첫 번째 복합형태의 경우는 단순복합형태가 되고, 두 번째 복합형태의 경우는 복합종결어미가 되고, 세 번째 복합형태의 경우는 단일종결어미가 된다. 그럼, 각각의 복합형태에 대해 자세히 살펴보자.

1.1.1. 단순복합형태와 복합종결어미

둘 이상의 형태소가 결합하여 이루어진 복합형태에는 단순복합형이 있고, 복합종결어미가 있다.

단순복합형태란 말 그대로 단순한 복합형태를 나타낸다. 즉, 둘 또는 셋 이상의 형태소가 결합하여 이루어진 복합형태임에는 틀림없지만 하나의 문법요소가 아니라 언제든지 둘 또는 셋의 형태소로 환원이 가능한, 단순하게 결합하여 나타나는 형태들을 의미하는 것이다. 본 책에서는 이를 단순복합형태라고 정의하는데 기존의 연구에서는 '축약'이나 '줄어든 형태'라고 분류되는 문법형태를 의미한다.

> (1) 가. 준하가 그러는데 승희가 다음 달에 미국에 <u>간단다</u>.
>   나. 애들아, 내일도 비가 <u>온다니</u>?

(1가)와 (1나)의 문장은 각각 '-ㄴ단다'와 '-ㄴ다니'로 문장이 끝나며 문장을 종결시키는 기능을 하고 있다. 그리고 '-ㄴ단다'와 '-ㄴ다니'는 각각 '-ㄴ다'와 '-ㄴ다', '-ㄴ다'와 '-니'로 이루어진 복합형태이다. 그런데

이들은 하나의 종결어미가 아니라 각각 '-는다고 한다', '-ㄴ다고 하니'
의 줄어든 형태이며, 그렇기 때문에 언제든지 다음의 예문과 같이 의미
의 차이 없이 원래의 형태로 환원하여 쓸 수 있다.

  (2) 가. 준하가 그러는데 승희가 다음 달에 미국에 <u>간다고 한다</u>.
      나. 애들아, 내일도 비가 <u>온다고 하니</u>?

그렇기 때문에 (1)의 '-ㄴ단다'나 '-ㄴ다니'는 단순한 복합형태라고 할
수 있다. 다음의 예문을 보자.

  (3) 가. 나는 잘 <u>지낸단다</u>.
      나. 내일도 비가 <u>온다나</u>.

(3가)의 '지낸단다', (3나)의 '온다나'의 '-ㄴ단다'와 '-ㄴ다나'는 종결어미
로 쓰이고 있다. 그리고 '-ㄴ단다'와 '-ㄴ다나'는 하나의 형태소로 이루
어진 종결어미가 아니라 각각 '-ㄴ다'와 '-ㄴ다', '-ㄴ다'와 '-나'의 두 개의
형태소로 이루어진 종결어미이다. (3가), (3나)의 '-ㄴ단다', '-ㄴ다나'는
(1가)와 (1나)의 '-ㄴ단다', '-ㄴ다니'와 달리 줄어들기 이전의 상태로
환원하여 쓸 수가 없다.

  (4) 가. *나는 잘 <u>지낸다고 한다</u>.
      나. *내일도 비가 <u>온다고 하나</u>.

'지낸단다'와 '온다나'의 '-ㄴ단다', '-ㄴ다나'는 단순히 '-ㄴ다고 한다',

'-ㄴ다고 하나'의 줄어든 형태가 아니라 하나의 종결어미라는 것을 알 수가 있다. 이들 복합형태는 형태상으로는 분석이 가능하지만 단순히 줄어든 형태가 아니므로 줄어들기 이전의 상태로 환원시킬 수 없는 복합종결어미가 된다.

1.1.2. 단일종결어미와 복합종결어미

단어나 조사를 그 구성방식에 따라 단일어와 복합어, 단일조사와 복합조사로 나눌 수 있는 것(이규호:2001)처럼 종결어미도 단일종결어미와 복합종결어미로 나눌 수가 있다. 단일종결어미란 분석할 수 없는 하나의 구성요소로 이루어진 종결어미를 의미하고 복합종결어미란 분석할 수 있는 둘 이상의 구성요소로 이루어진 종결어미를 의미한다.[6] 단일종결어미에는 원래 하나의 형태소로 이루어진 종결어미가 있고, 또 처음에는 둘 이상의 형태소로 이루어진 구성이었으나 시간이 흐르면서 분석할 수 없는 하나의 형태소가 된 종결어미도 있다. 둘 이상의 형태소가 형태상으로나 의미상으로 더 이상 분석될 수 없으므로 단일형태소나 마찬가지라는 것이다. 이런 형태소에 대해 학자에 따라 화합(amalgam) 등의 용어를 쓰기도 하였다(고영근:1989). 단일종결어미는 복합종결어미에 상대되는 개념으로 하나의 형태소로 이루어진 종결어미뿐만 아니라 형태상으로나 의미상으로 분석할 수 없는 둘 이상의 형태소가 결합하여 이루어진 종결어미를 포함하는 개념이 된다.

---

6) 서태룡(1988)은 국어의 활용어미를 단일어미와 복합어미로 분류하였다. 단일어미는 분석할 수 없는 하나의 구성요소로 이루어진 활용어미이며, 복합어미는 분석할 수 있는 둘 이상의 구성요소로 이루어진 활용어미이다.

(5) 가. 내일 같이 밥을 먹으러 <u>가자</u>.

　　나. 달이 참으로 <u>밝도다</u>!

　　다. 도대체 누가 그런 말을 <u>하는감</u>?

(5가)의 '가자'의 '-자'와 (5나)의 '밝도다'의 '-도다', (5다)의 '하는감'의 '-는감'은 종결어미이다. '-자'는 다른 사람에게 어떤 행동을 같이 할 것을 제안하는 종결어미로 더 이상 분석할 수 없는 하나의 종결어미이다. '-자'가 형태상으로나 의미상으로 분석할 수 없는 하나의 종결어미라는 것에는 이견이 있을 수 없다. (5나)의 '-도다'와 (5다)의 '-는감'은 형태상으로 보면 둘 이상의 형태소가 결합하여 이루어진 복합형태로 보인다. 그러나 '-도다'나 '-는감'은 공시적으로 분석할 수 없는 형태소로 이루어졌을 뿐만 아니라 '-도다', '-는감'이 하나의 의미를 나타내므로 의미상으로도 분석할 수가 없다. '-도다'나 '-는감'은 형태상으로나 의미상으로 분석할 수 없다는 점에서 '-자'와 다를 것이 없다. 그렇기 때문에 '-도다', '-는감'은 둘 이상의 형태소가 시간의 경과에 따라 문법화에 의해 완전히 하나의 형태소로 굳어진 것으로 단일형태소라고 할 수 있다.

(6) 가. -아, -지, -자, -니, -마, -라

　　나. -는감, -는다남, -습니다, -도다

(6가)는 처음부터 하나의 형태소로 이루어진 단일종결어미의 예이고, (6나)는 둘 이상의 형태소가 완전히 하나의 형태소로 굳어져 단일종결어미가 된 예이다.

다음의 예문을 보자.

(7) 가. 산은 설악산이 <u>좋다네</u>.
    나. 설악산이 <u>좋기는</u>.

(7가)와 (7나)의 '좋다네'와 '좋기는'에서 '-다네'와 '-기는'은 종결어미이
다. 이 종결어미는 하나의 형태소로 이루어진 단일종결어미가 아니라
각각 '-다'와 '-네', '-기'와 '는'이 결합하여 이루어진 복합종결어미이다.
이들 복합형태는 (6나)의 복합형태들과는 달리 공시적인 형태소로 분
석하는 것이 가능하다. 따라서 이들 복합형태는 복합종결어미가 되고
(6나)의 복합형태들은 단일종결어미가 되는 것이다.

이상에서 살펴본 바와 같이 복합종결어미는 단순복합형태, 단일종결
어미와 상대되는 개념이 된다. 복합종결어미는 형태상 둘 이상의 형태
소가 결합하여 이루어졌다는 점에서 단순복합형태와 같지만 줄어들기
이전의 상태로 환원할 수 없다는 점에서 단순복합형태와 구별되고, 하
나의 종결어미로 쓰인다는 점에서 단일종결어미와 같지만 분석할 수
있는 형태소 구성으로 이루어졌다는 점에서 단일종결어미와 구별된다.

1.2. 복합종결어미의 형성과정: 융합형과 연속형

복합종결어미는 둘 이상의 형태소가 결합하여 이루어진 것으로 그
복합형태는 반드시 형태상으로 분석이 가능해야 한다. 둘 이상의 형태
소가 결합하여 복합종결어미가 되기 위해서는 반드시 '융합'이라는 과
정을 거쳐야 한다. 융합에는 삭제에 의한 융합이 있고, 인접한 형태소

끼리의 융합이 있다. 본 책에서는 삭제에 의한 융합을 거친 복합종결어미를 융합형이라고 하고, 인접한 형태소끼리의 융합은 연속형이라고 정의한다.

1.2.1. 융합형

융합형은 둘 이상의 형태소가 결합할 때 삭제에 의한 융합의 과정을 거쳐 이루어진 복합형태를 말한다. 융합형은 융합의 진전 정도에 따라서 단순융합형, 진전된 융합형, 더 진전된 융합형[7]으로 나눌 수가 있다.

다음 예문은 모두 삭제에 의한 융합으로 이루어진 복합형태를 포함하고 있는 문장들이다.

(8) 가. 승희가 그러는데 영수가 내일 학교에 <u>온단다</u>.
　　나. 이 많은 일을 언제 다 <u>한다지</u>?
　　다. 도대체 요즘 누가 그런 이상한 전화기를 <u>쓴대</u>?

(8)의 예문에 나타난 종결어미는 모두 삭제에 의한 융합으로 이루어진 복합형태이다. (8가)의 '온단다'는 '온다고 한다'의 줄어든 형태인데, 단순하게 줄어든 것이 아니라 '-고 하-'가 삭제된 후 융합에 의해 이루어진 형태이다. (8나)의 '한다지'는 '한다고 하지'에서 '-고 하-'가 삭제된 후 융합에 의해 이루어진 형태라고 할 수 있다. (8다)의 '쓴대'는 '쓴다고 해'의 줄어든 형태로 '-고 하-' 삭제 후 융합에 의해 이루어진 형태이다. 그러나 (8)의 '-는대', '-는다지', '-는단다' 모두가 복합종결어미는 아니다.

---

7) 더 진전된 융합형은 형태상·의미상으로 분석할 수 없는 단일종결어미이다.

(8가)의 '온단다'의 '-ㄴ단다'는 종결어미 '-ㄴ다'와 '-ㄴ다'로 이루어진 복합형태이기는 하나 공시적인 형태소로 분석할 수 있다. '온단다'는 '온다고 한다'의 줄어든 형태이며 융합 이전이나 융합 이후에 의미의 차이 없이 바꿔 쓸 수 있는 융합형은 단순융합형이 된다.

　　(9) 승희가 그러는데 내일 영수가 학교에 <u>온다고 한다</u>.

(8나)의 '-ㄴ다지'는 두 개의 형태소로 이루어져 있고, 종결어미 '-ㄴ다'와 '-지'라는 공시적인 형태소로 분석이 가능하다. '-ㄴ다지'는 '는다고 하지'에서 '-고 하-'가 삭제된 융합형이다. 그러나 융합 이전의 '-ㄴ다고 하지'로 바꿔 쓰면 예문 (10)에서와 같이 비문이 된다. 이와 같은 융합형은 진전된 융합형이다. 그리고 진전된 융합형은 복합종결어미가 된다.

　　(10) *이 많은 숙제를 언제 다 <u>한다고 하지</u>?

(8다)의 '-는대'는 줄어들기 이전의 형태로 '-는다고 해'를 생각할 수 있지만, '-는다고 해'가 융합된 '-는대'는 공시적인 형태소로 분석해낼 수가 없다. 이와 같이 공시적인 형태소로 분석해낼 수 없는 융합형은 더 진전된 융합형 즉, 단일종결어미가 된다.

　　지금까지 살펴본 바와 같이 융합형에는 단순융합형, 진전된 융합형, 더 진전된 융합형이 있다. 여기에서 진전된 융합형은 복합종결어미가 되고 더 진전된 융합형은 단일종결어미가 된다.

1.2.2. 연속형

연속형은 인접한 형태소끼리의 융합에 의해 이루어진 복합형태를 의미한다. 연속형은 융합형과 마찬가지로 융합의 진전 정도에 따라 단순연속형, 진전된 연속형, 더 진전된 연속형으로 나눌 수 있다.

다음 예문은 모두 인접한 형태소의 융합으로 이루어진 복합형태를 포함하고 있는 문장들이다.

(11) 가. 아버지는 지금 회사에서 <u>일하시겠다</u>.
　　　나. 시험에 꼭 <u>합격하기를</u>.
　　　다. 요즘 잘 <u>지냅니다</u>.

(11)의 예문에 나타난 '-시겠다', '-기를', '-ㅂ니다'는 하나가 아닌 둘 이상의 형태소의 결합으로 이루어진 것이다. 먼저 (11가)의 '-시겠다'는 3개의 형태소로 이루어진 것이다. (11나)의 '-기를'은 명사형 어미 '-기'와 조사 '는'으로 이루어진 종결어미이다. (11다)의 '-ㅂ니다'는 '-ㅂ-'과 '-니-'와 '-다'의 3개의 형태소로 이루어져 있다. (11)의 예문에 나타난 종결어미들은 두 개 이상의 형태소로 이루어진 복합형태임에는 틀림없지만 이들 모두가 복합종결어미가 되는 것은 아니다.

먼저, (11가)의 '-시겠다'는 형태상 3개의 형태소가 결합한 복합형태처럼 보인다. 그러나 여기에 쓰인 선어말어미 '-시-'나 '-겠-'은 종결어미 '-다'뿐만 아니라 다른 연결어미나 종결어미와 자유롭게 결합할 수 있는 각각이 분리된 하나의 형태소이다. 이들은 단순하게 연속적으로 나타났을 뿐이고 이들은 복합종결어미가 아니다.

(11나)의 '-기를'은 명사형 어미 '-기'와 조사 '를'로 분석할 수 있다. '-기를'은 분석은 가능하지만 분리할 수 없으므로 진전된 연속형 즉, 복합종결어미가 된다.

(11다)의 '-ㅂ니다'는 앞에서 '-ㅂ-', '-니-'와 '-다'의 결합으로 이루어졌다고 했지만 현대 한국어에서 '-ㅂ-', '-니-'는 독립된 형태소로 존재하지 않으므로 사실상 이들은 공시적인 형태소로 분석해내는 것이 불가능하다. (11다)의 형태는 단어경계의 삭제나 생략의 과정 없이 인접한 형태소들이 굳어져 하나의 형태소처럼 쓰이게 된 것이다. 인접한 형태소들이 문법화의 과정을 거쳐 더 이상 분석할 수 없는 형태소 즉, 단일종결어미가 된 것이다. 이런 단일종결어미에는 선어말어미 '-더-'를 포함하는 다수의 종결어미가 포함된다.

이미 고영근(1989)은 선어말어미를 세 가지로 나누어 생산성이 높은 분리적 선어말어미, 교착적 선어말어미, 수의적 선어말어미로 분류하였다. 교착적 선어말어미 중에서 서상법(敍想法)을 나타내는 '-(으)리', 확인법을 나타내는 '-것-'은 이미 사라져가는 추세에 있었으며, '-느-'와 '-더-'는 어말어미에 가장 인접한 선어말어미로 후에 완전히 어미로 문법화한 것으로 보인다. 선어말어미 '-더-'는 '-던데', '-더니', '-던' 등의 형태에서 여전히 과거시상을 나타내는 하나의 선어말어미로 존재하고 있으나 일부 종결어미와 결합하고 일부 연결어미와 결합하는 제약을 보이기 때문에 완전히 분리된 분리적 선어말어미로 보기는 어렵다. 그야말로 고영근(1989)에서 말한 교착적 선어말어미로서의 '-더-'의 특징이 잘 나타난다. 안병희·이광호(1990)는 이미 '-더-'를 어말어미에 융합한 형태로 지적한 만큼 '-더-'가 후행하는 어미와 결합하여 굳어지고 있는 것은 사실이나 '-더-'를 포함한 종결어미가 완전히 단일종결어미화했다고는 볼 수 없다.

'-더-'는 후행하는 어미와 결합하여 굳어지고 있는 단계이다. '-더-'는 분리 가능한 독립적인 형태소에서 분리할 수 없는 형태소의 단계로 이행하고 있다. 본 책에서는 '-더-'의 성격을 분리할 수 없는 형태소로 규정하여 이후의 논의를 진행한다.

복합종결어미의 개념을 표로 정리하면 다음과 같다.

상위개념	하위개념		분석가능성		복합종결어미
			형태상	의미상	
복합형태	융합형	단순융합형	O	O	X
		진전된 융합형	**O**	**X**	**O**
		더 진전된 융합형	X	X	X
	연속형	단순연속형	O	O	X
		진전된 연속형	**O**	**X**	**O**
		더 진전된 연속형	X	X	X

[표 1] 복합종결어미의 개념

2 복합종결어미의 판별기준

복합종결어미는 종결어미와 마찬가지로 형태론적인 지위와 통사론적인 지위를 가지고 있다. 즉, 종결어미가 형태론적으로 낱말을 완성하고 통사론적으로 문장을 종결짓는 지위를 가지고 있는 것처럼 복합종결어미도 형태론적으로 낱말을 완성하고 통사론적으로 문장을 종결시키는 지위를 가진다는 것이다. 복합종결어미는 문장을 종결시키는 통사적인 기능을 수행하는데 형태적인 측면에서 봤을 때는 복합형태인 것이다.

앞에서 살펴본 바와 같이 복합형태들은 단일종결어미, 단순융합형, 단순연속형, 복합종결어미로 구분이 된다. 단일종결어미, 단순융합형, 단순연속형으로부터 복합종결어미를 판별해내기 위해서는 좀더 엄격한 판별기준이 요구된다.

복합종결어미의 판별기준은 크게 두 가지로 나눌 수가 있다. 하나는 형태·통사론적 기준이고, 또 다른 하나는 의미론적 기준이다.

2.1. 형태·통사론적 기준

형태·통사론적 기준이라는 것은 둘 이상의 형태소가 결합하여 이루어지는 복합종결어미 형태 내부에 관련된 기준으로 분석가능성, 환원성과 비환원성, 분리 가능성이 있다. 이 중에서 분석가능성은 융합형과 연속형 모두에 적용되는 기준이고, 환원성과 비환원성은 융합형에 적용되는 기준이고, 분리 가능성은 연속형에 적용되는 기준이다.

2.1.1. 분석가능성

분석가능성은 단일종결어미와 복합종결어미를 구별해내는 판별기준이 된다. 즉, 형태소 분석이 불가능하면 단일종결어미가 되고, 형태소 분석이 가능하면 복합종결어미가 되는 것이다.

(12) 가. -아, -게, -지, -고, -라, -군, -는가...
　　　나. -는대, -는감, -는담, -남, -을는지...
　　　다. -데, -디, -더라, -더구려, -더구만, -도다, -로구나, -로군, -으옵니다
　　　라. -는다니, -는다면서, -는단다
　　　마. -기는, -을걸, -는다고

(12가)는 하나의 형태소로 이루어진 종결어미로 분석이 불가능하다. 먼저 종결어미 '-아'는 부동사 어미가 종결어미로 굳어져 쓰이게 된 경우로 '-아'는 더 이상 분석할 수 없는 하나의 단일형태소로 이루어진 종결어미이다. '-게'와 같은 경우는 물론 학자에 따라서는 '-게'를 '거'와 '-이' 또는 '거'와 '-으이'가 결합하여 이루어진 것으로 분석하기도 하였으나 '-이'나 '-으이'는 공시적인 형태소가 아니다. 그렇기 때문에 '-게'가 처음에는 하나의 단일형태로 이루어진 형태가 아니라고 할지라도 현재 공시적인 형태소 분석이 불가능하다. 즉, (12가)는 더 이상 분석할 수 없는 하나의 형태소로 이루어진 단일 종결어미가 된다. (12나), (12다)에 나타난 형태들은 (12가)에 제시된 형태들과 달리 둘 이상의 형태소로 이루어졌음을 알 수 있다. 그러나 이들을 공시적인 형태소로 분석해 내기가 어려운 것은 (12가)에 제시된 형태들이나 마찬가지이다.

(13) 가. 날씨가 왜 이렇게 <u>추운감</u>?
　　　나. 이런 어려운 생활은 언제나 <u>끝날는지</u>.

(13가)의 '추운감'의 '-은감'은 형태상으로 보면 '-은가'와 '-ㅁ'이 결합한 것처럼 보인다. 그러나 의문형 종결어미와 명사형 어미 '-ㅁ'으로 분석해내기는 곤란하다. (13나)의 '-을는지'는 일단 '-을라(고) 하는지'의 융합형태로 추정할 수 있다. 그러나 '-을는지' 그 자체를 '-을'과 '-는지'로 분석할 수가 없다. 왜냐하면 이렇게 분석했을 경우에 '-을'은 관형사형 어미가 되고 '-는지'는 연결어미가 되는데 이런 형태에서는 '-을는지'의 의미를 추정해낼 수가 없다. 따라서 '-을는지'와 같은 형태는 분명 처음에는 둘 이상의 형태소가 융합한 것으로 보이지만 그 융합이 진전되어 문법화를 거쳐 더 이상 분석할 수 없는 하나의 단일형태소가 된 것으로 볼 수 있다. (12나)에 나타난 다른 형태소들도 이와 마찬가지로 처음에는 둘 이상의 형태소가 융합한 것이지만 융합이 진전되어 문법화 과정을 거치면서 하나의 단일형태소처럼 쓰이게 된 것들이다.

(14) 경치가 참 <u>아름답도다</u>.

(14)의 '아름답도다'의 '-도다'는 중세국어에서 감동법을 나타내는 선어말어미 '-도-'와 종결어미 '-다'로 이루어진 종결어미로 공시적인 형태소로 분석할 수 없다. 중세국어에서는 선어말어미로 쓰이던 선어말어미 '-도-'는 현대국어에서 더이상 하나의 분리적인 선어말어미[8]가 아니며, 종결어미 '-다' 앞에만 나타나는 등 쓰임이 매우 제한적이다. '-도다'는

---

8) 분리적인 선어말어미란 '-시었겠-'의 세 형태소 '-(으)시-', '-었-', '-겠-' 등과 같이 어느 하나가 다른 하나를 반드시 필요로 하지 않고 쉽게 유리되어서 나타나며 사전에도 각 요소가 독자적으로 등록되어 있는 선어말어미를 말한다(고영근:1989).

더 진전된 연속형으로 이미 문법화에 의해 하나의 단일 종결어미가 되었다고 할 수 있다. (12다)에 제시한 종결어미들이 바로 이 더 진전된 연속형에 해당되는 것들이다.

　(15) 나는 이곳 부산에서 건강하게 잘 <u>지낸단다.</u>

(12라)의 '-는단다'는 '-는다고 한다'의 융합형이다. 그리고 '-는단다'는 공시적인 형태소 '-는다'와 '-ㄴ다'로 분석할 수가 있다. (12라)의 '-는단다'가 융합형이라는 것은 (12나)에 나타난 다른 형태소들과 마찬가지이다. 그러나 (12나)에 나타난 종결어미들은 앞서 살펴본 바와 같이 공시적인 형태소로 분석할 수가 없다는 점에서 (12라)의 형태소들과 구별이 된다. 따라서 표면상으로 둘 이상의 형태소로 이루어진 것처럼 보이더라도 공시적인 형태소로 분석할 수 없는 것은 복합종결어미가 아니다.

　(16) 가. 정말 고마워.
　　　　나. <u>고맙기는.</u>

(16)의 '-기는'은 명사형 어미 '-기'와 조사 '는'이 나란히 연결하여 이루어진 종결어미이다. '-기'는 공시적인 형태소이며 조사 '는'이 연속한 형태로 나타면서 진전된 융합형이 된 것으로 (12마)의 모든 종결어미들이 여기에 포함된다. (12마)에 제시된 종결어미들은 연속형이라는 점에서 (12다)의 종결어미들과 같지만 공시적인 형태소로 분석될 수 있다는 점에서 확실하게 구별된다. 따라서 이런 진전된 연속형은 복합종결

어미라고 할 수 있다.

이상에서 살펴 본 바와 같이 종결어미는 분석가능성에 따라 단일종결어미와 복합종결어미로 구분이 된다. 즉, 공시적인 형태소로 분석할 수 있으면 복합종결어미가 되고, 공시적인 형태소로 분석할 수 없으면 단일종결어미가 된다. 이를 표로 나타내면 다음과 같다.

		분석 가능성	목록
단일 종결어미	단일형	X	-아, -게, -지, -나, -자 ...
	더 진전된 융합형		-는대, -는담, -을래 ...
	더 진전된 연속형		-더이다, -으옵니다, -도다 ...
복합 종결어미	진전된 융합형	O	-는단다, -는다면서, -을밖에 ...
	진전된 연속형		-기는, -기를, -는다고 ...

[표 2] 복합종결어미의 판별기준1- 분석가능성

2.1.2. 환원성과 비환원성

환원성과 비환원성은 단순융합형과 복합종결어미를 구별해내는 중요한 기준이 된다.[9] 즉, 환원성이 있으면 단순융합형이고 환원성이 없으면 복합종결어미가 된다는 것이다.

다음 예문에 나타난 복합형태는 모두 융합에 의해 이루어진 복합형

---

9) 융합형은 형식의 변화만 일어난 융합형과 그것이 진전되어 새로운 의미나 기능을 얻게 된 융합형으로 구분할 수 있다. 이는 안명철(1992), 이필영(1992)의 환원적 융합과 비환원적 융합의 구분과 비슷하다. 이지양(1998)은 형식의 축소만 일어난 융합형을 단순융합형, 형식의 축소 이외에 의미, 기능, 범주의 변화가 일어난 융합형을 진전된 융합형이라고 정의하였다.

태들이다.

    (17) 가. 준하가 그러는데 이 영화가 <u>재미있단다</u>.
         나. 내가 봤는데, 이 영화는 정말 <u>재미있단다.</u>

(17가)와 (17나)는 모두 '재미있단다'로 문장이 끝나고 있다. '재미있단다'는 '재미있다고 한다'의 줄어든 형태이다. 그러나 '재미있단다'를 줄어들기 이전의 형태인 '재미있다고 한다'로 되돌려 쓰면 (17나)는 (18나)와 같이 비문이 됨을 알 수가 있다.

    (18) 가. 준하가 이 영화가 <u>재미있다(고) 한다.</u>
         나. *내가 봤는데, 이 영화는 정말 <u>재미있다(고) 한다.</u>

즉, (17가)의 '재미있단다'는 언제든지 의미의 차이 없이 '재미있다고 한다'로 바꿔 쓸 수 있는 환원성이 있지만, (17나)의 '재미있단다'는 '재미있다고 한다'로 바꿔 쓸 수 없으며 이미 줄어든 이후에는 원래의 모습으로 되돌려 쓸 수 없으므로 환원성이 없다고 할 수 있다.

    다음의 예문 역시 융합에 의해 이루어진 복합형태들을 포함하고 있다.

    (19) 가. 빨리 <u>가자니까.</u>
         나. 내가 빨리 <u>가자니까</u> 준하가 싫다고 했어요.

(19가)와 (19나)는 모두 '가자니까'를 포함하고 있는 문장이다. (19가)는 '가자니까'로 문장이 끝나고 있지만 (19나)는 '가자니까'로 선행절과 후

행절이 연결되어 있다. '가자니까'는 '가자고 하니까'의 줄어든 형태라고 할 수가 있다. 그러나 '가자니까'를 줄어들기 이전의 형태인 '가자고 하니까'로 바꿔 쓰면 (19가)는 (20가)와 같이 비문이 됨을 알 수 있다.

   (20) 가. *빨리 <u>가자고 하니까.</u>
       나. 내가 빨리 <u>가자고 하니까</u> 준하가 싫다고 했어요.

(20)의 예문에서 확인할 수 있는 것과 같이 '가자니까'는 줄어들기 이전의 형태인 '가자고 하니까'로 바꿔 쓸 수 있는 경우와 바꿔서 쓸 수 없는 경우가 있다. 환원성을 가지는 경우는 종결어미가 아니라 문장 안에서 연결기능을 하며, 환원성이 없는 경우에만 복합종결어미가 되는 것이다.

   (21) 가. 안 간다고? 같이 <u>가자면서?</u>
       나. 준하가 같이 영화를 보러 <u>가자면서</u> 승희를 데리고 나갔어요.

(21가)와 (21나)는 모두 '가자면서'를 포함하고 있는 문장이다. '가자면서'는 모두 '가자고 하면서'의 줄어든 형태라고 할 수 있다. 그러나 이들을 줄어들기 이전의 형태로 되돌려 쓰면 (21가)는 (22가)와 같이 비문이 된다.

   (22) 가. 안 간다고? 같이 *<u>가자고 하면서?</u>
       나. 준하가 같이 영화를 보러 <u>가자고 하면서</u> 승희를 데리고 나갔어요.

(22)의 예문에서 확인할 수 있는 것과 같이 '가자면서'는 줄어들기 이전의 형태인 '가자고 하면서'로 바꿔 쓸 수 있는 환원성을 가지는 경우와 줄어들기 이전의 형태로 되돌렸을 경우 그 의미를 나타낼 수 없으므로 바꿔서 쓸 수 없는 경우가 있다. 환원성을 가지는 경우는 종결어미가 아니라 문장 안에서 연결기능을 하며, 환원성이 없는 경우에만 복합종결어미가 되는 것이다. 그렇기 때문에 환원성은 연결어미로 끝나는 복합형태 중 단순복합형태로부터 복합종결어미를 구별해내는 데도 중요한 판별기준이 된다.

(23) 가. 아마, 내일 비가 <u>올걸</u>.
　　　나. 영수가 배탈났다고? 어쩐지 너무 많이 <u>먹더라니</u>.

(23가)와 (23나)는 각각 '올걸'과 '먹더라니'로 문장이 끝나고 있다. (23가)의 '올걸'과 (23나)의 '먹더라니'를 줄어들기 이전의 상태로 환원하여 쓰면 다음과 같이 비문이 됨을 알 수가 있다.

(24) 가. *아마, 내일 비가 <u>올 것을</u>.
　　　나. *영수가 배탈났다고? 어쩐지 너무 많이 <u>먹더라고 하니</u>.

(24가)의 '올걸'의 '-을걸'이나 (24나)의 '먹더라니'의 '-더라니'는 줄어들기 이전의 형태로 되돌려 쓸 수 없으므로 환원성이 없다. 환원성이 없으므로 이들은 단순히 줄어든 형태가 아니라 복합종결어미가 되는 것이다.

　　융합으로 이루어진 복합형태는 의미의 차이 없이 융합 이전의 상태로 되돌려 쓸 수 있으면 단순융합형이 되고, 융합 이전의 상태로 되돌려 쓸 수 없으면 복합종결어미가 된다. 이와 같이 환원성과 비환원성은 융합형으로 이루어진 복합형태에서 단순한 융합형과 복합종결어미를 판별해내는 중요한 기준이 되며, 종결어미가 아닌 연결어미로 끝나는 복합형태의 복합종결어미 여부를 판별하는 중요한 기준이 된다.

　　이상의 내용을 표로 나타내면 다음과 같다.

복합형태	환원성	목록
단순한 융합형	O	-는다는구나, -는다는군, -는다더라, -는다더냐…
진전된 융합형	X	-는단다, -는다니, -는다니까, -는다면서, -더라니…

[표 3] 복합종결어미의 판별기준2- 환원성

2.1.3. 분리 가능성

　　분리 가능성은 연속형에서 문제가 되는 기준으로 단순연속형과 복합종결어미를 구별해내는 중요한 판별기준이 된다.

　　다음의 예문에 나타난 복합형태는 모두 연속형이다.

　　(25) 가. 준하가 지금쯤 부산에 <u>도착했겠구나</u>.
　　　　　나. 동해안은 듣던 대로 물이 <u>맑더라고</u>.

(25가)와 (25나)의 '도착했겠구나'와 '맑더라고'는 모두 분석 가능한 형태소로 이루어져 있다. (25가)의 '-았-'이나 '-겠-'은 반드시 두 형태소가 연속해서 나타날 필요가 없고, 비교적 다른 선어말어미나 어말어미와의 결합도 자연스럽다. 그러나 '-더라'는 모든 형태소와의 결합이 자유롭지 못함을 알 수 있다. 즉, (25가)의 '-았-'이나 '-겠-'은 후행하는 종결어미 '-구나'와 분리가 가능하지만 (25나)의 '-더라'는 후행하는 '고'와 긴밀하게 결합된 관계로 하나의 종결어미처럼 행동함을 알 수가 있다. '-더라고'의 '-더라'와 '고'는 '-았-'이나 '-겠-'과 달리 분포가 매우 제약적이므로 분리 가능성이 없다는 것을 의미한다.

이상에서 알 수 있는 사실은 분석이 가능한 둘 이상의 형태소로 이루어졌다고 해서 모두 복합종결어미가 되는 것이 아니라 각각의 형태소가 분리할 수 없을 만큼 긴밀하게 결합된 연속형일 경우에만 복합종결어미가 된다는 것이다.

이상의 논의를 표로 나타내면 다음과 같다.

복합형태	분리 가능성	목록
단순한 연속형	O	-겠다, -았겠다, -시겠다, -시었겠다...
진전된 연속형	X	-더라고, -더라고, -더라니, -더니만, -기는, -기를

[표 4] 복합종결어미의 판별기준3 - 분리 가능성

복합형태	판별기준	분석가능성	환원성	분리 가능성
융합형	단순융합형	O	O	-
	진전된 융합형	O	X	-
연속형	단순연속형	O	-	O
	진전된 연속형	O	-	X

[표 5] 복합종결어미의 형태·통사론적 판별기준

2.2. 의미론적 기준

의미론적 기준에는 삭제된 요소의 의미의 예측 가능성과 새로운 의미의 획득이라는 두 가지 기준이 있다. 이 의미론적 기준은 융합형, 연속형 모두에 적용되는 기준이다.

2.2.1. 의미의 예측 가능성

의미의 예측 가능성은 앞에서 논의한 형태·통사론적인 기준 분석 가능성, 환원성과 비환원성, 분리 가능성-과 달리 결합하는 둘 이상의 형태소 내부의 문제가 아니라 결합하는 두 형태소의 외부적인 문제라고 할 수 있다.

복합종결어미는 복합종결어미를 이루는 구성요소에 따라 종결어미를 후행요소로 하는 경우도 있고, 종결어미가 아닌 연결어미나 조사를 후행요소로 하는 경우도 있다. 그리고 연결어미나 조사를 후행요소로 하는 복합종결어미에는 융합형도 있고, 연속형도 있다.

융합형과 연속형의 복합형태들은 환원성과 분리 가능성의 기준으로 복합종결어미를 판별할 수도 있지만 또 하나 요구되는 기준이 있다. 연결어미나 조사를 후행요소로 하는 복합형태가 복합종결어미가 되기 위해서는 연결어미나 조사를 후행요소로 하는 복합형태가 종결어미 기능을 한다는 확신이 있어야 한다. 따라서 후행절의 삭제와 삭제된 후행절의 예측가능성이 중요한 문제가 된다. 연결어미나 조사를 후행 요소로 하는 복합형태는 그 복합형태 뒤에 삭제된 요소를 가지게 마련이다. 그리고 그 삭제된 요소는 단어일 수도 있고, 문장일 수도 있고 절일 수도 있다. 복합형태 뒤에 삭제된 요소를 예측해낼 수 있으면 그 복합형태는 복합종결어미가 된다. 그렇지 않으면 그 복합형태는 단순 복합형태이거나 아니면 뒤의 문장이나 절이 단순히 생략된 것에 불과하다.

먼저 연결어미를 후행요소로 하는 복합형태들을 살펴보자.

(26) 가. 나는 그런 일을 <u>싫어한다니까</u>.
　　　나. 영수가 그런 일을 <u>싫어한다길래</u>.
　　　다. 영수가 그런 일을 <u>싫어해서</u>...
　　　라. 나는 그런 일을 <u>싫어한다지만</u>...

(26가)의 '-ㄴ다니까'는 문장의 마지막에 위치하고 짜증이나 자신의 생각을 강조하는 의미를 나타내며 삭제된 후행문으로 '왜 자꾸 하자고 해'를 예측해 낼 수가 있다. 그러나 (26나), (26다), (26라)의 경우는 각각 '-ㄴ다길래', '-여서', '-다지만'이 문장 마지막에 위치하고 있지만 이들은 완전한 문장이 아니며 앞뒤 문맥 없이 이들 문장이 나타내는 의미를 알아내기는 어렵다. 따라서 위의 예문 중에서 삭제된 후행절의

내용이 예측 가능한 '-는다니까'만 복합종결어미가 되는 것이다.[10]

둘 이상의 형태가 결합하여 이루어진 복합형태에는 후행요소가 조사인 경우도 있다. 조사로 끝나는 복합형태가 복합종결어미가 되기 위해서는 후행절의 삭제와 삭제된 후행절의 예측가능성이 중요한 문제가 된다. 후행요소가 종결어미가 아닌 형태에서 그 형태 뒤에 삭제된 것은 단어일 수도 있고, 문장일 수도 있다. 중요한 것은 단어나 문장이 삭제되고 난 후에 조사가 종결어미의 기능을 해야 한다는 것이다. 즉, 삭제된 후행절이나 후행동사의 의미를 조사가 나타내야 하고, 조사가 삭제된 후행절이나 후행동사를 완전히 대신해 줄 수 있는 경우만이 복합종결어미가 된다는 것이다.

(27) 가. 다음에 보자고? 그래, 요즘 네가 <u>바쁘니까는/*만/*도/*조차</u>.
　　 나. 내가 <u>예쁘기는/*만/*도/*조차/*마저</u>.

(27가)의 '-으니까는'에서 '는'을 대신할 수 있는 조사가 없으며, 삭제된 후행절은 다음과 같이 예측이 가능하다.

(28) 다음에 보자고? 그래 요즘은 네가 <u>바쁘니까는</u> 못 만나겠구나.

---

10) 김태엽(2001)은 분화의 원리에 따른 문법화를 이야기하면서 문법화하기 이전 문장의 어느 부분이 삭제되면서 그것이 담당하던 기능이 종결어미로 이전되는 현상을 문법기능의 이전이라고 보았다. 보조동사 구문과 종속접속문에서 보조동사와 후행문이 삭제되고 나면 보조동사와 후행문의 서술어에 결합된 종결어미가 실현하는 두 가지 이상의 마침법과 청자높임법의 기능은 본동사와 선행문에 결합된 연결어미로 이전되는 것이라고 설명하였다. 그는 연결어미가 종결어미로 바뀌는 문법화의 과정을 문장구조의 축소, 문법기능의 이전, 끊어짐의 수행-억양 얹힘, 문장종결기능의 획득 순으로 설명하였다.

(27가)의 '바쁘니까는'의 '-니까는' 뒤에는 '못 만나겠구나'라는 문장이 삭제됐고, 그 삭제된 문장의 의미를 조사 '는'이 대신하면서 '-니까는'이 복합종결어미가 된 것이다. (27나)의 '-기는'도 '는'을 대신할 수 있는 조사가 없으며 삭제된 후행절은 다음과 같이 예측 가능하다.

(29) 내가 <u>예쁘기는</u> 뭐가 예뻐. 그런데 예쁘다고 말해 줘서 고마워.

(27나)의 '예쁘기는'의 '-기는'은 '예쁘기는 뭐가 예뻐. 그런데 예쁘다고 말해 줘서 고마워'에서 '뭐가 예뻐. 그런데 예쁘다고 말해 줘서 고마워'가 삭제된 후에 그 의미를 조사 '는'이 나타내면서 복합종결어미가 된 것이며, '-기는'을 보면 삭제된 후행절을 쉽게 예측해낼 수가 있다.

앞서 말했듯이 둘 이상의 형태소가 결합했다는 것만으로 복합종결어미라고 할 수 없으며, 종결어미의 기능을 하여야만 온전한 복합종결어미라고 할 수가 있다.

(30) 가. 그 여자가 <u>예쁘기는</u> 하다.
　　　　나. 그 여자가 <u>예쁘기는</u> 뭐가 예뻐요?

(30가)와 (30나)의 '예쁘기는'은 각각 같은 형태를 가진 것으로 보인다.

(31) 가. *그 여자가 <u>예쁘기는</u>.
　　　　나. 그 여자가 <u>예쁘기는.</u>

후행절이나 후행하는 동사를 삭제했을 경우 (30나)는 (31나)와 같이 본래의 의미 기능을 수행하지만 (30가)는 (31가)와 같이 후행절을 삭제했을 경우 비문 또는 원래의 문장과는 다른 의미를 나타내는 문장이 된다. 따라서 복합종결어미는 두 개 이상의 형태소가 결합한 것뿐만 아니라 후행절이나 후행동사가 삭제됐을 때 그 삭제된 후행절이나 후행동사를 충분히 예측할 수 있는 것만이 종결어미 기능을 한다는 것을 알 수 있고 이를 복합종결어미라고 할 수 있다.

이 삭제된 후행요소의 '의미의 예측가능성'은 특히 연결어미나 조사 등 종결어미가 아닌 형태소로 끝나는 복합형태에서 복합종결어미를 구별해내는 중요한 판별기준이 된다.

이상의 내용을 표로 정리하면 다음과 같다.

복합형태 / 판별기준		의미의 예측가능성 (삭제된 후행요소)	목 록
융합형	단순융합형	X	-다길래, -다지만
	진전된 융합형	O	-다면서, -다니까
연속형	단순연속형	X	-기만,- 기도…
	진전된 연속형	O	-을라고, -는다고, -으니까는 -더니만, -기는, -기를…

[표 6] 복합종결어미의 의미론적 판별기준1 — 의미의 예측 가능성

[표 6]에서 알 수 있듯이 연결어미나 조사 등 종결어미가 아닌 형태소로 끝나는 복합형태는 삭제된 후행절의 의미가 예측 가능할 때만 복합

종결어미가 되는 것이다.

2.2.2. 새로운 의미의 획득 – 양태성

복합종결어미는 둘 이상의 형태소가 결합하여 이루어진 형태이지만 둘 이상의 형태소가 결합했다고 해서 모두 복합종결어미가 되는 것은 아니다. 둘 이상의 형태소가 결합하여 복합종결어미가 되기 위하여서는 앞에서 이야기한 기준에 부합해야 함은 물론이다. 두 구성요소가 결합하여 복합어를 형성할 때 거기에는 의미의 변화가 뒤따르게 마련이다. 복합어의 의미는 각각의 구성성분이 지닌 의미를 합한 값이 아니라 그것과는 다른 새로운 것이 된다. 곧 두 구성성분의 의미로부터 복합어의 의미를 예측할 수 없기 때문에 그 의미는 특수성을 띄게 된다. 이와 같이 복합어의 형성 과정에는 의미의 특수성이 관여하는데 이러한 현상은 복합종결어미의 경우도 마찬가지이다(이규호:2001). 복합종결어미가 나타내는 의미는 단순히 두 형태소의 의미의 합이 아니며 만약 그 조건을 만족시킬 수 없다면 그것은 단순복합형태일 뿐이지 복합종결어미라고 할 수 없다.

먼저 융합형의 복합종결어미의 경우를 살펴보자.

(32) 가. 일기예보에서 내일도 비가 <u>온단다</u>.
　　　 나. 준하도 축구 시합에 <u>나간다니</u>?
　　　 다. 준하는 안 <u>간다니까</u> 그냥 우리끼리 가자.

(32)의 '온단다'의 '-ㄴ단다', '나간다니'의 '-ㄴ다니', '간다니까'의 '-ㄴ다

니까'는 각각 둘 이상의 형태가 결합하여 이루어진 복합형태이다. 그러나 '의미'의 면에서 봤을 때 (32가)의 '-ㄴ단다'는 '-는다고 한다'의 의미와 같은 의미를 나타낸다. (32나)의 '-ㄴ다니'는 '-는다고 하니'의 의미를 나타내고, (32다)의 '-ㄴ다니까' 역시 '-ㄴ다고 하니까'와 같은 의미를 나타낸다. (32)의 복합형태들의 의미는 곧 선행하는 요소와 후행하는 요소의 의미의 합이다.

(33) 가. 나는 잘 <u>지낸단다</u>.
    나. 너는 대체 왜 <u>그런다니</u>?
    다. 글쎄, 난 안 <u>간다니까</u>.

(33)의 '-ㄴ단다', '-ㄴ다니', '-ㄴ다니까'는 단순하게 선행요소와 후행요소가 더하여진 의미를 나타내는 것이 아니다. (33가)의 '-ㄴ단다'는 종결어미 '-ㄴ다'와 종결어미 '-ㄴ다'가 결합한 것이다. 이때 '-ㄴ단다'는 (32가)의 '-ㄴ단다'와 달리 단순하게 다른 사람에게 들은 사실을 전달하는 의미가 아니라 다른 사람에게 자신의 이야기를 친근하게 표현하는 의미가 있다. (33나)의 '-ㄴ다니'는 종결어미와 종결어미가 결합한 것이다. 이때 '-ㄴ다니'는 단순하게 상대방이 알고 있는 사실에 대해 질문하는 (32나)와는 달리 전달되는 내용이 못마땅하거나 그것을 비난하는 의미를 표현하고 있다. (33다)의 '-ㄴ다니까'는 종결어미 '-ㄴ다'와 연결어미 '-니까'가 결합한 것이다. 이때 '-는다니까'는 들은 사실이 이유임을 나타내는 (32다)와는 달리 짜증스러움을 강조하여 표현하고 있다.

(32)와 (33)의 '-ㄴ단다', '-ㄴ다니', '-ㄴ다니까'는 같은 형태를 취하고

있지만, (32)의 '-ㄴ단다', '-ㄴ다니', '-ㄴ다니까'는 단순복합형태이고 새
로운 의미인 친근함, 못마땅함, 짜증, 감탄을 나타내는 (33)의 '-ㄴ단다',
'-ㄴ다니', '-ㄴ다니까'는 복합종결어미가 된다.

단순복합형태가 복합종결어미가 되기 위해서는 새로운 의미를 획득
하여야 하는 것이다. 그리고 (33)의 예문에서 알 수 있듯이 복합종결어
미가 가지는 새로운 의미는 친근함, 못마땅함, 짜증, 감탄 등으로 말하
는 사람의 주관적인 감정을 표현하게 된다. 이 주관적인 감정은 명제
내용에 대한 말하는 사람의 심적 태도, 즉 양태성이라고 할 수 있다.[11]

새로운 의미의 획득 여부는 복합종결어미 여부를 가리는 중요한 판
별기준으로 융합형뿐만 아니라 연속형에도 적용된다. 연속형의 경우를
살펴보자.

(34) 가. 우리 애가 <u>예쁘기는</u>. 예쁘게 봐 줘서 고마워.
　　　나. 나는 그 영화는 안 <u>본다고</u>.

(34)의 '-기는'과 '-ㄴ다고'는 단순하게 선행요소와 후행요소가 더하여진
의미를 나타내는 것이 아니다. (34가)의 '-기는'은 명사형 어미 '-기'와
조사 '는'으로 이루어져 삭제된 후행절의 의미까지를 포함한 겸손함의
의미를 나타낸다. (34나)의 '-ㄴ다고' 역시 종결어미 '-ㄴ다'와 조사 '고'
가 결합하여 이루어졌고 의미는 다른 사람의 말을 전달하는 의미가
아닌 자기의 주장을 짜증스럽게 강조하는 새로운 의미를 가지게 된다.

---

11) 박갑수 외(2000)에 따르면 양태란 명제 내용에 대한 화자의 심적 태도가 양태
　　이며, 양태는 객관적, 인식(추측・확신), 의무(허용・의무), 기원 양태 등으로
　　범주화할 수 있다고 한다.

'-기는'과 '-ㄴ다고'는 모두 연속형 복합종결어미로서 융합형 복합종결어미와 마찬가지로 새로운 의미, 양태성을 획득한다.

이상의 사실에서 알 수 있는 사실은 융합형이나 연속형의 경우 모두 새로운 의미를 획득하여야만 복합종결어미가 된다는 것이다.

(35) 가. 단순복합형태   : A + B = AB

나. 복합종결어미   : A + B = C   (A-선행요소, B-후행요소)

이상의 내용을 표로 정리하면 다음과 같다.

복합형태		새로운 의미의 획득	목록
융합형	단순융합형	X	-는다는구나, -는다나1, -는다니1...
	진전된 융합형	O	-는다나2, -는다니2...
연속형	단순연속형	X	-더구나, -더구려, -리오, -리까...
	진전된 연속형	O	-기는, -는다고...

[표 7] 복합종결어미의 의미론적 판별기준2 − 새로운 의미의 획득

복합형태	판별기준	형태·통사론적 기준			의미론적 기준	
		분석 가능성	환원성	분리 가능성	의미의 예측 가능성	새로운 의미의 획득
융합형	단순융합형	O	O	-	-	X
	진전된 융합형	O	X	-	O	O
연속형	단순연속형	O	-	O	-	X
	진전된 연속형	O	-	X	O	O

[표 8] 복합종결어미의 판별기준

[표 8]에서 알 수 있는 것과 같이 둘 이상의 형태소가 결합하여 복합종결어미가 되기 위하여서는 분석가능성, 비환원성, 분리 가능성, 의미의 예측가능성, 새 의미의 획득이라는 기준을 만족시켜야 한다.

이들 판별기준 중에서 융합형에만 적용되는 기준은 환원성이고, 연속형에만 적용되는 기준은 분리 가능성이다. 융합형과 연속형 모두에 적용되는 기준으로는 분석가능성과 삭제된 후행절의 예측 가능성, 새로운 의미의 획득이 있다.

다음 제3장에서는 이런 판별기준에 근거하여 복합종결어미를 이루는 구성요소에 따른 복합종결어미의 유형에 대해 살펴보도록 한다.

제3장.
복합종결어미의
유형

한국어 복합종결어미

이 장에서 논의하는 복합종결어미의 유형은 복합종결어미를 이루고 있는 구성요소에 따른 유형이다. 구성요소에 따른 복합종결어미의 유형에는 종결어미 뒤에 종결어미 또는 다른 형태소 즉, 연결어미나 조사 등이 결합하는 경우도 있고, 연결어미 뒤에 종결어미나 조사 등이 결합하여 이루어진 경우도 있다. 또 관형사형 어미, 명사형 어미와 같은 전성어미에 조사나 체언곡용형12)이 결합하여 이루어진 경우도 있다. 또 복합종결어미는 경우에 따라서 종결어미와 종결어미, 종결어미와 연결어미처럼 단일형태소가 결합하는 경우도 있지만, 이미 복합종결어미가 된 복합형태에 단일형태소가 결합하기도 하고 단일형태소에 복합형태가 결합하기도 한다.

1 종결어미가 선행하는 유형

복합종결어미에는 종결어미를 포함한 유형이 있는데 종결어미에 다른 형태소가 결합하여 이루어진 복합종결어미를 말한다. 이 유형에는 단일형태와 단일형태가 결합하여 이루어진 것도 있지만 복합형태(복합종결어미)를 포함한 구성으로 이루어진 경우도 있다. 복합형태를 포함한

---

12) 체언곡용형이란 명사에 계사 '이'가 결합한 구성을 말한다. 체언곡용형에는 '터'와 '-이야, '-이니'가 결합한 '테야, 테니'와 '것'과 '을'이 결합한 '걸' 등이 있다.

구성은 복합형태에 단일형태소가 결합한 경우와 단일형태소에 복합형태가 결합한 경우로 나뉜다.

종결어미를 포함한 복합종결어미는 크게 단일형태끼리의 결합과 복합형태와 단일형태와의 결합, 두 가지로 나눌 수 있다.

1.1. 단일형태와 단일형태로 이루어진 유형

단일형태와 단일형태가 결합하여 이루어진 유형은 다시 융합형과 연속형으로 나뉜다. 그리고 선행요소를 종결어미로 하는 융합형은 후행요소가 무엇이냐에 따라서 종결어미에 종결어미가 결합하는 유형과 종결어미에 연결어미가 결합하는 유형으로 나뉜다. 선행요소를 종결어미로 하는 복합종결어미의 유형에서 연속형은 종결어미에 조사가 결합하는 경우 하나만이 존재한다.

1.1.1. 융합형

융합형으로 이루어진 복합종결어미의 유형에는 종결어미에 종결어미가 결합하여 이루어진 유형, 종결어미에 연결어미가 결합하여 이루어진 유형이 있으며, 이들 각각의 형태소는 연속적으로 이루어진 형태소가 문법화하여 복합종결어미가 되는 것이 아니라, 각각의 형태소 사이의 형태소나 단어의 경계 등이 삭제되거나 생략된 후에 결합하여 이루어진 것이다.

1.1.1.1. 종결어미에 종결어미가 결합하는 유형

종결어미와 종결어미가 결합하여 복합종결어미가 되는 경우가 있다.

(1) 가. 날씨가 왜 이렇게 <u>춥다니?</u>

　　나. 미국에는 허리케인인가 하는 무서운 바람이 <u>있다나.</u>

　　다. 나는 잘 <u>지낸다네.</u>

　　라. 우리 할머님은 평소에 한복을 즐겨 <u>입으신다오.</u>

　　마. 추석에 달을 보고 소원을 빌면 소원이 <u>이루어진다지.</u>

　　바. 나와 우리 가족은 모두 건강하게 잘 <u>지낸단다.</u>

　　사. 저는 잘 지내고 있어요. 내일은 친구와 같이 명동에 <u>간답니다.</u>

　　아. 누가 그런 소리를 <u>한답니까?</u>

　　자. 누가 그런 더러운 물에서 수영을 <u>한다더냐?</u>

　　차. 영수가 또 축구를 <u>하더라지.</u> 그렇게 하지 말라고 해도

(1)의 예문은 각각 '-다니', '-다나', '-ㄴ다네', '-ㄴ다오', '-ㄴ다지', '-ㄴ단다', '-ㄴ답니다', '-ㄴ답니까', '-ㄴ다더냐', '-더라지'로 문장이 끝나고 있으므로 이들은 모두 종결어미로 쓰이고 있음을 부인할 수가 없다. 그리고 이들 종결어미는 하나의 형태소로 이루어진 것이 아니다. '-다니'는 종결어미 '-다'와 종결어미 '-니'로 이루어진 것이며, '-다나'는 종결어미 '-다'와 종결어미 '-나'로 이루어진 것이며, '-ㄴ다네'는 종결어미 '-ㄴ다'와 종결어미 '-네'로 이루어진 것이며, '-ㄴ다오'는 종결어미 '-ㄴ다'와 종결어미 '-오'로 이루어진 것이며, '-ㄴ다지'는 종결어미 '-ㄴ다'와 종결어미 '-지'로 이루어진 것이며, '-ㄴ단다'는 종결어미 '-ㄴ다'와 종결어미 '-ㄴ다'로 이루어진 것이며, '-ㄴ답니다'는 종결어미 '-ㄴ다'와 종결어미 '-ㅂ니다'로 이루어진 것이며, '-ㄴ답니까'는 종결어미 '-ㄴ다'와 종결어

미 '-ㅂ니까'로 이루어진 것이며, '-ㄴ다더냐'는 종결어미 '-ㄴ다'와 종결어미 '-더냐'로 이루어진 것이며, '-더라지'는 종결어미 '-더라'와 종결어미 '-지'가 결합하여 이루어진 것이다.

이처럼 종결어미에 종결어미가 결합하여 이루어진 복합종결어미에는 '-는다니', '-는다나', '-는다네', '-는다오', '-는다지', '-는단다', '-는답니다', '-는답니까', '-는다더냐', '-더라지' 등이 있다. 이 10개 모두는 '-고 하-'의 인용절이 삭제되고 융합의 과정을 거쳐 종결어미가 된 것들이다. 그리고 이 10개의 항목들은 모두 복합종결어미이지만, 또 10개 항목 모두는 단순융합형으로 쓰이기도 한다.

(2) 가. 영수는 언제 <u>온다니?</u>
    나. 내일 수업은 몇 시에 <u>시작한다니?</u>
    다. 도대체 날씨가 왜 이렇게 <u>덥다니?</u>
    라. 내가 요즘 왜 <u>이런다니?</u>

(2가)와 (2나)의 '온다니'와 '시작한다니'는 각각 '온다고 하니'와 '시작한다고 하니'의 줄어든 형태이지만 (2다)와 (2라)의 '덥다니'와 '이런다니'는 각각 '덥다고 하니'와 '이런다고 하니'의 줄어든 형태가 아니라서 그렇게 바꿔 쓰면 어색한 문장이 된다.

(3) 가. 영수는 언제 <u>온다고 하니?</u>
    나. 내일 수업은 몇 시에 <u>시작한다고 하니?</u>
    다. 도대체 날씨가 왜 이렇게 *<u>덥다고 하니?</u>
    라. 내가 요즘 왜 *<u>이런다고 하니?</u>

다음의 예문을 보자.

(4) 가. 영수도 내일 <u>온답니까</u>?
　　나. 내일 회의는 몇 시에 <u>시작한답니까</u>?
　　다. 누가 알지도 못하면서 그런 소리를 <u>한답니까</u>?
　　라. 요즘 누가 그런 음식을 <u>먹는답니까</u>?

(4가)와 (4나)의 '온답니까'와 '시작한답니까'는 각각 '온다고 합니까'와 '시작한다고 합니까'의 줄어든 형태이지만 (4다)와 (4라)의 '한답니까'와 '먹는답니까'는 각각 '한다고 합니까'와 '먹는다고 합니까'의 줄어든 형태가 아니라서 그렇게 바꿔 쓰면 (5다), (5라)와 같이 어색한 문장이 된다. (4다)와 (4라)는 의문문으로 쓰였지만 질문을 위한 것이 아니라 (4다)는 '그런 소리를 하면 안 된다'고 강조하는 의미를 나타내고, (4라)는 '요즘 그런 음식을 먹는 사람은 없다'는 것을 강조하여 말함을 나타내기 때문이다.

(5) 가. 영수도 내일 <u>온다고 합니까</u>?
　　나. 내일 회의는 몇 시에 <u>시작한다고 합니까</u>?
　　다. 누가 알지도 못하면서 그런 소리를 *<u>한다고 합니까</u>?
　　라. 요즘 누가 그런 음식을 *<u>먹는다고 합니까</u>?

(4다)와 (4라)의 '한답니까'와 '먹는답니까'에 쓰인 '-ㄴ답니까'와 '-는답니까'는 공시적 형태소로 분석이 가능하나 의미상으로 분석할 수 없으므로 복합종결어미가 된다. 단순융합형의 경우는 의미상 분석이 가능

하다고 하더라도 줄어든 표현과 줄어들기 이전의 표현에는 뉘앙스의 차이가 나는 경우가 있다.[13]

1.1.1.2. 종결어미에 연결어미가 결합하는 유형

종결어미와 연결어미가 결합하여 복합종결어미가 되는 경우가 있다.

(6) 가. 불고기를 싫어한다고? 고기를 <u>좋아한다며?</u>
　　나. 글쎄, 나는 <u>모른다니까.</u>

(6)의 예문은 각각 '좋아한다며'와 '모른다니까'로 끝나는 문장이다. 각각 '-ㄴ다며'와 '-ㄴ다니까'로 문장이 끝나고 있으므로 이들은 종결어미가 된다. 그리고 이들 종결어미는 하나의 단일 형태소로 이루어진 것이 아니다. '-ㄴ다며'는 종결어미 '-ㄴ다'와 연결어미 '-며'로 이루어진 것이며, '-ㄴ다니까'는 종결어미 '-ㄴ다'와 연결어미 '-니까'로 이루어진 것이다. 복합종결어미의 판별기준에 의하면 이들은 복합종결어미의 가능성이 있다. 그러나 종결어미와 연결어미가 결합했다고 해서 모두 복합종결어미가 되는 것은 아니다.

---

13) '영수가 학교에 간다는구나'와 '영수가 학교에 간다고 하는구나'는 비슷한 의미를 나타내는 문장이지만 '간다고 하는구나'의 경우는 '간다는구나'에 비해서 다른 사람의 말을 전달하는 느낌이 더 강하게 느껴진다. 반면 '간다는구나'는 '간다고 하는구나'의 줄어든 말로 같은 의미를 나타내지만 '간다고 하는구나'에 비해서 알게 된 사실에 대한 감탄의 느낌이 더 크고 때로는 알고 있는 사실에 대해 별로 관심 없는 듯이 말함을 나타내기도 한다. 어미·조사사전(이종희·이희자:2001)에서는 '-는다는구나'를 하나의 종결어미로 보고 있다.

> (7) 가. 영화 보러 가자고? 안 <u>간다면서?</u>
>
>   나. 영수는 집에 갔어요. 여기에 있기 <u>싫다면서.</u>

(7가)와 (7나)의 '간다면서'와 '싫다면서'가 문장의 끝에 나타나고 있다. 그리고 '간다면서'와 '싫다면서'는 각각 '간다고 하면서'와 '싫다고 하면서'의 줄어든 형태라고 생각을 할 수가 있지만 (7가)의 '간다면서'는 줄어들기 이전의 상태로 되돌려서 쓰면 다음과 같이 어색한 문장이 된다.

> (8) 가. 영화 보러 가자고? 안 *<u>간다고 하면서?</u>
>
>   나. 영수는 집에 갔어요. 여기에 있기 <u>싫다고 하면서.</u>

(8)의 예문에서 확인할 수 있는 것처럼 (7나)의 '싫다면서'는 단순히 '싫다고 하면서'가 줄어든 것이지 복합종결어미가 아니다. 그리고 문장의 구조를 보면 (7나)의 '싫다면서'는 문장 끝에 위치하고 있기는 하지만 종결어미가 아니다. 이것은 문장이 도치되면서 연결어미가 문장 끝에 놓이게 된 것이다.

> (9) 여기에 있기 싫다면서(<u>싫다고 하면서</u>) 영수는 집에 갔어요.

그러나 (7가)의 '간다면서'는 단순히 '간다고 하면서'가 줄어든 형태가 아니다. 즉, 확인을 하기 위해 질문하는 것이 아니라 '안 간다고 했으면서 왜 가냐'고 따짐을 나타낸다. '-ㄴ다면서'가 의미상 분리할 수 없는 하나의 종결어미처럼 쓰이고 있으므로 이것은 복합종결어미가 된다.

(10) 너는 <u>안 간다고 했으면서</u> 왜 영화를 보러 가자고 해?

(7나)의 '-다면서'를 포함한 문장은 예문 (9)로 바꿔 쓰면 의미가 통한다
는 것을 알 수 있다. 이때는 종결어미가 아니라 연결어미로 쓰인다는
사실에 주목해야 한다. 즉, 예문 (9)와 같은 형태가 (7나)로 줄어들면서
뒤에 나오는 문장의 의미까지 포함하게 되는 것이다.

이와 같이 연결어미로 끝나는 복합형태의 경우에 그것이 단순융합형
인지 복합종결어미인지를 판단할 때는 융합 전과 융합 후 의미의 환원
성도 중요하지만, 후행하는 연결어미가 연결기능을 하는지 아니면 문
장을 종결시키는 종결어미로 쓰이는지 반드시 확인할 필요가 있다. 후
행하는 연결어미가 그러한 조건을 만족시킬 때만 복합종결어미라고
할 수가 있는 것이다.[14]

종결어미에 연결어미가 결합하여 이루어진 복합종결어미는 모두 '-
고 하-'의 인용절이 삭제되고 융합의 과정을 거쳐 종결어미가 된 것들
로 그 항목에는 '-는다면서', '-는다며', '-는다니까', '-는다는데', '-는다
니'[15], '-더라니', '-더라니까', '-더라면서' 등이 있다. 이들 중에서 '-는다

---

14) 이 조건은 도치된 문장의 도치 환원 가능성과 생략된 요소의 추측가능성 등을
   들 수가 있다. 그래서 도치된 문장을 원래대로 환원시킬 수가 있으면 연결어미
   가 되는 것이고, 그렇지 않으면 복합종결어미가 된다. 뒤에 생략된 요소를
   누구나 예측할 수 있는 것일 때만 그 후행요소를 연결어미로 하는 복합형태는
   종결어미로 쓰이게 되는 것이다. 그렇지 않으면 그것은 단순히 후행요소가
   생략이 된 것이므로 그 의미를 알기 위해서는 문맥이나 담화상황이 꼭 필요하
   게 된다.
15) 이동혁(2000)은 현대국어의 연결어미 형성과 관련해서 주목해서 보아야 할
   부분이 종결어미의 연결어미 구성의 참여라고 주장하였다. 종결어미와 연결
   어미는 어말어미라는 점에서 공통적이며, 문체의 영향에 따라 상당히 지위의

면서', '-는다며'와 '-는다니까', '-는다는데', '-더라니까'는 단순융합형일 때는 문장 속에서 연결어미로 쓰이므로 이들을 단순융합형 복합종결어미로 분류하지 않았다.

1.1.2. 연속형

융합의 과정이 없이 인접한 형태소들의 관계가 진전하여 하나의 종결어미로 쓰이는 것이 바로 연속형 복합종결어미이다. 연속형 복합종결어미 중에서 종결어미가 선행하는 복합종결어미 유형에는 종결어미 뒤에 조사가 결합하는 경우만이 존재한다.

1.1.2.1. 종결어미에 조사가 결합하는 유형

종결어미와 조사가 결합하여 복합종결어미가 되는 경우는 종결어미에 인용격조사 '고'가 결합하는 경우이다.

이동이 가능한 어미의 종류들이며, 이로써 종결어미와 연결어미가 형태가 동일하면서도 문장에서 연결어미로 쓰이는 경우도 있고, 종결어미로 쓰이는 경우도 있다고 지적하였다. 종결어미 '-다'가 연결어미 구성에 참여할 수 있는 방법은 크게 보조사 '-만'의 결합과 기존 연결어미가 직접 '-다'의 뒤에 결합하는 경우가 있다고 하였다. 이 두 가지 경우는 근대국어 시기까지만 해도 잘 보이지 않다가 현대국어 제1기(1876)에 들면서 점차적으로 자주 나타나기 시작하는 공통점을 가지고 있다고 주장하였다. 그러면서 연결어미 '-다니'의 종결어미화 과정을 나타내는 다음의 예문을 제시하였다.
ㄱ. 血氣定티 못ᄒ여신제 계홈이 色에 잇다 ᄒ시니 이곳이 이 놀 곳이 아니로대(오륜전비 언해1:5a)]
ㄴ. 형님은 백만 환 아니면 안 내놓겠다니 말이 됩니까?
　　["분수" [사상계]8-5(1960.5)374면)]
ㄱ,ㄴ의 예문에서 연결어미의 종결어미화 과정을 알 수가 있다.

(11) 가. 싫어. 나는 <u>싫다고</u>.
　　　나. 내가 얼마나 노래를 잘 <u>부른다고</u>.

(11)의 예문은 각각 '싫다고'와 '부른다고'로 끝나는 문장이다. 즉, '-다고'
와 '-ㄴ다고'로 문장이 끝나고 있으므로 이들은 종결어미가 된다. 그리
고 이들 종결어미는 하나의 단일 형태소로 이루어진 것이 아니다. '-다
고'와 '-ㄴ다고'는 모두 종결어미와 조사 '고'로 이루어진 것이다. '-다고'
는 종결어미 '-다'에 조사 '고'가 결합한 형태이고, '-는다고'는 종결어미
'-ㄴ다'에 조사 '고'가 결합한 형태이다.
　　그러나 종결어미와 조사가 결합했다고 해서 모두 복합종결어미가
되는 것은 아니다.

(12) 가. 준하: 영수가 영화 보러 가자고 했을 때 너는 뭐라고 했어?
　　　　　승희: 나? <u>싫다고</u>.
　　　나. 나는 안 먹어. 안 <u>먹는다고</u>.

(12가)의 '싫다고'는 '싫다고 말했어'로 '싫다고' 뒤에 있어야 할 '말했어'
라는 동사가 생략된 상태라고 할 수 있다. 그러나 (12나)의 '먹는다고'는
(12가)의 '싫다고'와는 달리 완전히 끝난 문장으로 여겨지며, 이미 말한
것에 대해 확인하여 말하거나 자신의 생각을 강조하여 말함의 의미를
나타낸다. 따라서 '먹는다고 말했어'에서 후행동사 '말했어'가 완전히
삭제된 형태라고 할 수 있다. 뿐만 아니라 '먹는다고'의 '-는다고'는 후행
동사 '말했어'까지 포함하고 거기에 자신의 생각이나 주장을 강조하는
의미가 추가된다. 그렇기 때문에 줄어들기 이전의 상태로 되돌렸을 경

우 (12가)는 (13가)에서 보는 것과 같이 맞는 문장이 되지만 (12나)의 문장은 (13나)에서 보는 것과 같이 의미가 통하지 않는 비문이 되는 것이다.

(13) 가. 준하: 영수가 영화 보러 가자고 했을 때 너는 뭐라고 했어?
　　　　　승희: 나? <u>싫다고 말했어.</u>
　　　나. 나는 안 먹어. *<u>안 먹는다고 말했어.</u>

'-다고'는 자기가 한 말을 다시 한번 확인하여 말할 때뿐만 아니라 다른 사람에게 자랑하듯이 말할 때도 쓸 수 있다.[16]

(14) 준하: 그 영화가 재미있어?
　　　승희: 그럼 얼마나 <u>재미있다고.</u>

(14)의 '재미있다고'는 '재미있다'의 '-다'에 감탄의 의미를 나타내는 조사 '고'가 결합하여 자랑의 느낌으로 쓰인 것이다. 그렇기 때문에 (15)의 예문에서처럼 줄어들기 전으로 되돌려 쓸 수가 없다.

(15) 준하: 그 영화가 재미있어?

---

16) 설명법 {-다에 '고'가 붙으면 간접인용형으로 해석되지 않는 일이 있다. 이러한 형식을 절단된 유사축약형이라 하며 문체론적으로 변이형으로 간주하려는 태도는 비교적 온당하다(남기심,1973:85-86). 그러나 {-다에 비해 영탄적이고 완곡한 뉘앙스가 풍김을 부인할 수 없다(고영근,1989:306). 그렇다면 예문 (12)에 제시된 '-다고'는 단순히 종결어미 '-다'에 조사 '고'가 연속적으로 쓰여 문법화하여 복합종결어미라고 볼 수 있을 것이다. 본 연구에서도 '-다고'를 인접한 형태소의 융합 즉, 연속형으로 분류하였다.

승희: 그럼 얼마나 *재미있다고 해.

'-다고'는 자신의 생각과 다른 사실을 발견하고 감탄하듯이 말하는 의미로도 쓰인다.

(16) 준하: 축구를 잘 한다면서?
　　 승희: 그래, 내가 여자치고 축구를 잘 하는 편이지.
　　 준하: 아니, 너희 학교 축구부 선수들 말이야.
　　 승희: 난 또 내가 축구를 잘 한다고.

(16)의 '잘 한다고'는 '(네가) 내가 축구를 잘 한다고 말(생각)하는 줄 알았지'에서 '잘 한다고'에 후행하는 동사 '말하다/생각하다'가 삭제된 형태이며, 삭제된 동사의 의미까지 '-ㄴ다고'가 대신 나타내고 있는 것이다. '-ㄴ다고'는 '말하다/생각하다' 등의 동사가 삭제된 상태로 쓰이다가 '-ㄴ다고'가 새로운 의미를 나타내는 하나의 종결어미처럼 쓰이게 된 것이다.

이와 같이 종결어미에 조사가 결합하여 복합종결어미가 되는 경우는 '-는다고' 이외에 '-을라고'가 있다.

(17) 준하: 이야기 들었어? 영수가 학교를 그만둘 거래.
　　 승희: 설마, 영수가 학교를 그만둘라고.[17]

(17가)의 '그만둘라고'는 '그만둘라고 하겠어'에서 '그만둘라고' 뒤에 후

---

[17] 고영근(1989:293)은 '-(으)ㄹ라'를 경계법을 나타내는 단일 형태소로 본다.

행하는 동사 '하겠어'가 삭제된 문장이다. '그만둘라고'의 '-을라고'는 경계법을 나타내는 '-을라'에 조사 '-고'가 결합하여 이루어진 복합형태이다. '-는다고', '-을라고'는 모두 후행하는 동사 '말하다'나 '하다' 등의 동사가 삭제되고, 후행동사나 후행문장의 의미를 조사 '고'가 나타냄으로써 종결어미가 되는 것이다. 종결어미에 조사가 결합하여 복합종결어미가 되는 경우는 '-는다고', '-을라고' 외에 '-더라고', '-더니만'이 있다.

지금까지 살펴본 종결어미를 선행요소로 하는 복합종결어미 중에서 단일형태와 단일형태가 결합하는 유형을 표로 정리하면 다음과 같다.

유 형		선행요소	후행요소	복합종결어미[18]	단순융합형
융합형	1	종결어미	종결어미	는다니1, 는다나1, 는다네1, 는다오1, 는다지1, 는단다1, 는대1, 는답니다1, 는답니까1, 는다더냐1, 더라지	는다니1-1, 는다나2, 는다네2, 는다오2, 는다지2, 는단다2, 는답니다2, 는답니까2, 는다는군, 는다는구나, 는다디, 는다게, 는다느냐, 는답디다, 는답디까, 는다더냐2, 는다더라
	2		연결어미	는다면서, 는다며, 는다니까, 는다니2, 다니, 더라니, 더라니까, 더라면서	는다니2-1
연속형	1	종결어미	조사	는다고, 을라고, 더라고, 더니만,	

[표 9] 종결어미가 선행하는 복합종결어미의 유형

2. 연결어미가 선행하는 유형

　이러한 유형의 복합종결어미는 단일형태와 단일형태가 결합하여 이루어진 경우만 있다. 그 형성과정을 중심으로 살펴볼 때 융합형과 연속형이 있다. 선행요소를 연결어미로 하는 융합형은 후행요소가 무엇이냐에 따라 연결어미에 종결어미가 결합하는 유형, 연결어미에 연결어미가 결합하는 유형, 연결어미에 용언활용형이 결합하는 유형의 세 가지로 나뉜다.

2.1. 융합형

　연결어미가 선행하는 복합종결어미 가운데 융합의 과정을 통하여 이루어진 복합종결어미에는 연결어미에 종결어미가 결합하여 이루어진 유형과 연결어미에 연결어미가 결합하여 이루어진 유형도 있다.

2.1.1. 연결어미에 종결어미가 결합하는 유형

(18) 가. 나는 휴가 때 제주도에 <u>가려고 한다</u>.
　　　나. 하늘을 보니까 비가 <u>오려고 한다</u>.
　　　다. 저는 내년에 취직을 <u>하려고 합니다</u>.

---

18) '-는다니'는 간접인용의 구문인 '-는다고 하니'의 줄어든 표현이다. 간접인용의 구문은 문장의 유형에 따라 '-는다니', '-자니', '-라니', '-냐니'로 나타나며, 동사의 종류에 따라 '-는다니' 또는 '-다니'로 나타나는데, 본 연구에서는 대표형 '-는다니'만을 논의의 대상으로 삼고 있다.

　　　라.　경제 상황이 <u>좋아지려고 합니다.</u>

(18)의 예문들은 '-으려고 한다'와 '-으려고 합니다'로 문장이 끝난다. 이들은 다른 융합형과 마찬가지로 '-고 하-'가 삭제된 후에 이루어진 융합형태인 '-으련다'와 '-으렵니다'가 존재한다. (18)의 예문들을 '-고 하-'가 삭제된 형태로 나타내면 다음과 같다.

　　(19) 가.　나는 휴가때 제주도에 <u>가련다.</u>
　　　　　나.　*하늘을 보니까 비가 <u>오련다.</u>
　　　　　다.　나는 내년에 취직을 <u>하련다.</u>
　　　　　라.　*경제 상황이 <u>좋아지련다.</u>

(19가)와 (19다)는 맞는 문장이 되지만 (19나)와 (19라)는 비문이 된다. '-으련다'의 줄어들기 이전의 형태는 '-으려고 한다'이지만 '으려고 한다'는 언제든지 줄어든 형태로 나타날 수가 없다는 점에서 '-으련다'는 '-으려고 한다'의 줄어든 형태이지만 '으려고 한다'로 환원했을 때보다 '-으련다'로 줄어들면서 '의지'의 의미를 강하게 나타내는 종결어미가 된다. '-으려고 한다'가 가지고 있는 여러 가지 의미 중에서 주어의 강한 의지를 나타내는 의미만을 가지고 복합종결어미가 된 경우라고 할 수가 있다. 따라서 이때의 '-으련다'는 복합종결어미가 되는 것이다.
　'-으련다' 이외에 연결어미에 종결어미가 결합하여 이루어진 복합종결어미에는 '-으려나', '-아/어/여야지', '-으렵니다'가 있다.
　연결어미에 종결어미가 결합하여 이루어진 복합형태에는 '-으려느냐', '-으려는가', '-으려오' 등이 있다.

(20) 가. 언제 집에 <u>가려느냐</u>?
　　　나. 빌려간 돈은 언제 <u>갚으려는가</u>?
　　　다. 무얼 <u>먹으려오</u>?

(20)의 예문들은 모두 (21)과 같이 바꿔 쓸 수가 있다.

(21) 가. 언제 집에 <u>가려고 하느냐</u>?
　　　나. 빌려간 돈은 언제 <u>갚으려고 하는가</u>?
　　　다. 무얼 <u>먹으려고 하오</u>?

따라서 '-으려느냐', '-으려는가', '-으려오'는 복합종결어미가 아닌 단순 융합형이 된다.

2.1.2. 연결어미에 연결어미가 결합하는 유형

연결어미에 연결어미가 결합하여 복합종결어미가 되는 경우가 있다.

(22) 가. 빨리 통일이 되면 <u>좋으련마는</u>.
　　　나. 비가 좀 그치면 산에 <u>가련만</u>.

(22가)는 '좋으련만'으로 문장이 끝나며 이때 '-으련마는'은 종결어미가 된다. 종결어미로 쓰이는 '-으련마는'은 단일형태소의 종결어미가 아니라 연결어미 '-으려'와 연결어미 '-언마는'이 결합하여 이루어진 종결어미이다. (22나)는 '가련만'으로 문장이 끝나며 이때 '-련만'은 연결어미 '-려'와 연결어미 '-언마는'의 축약형인 '-언만'이 결합하여 이루어진 복

합종결어미이다. '좋으련마는'는 '좋으려고 하건마는'이 줄어든 형태이고, '가련만'은 '가려고 하건마는'이 줄어든 형태이지만 줄어들기 이전으로 되돌려 쓰면 어색한 문장이 된다.

(23) 가. *빨리 통일이 되면 <u>좋으려고 하건마는</u>.
　　　나. *비가 좀 그치면 산에 <u>가려고 하건만</u>.

(22)의 '-으련마는'과 '-으련만'은 (23)과 같이 융합 이전의 상태로 되돌릴 수 없으므로 복합종결어미가 된다. 뿐만 아니라 (22)의 '좋으련마는'과 '가련만' 예문 뒤에는 (24) 정도의 후행문이 삭제되고 그 삭제된 문장까지 '-으련마는'과 '-으련만'이 나타내고 있음을 알 수가 있다. 이와 같이 연결어미가 마지막에 결합하는 복합종결어미 유형에서는 조사로 끝나는 복합종결어미의 유형에서와 마찬가지로 후행절이 삭제되고 삭제된 후행절을 받을 수 있는 형태가 선행절에 있을 때만 복합종결어미가 된다.[19] 연결어미에 연결어미가 결합하여 복합종결어미가 되는 경우는 '-으련마는'과 '-으련만'[20]이 있다.

---

19) '영수가 학교에 가려길래'에서 문장 마지막에 '가려길래'가 나타난다. 그러나 '가려길래'는 문장 끝에 위치하고 있고 형태상 연결어미와 연결어미가 결합한 복합형태이지만 종결어미가 아니다. 왜냐하면 이렇게 끝난 문장에서는 그 문장이 의미하는 것이 무슨 내용인지 알 수 없을 뿐만 아니라 그 삭제된 후행절이 무엇인지 예측하는 것은 불가능하다. 물론 이런 문장이 대화 중에서 쓰인다면 앞뒤의 내용으로 그 의미를 추측할 수가 있겠지만 이렇게 단독으로 쓰였을 때는 그 의미를 알기가 어려우며 완전히 끝난 문장이라고 할 수가 없다. 따라서 삭제된 후행절의 예측 가능성은 연결어미를 포함하며 연결어미로 끝나는 복합형태의 복합종결어미 여부를 가리는 데에 중요한 판별기준이 된다.
20) '-으련마는'이 복합종결어미가 되는 데에는 '-으련마는'의 앞에 오는 동사의 자질이 결정적인 역할을 한다. 즉, 의도성을 가질 수 있는 동작동사가 올 경우에

(24) 가. 빨리 통일이 되면 <u>좋으련마는</u> 어려울 것 같아요.

　　　나. 비가 좀 그치면 산에 <u>가련만</u> 갈 수가 없네요.

2.1.3. 연결어미에 용언활용형이 결합하는 유형

연결어미에 용언활용형이 결합하여 이루어진 복합종결어미에는 '-고말고, -다마다'가 있다.

(25) 가. 준하: 주말에 영화 보는 게 어때?

　　　　　승희: 좋아. <u>좋고말고.</u>

　　　나. 준하: 길에 쓰레기를 버리는 것은 아주 몰지각한 행위 아니야?

　　　　　승희: <u>그렇다마다.</u>

(25가)와 (25나)의 '좋고말고'와 '그렇다마다'의 '-고말고', '-다마다'는 종결어미이다. 이들은 하나의 형태소로 이루어진 것처럼 보이지만 사실은 '좋고#말고'와 '그렇다#마다'의 단어경계가 사라지면서 하나의 종결어미처럼 쓰이게 된 것이다. 복합종결어미 유형 중에는 이와 같이 연결어미의 반복형이 하나의 종결어미처럼 쓰이게 되는 경우도 있다.[21] 따라서 반복적으로 쓰이는 연결어미는 앞으로 복합종결어미화할 가능성

'-으련마는'은 '-으려고 하건마는'으로 되돌려 쓸 수 있는 경우도 있다는 것이다. 이렇게 되돌려서 쓸 수 있는 경우는 복합종결어미가 아니라 단순융합형이 된다. 그러나 형용동사는 의도성을 나타낼 수 없으며 따라서 형용동사가 앞에 쓰이는 경우에는 '-으려고 하건마는'으로 되돌릴 수 없으므로 복합종결어미가 되는 것이다.

21) 반복적으로 쓰이는 연결어미가 복합종결어미가 되는 경우에는 보통 앞뒤에 상반된 내용이 오다가 아예 반대되는 의미를 나타내는 '말다'의 활용형이 결합되는 경우가 많다.

예) 가고말고(O), 가고오고(X), 하다마다(O), 하다안하다(X)

이 높다. (26)과 같이 반복적으로 쓰이는 연결어미 '-거나'도 앞으로 종결어미가 될 가능성이 높다고 할 수 있다.

(26) 가. 준하: 주말에 뭘 하면 좋을까?
         승희: 영화를 <u>보거나 산에 가거나</u>.
      나. 준하: 영수가 또 다른 직장으로 옮겼대. 벌써 5번째야.
         승희: 무슨 상관이야. 직장을 <u>바꾸거나 말거나</u>.

2.2. 연속형

융합의 과정 없이 인접한 형태소들의 관계가 진전하여 하나의 종결어미로 쓰이는 것이 연속형이며 이렇게 이루어진 복합종결어미는 연속형 복합종결어미가 된다. 연결어미가 선행하는 연속형 복합종결어미는 연결어미 뒤에 조사가 결합하는 경우가 있다.

2.2.1. 연결어미에 조사가 결합하는 유형

연결어미와 조사가 결합하여 복합종결어미가 되는 경우가 있다.

(27) 준하: 성필이는 주말에 영화 보러 못 간대.
      승희: 요즘 성필이가 <u>바쁘니까는</u>.

(27)의 '바쁘니까는'은 '-니까는'으로 문장이 종결되며, '-니까는'은 단일 형태소가 아니다. 문장을 종결시키는 기능을 하는 '-니까는'은 연결어미 '-니까'에 조사 '는'이 결합하여 이루어진 것이다.

(28) 요즘 성필이가 <u>바쁘니까는</u> 영화를 보러 못 갈 거야.

(27)의 '바쁘니까는' 뒤에는 (28)과 같이 '영화를 보러 못 갈거야. 그렇지 않으면 같이 갈 거야'와 같은 문장이 삭제됐음을 알 수가 있다. 그 문장이 삭제되고 삭제된 후행문 전체를 '-니까'와 조사 '는'이 대신하고 있으므로 '-니까는'은 종결어미가 되는 것이다. 연결어미 '-니까'에 조사 '는'이 결합했다고 해서 항상 종결어미가 되는 것은 아니다.

(29) 가. 오늘은 <u>바쁘니까는</u> 다음에 이야기합시다.
    나. 나는 <u>모르니까는</u> 더 이상 질문하지 마세요.

(29)의 문장에서 후행절을 삭제하면 (30)과 같이 비문 또는 의미가 통하지 않는 문장이 된다.

(30) 가. ?오늘은 <u>바쁘니까는</u>.
    나. ?나는 <u>모르니까는</u>.

(30)의 예문들이 비문이 되는 이유는 (29)의 '-니까는'은 각각 후행절의 거절이나 제안의 전제가 되는 이유를 나타내므로 삭제했을 경우에 의미가 통하지 않게 되기 때문이다.

그러나 (27)의 경우는 추측하여 생각을 나타내는 의미로 쓰이기 때문에 후행절이 삭제되더라도 의미 전달에 문제가 없게 되는 것이다.

연결어미에 조사가 결합하여 복합종결어미가 되는 경우는 '-으니까는' 이외에 '-으려고'가 있다.

(31) 가. 나는 주말에 도서관에 <u>가려고 한다</u>.
　　　나. 하늘에서 비가 <u>오려고 한다</u>.
　　　다. 인간은 <u>살려고 먹는가? 먹으려고 사는가?</u>

(31)의 예문에는 모두 연결어미 '-으려고'가 들어가 있다. 연결어미가 종결어미가 되려면 후행절이나 후행동사가 삭제되어야 한다. 이들 문장에서 후행동사는 (31가)의 경우는 '하다', (31나)의 경우도 '하다', (31다)의 경우는 '먹는가', '사는가'이다. 이들 후행동사를 삭제하면 다음과 같다.

(32) 가. 나는 주말에 도서관에 <u>가려고</u>.
　　　나. ?하늘에서 비가 <u>오려고</u>.
　　　다. *인간은 <u>살려고? 먹으려고?</u>

(32가)의 경우만 정문이 되며, 이때의 '-으려고'는 문장을 종결시키는 기능을 하는 종결어미라고 할 수가 있다. 종결어미 '-으려고'는 단일형태로 이루어진 종결어미가 아니라 복합형태로 연결어미 '-으려'에 조사 '고'가 결합하여 이루어진 것이므로, '-으려고'는 복합종결어미가 된다.

　이와 같이 연결어미에 조사가 결합하여 이루어진 복합종결어미에는 '-으니까는', '-으니깐', '-으려고'가 있다.

　지금까지 살펴본 연결어미가 선행하는 복합종결어미의 유형을 표로 나타내면 다음과 같다. 이 유형은 단일형태와 단일형태의 결합에서만 나타나고 복합형태와의 결합에서는 나타나지 않는다는 특징이 있다.

유형		선행요소	후행요소	더 진전형	**진전형**	단순형
융합형	1	연결어미	종결어미	을래 (을라+이)	**으려나, 아/어/여야지, 으련다1, 으렵니다1**	으려네, 으려느냐, 으려는가, 으려오, 으련다2, 으렵니다2
	2		연결어미	을는지 (을라 하는지)	**으련마는, 으련만**	–
	3		용언 활용형	–	**다마다, 고말고**	–
연속형	1	연결어미	조사	–	**으니까는, 으니깐, 으려고**	–

[표 10] 연결어미가 선행하는 복합종결어미의 유형

3 전성어미가 선행하는 유형

전성어미를 포함한 복합종결어미는 관형사형 어미에 다른 형태소가 결합하는 경우와 명사형 어미에 다른 형태소가 결합하여 이루어진 경우의 두 가지로 나눌 수 있다. 이들은 또 단일형태끼리 결합하여 이루어진 복합종결어미와 복합형태와 단일형태, 또는 단일형태에 복합형태가 결합하여 이루어진 복합종결어미로 나뉜다.

3.1. 단일형태와 단일형태로 이루어진 유형

단일형태와 단일형태가 결합하여 이루어진 유형은 또 다시 그 구성 방법에 따라 융합형과 연속형으로 나뉜다.

3.1.1. 융합형

전성어미를 선행요소로 하는 복합종결어미에는 두 종류가 있는데, 하나는 관형사형 어미에 체언곡용형이 결합하여 복합종결어미가 되는 경우이고 다른 하나는 관형사형 어미에 조사가 결합하여 복합종결어미가 되는 경우이다.

3.1.1.1. 관형사형 어미에 체언곡용형이 결합하는 경우

관형사형 어미에 체언곡용형이 결합하는 경우에서 체언곡용형은 두 가지로 나눌 수가 있다, 하나는 불완전명사 '터'의 곡용형이며, 다른 하나는 불완전명사 '것'의 곡용형이다.

3.1.1.1.1. 체언곡용형이 명사 '-터'를 포함한 유형

'을테다'는 '을터이야'의 융합형태이다. 이지양(2001)은 '을#터이다' 같은 경우는 융합 전이나 융합 후에 의미가 달라지지 않으므로 단순융합이라고 보았다. 그러나 '을#터이다'와 달리 '-을터이다'는 이미 하나의 어미로 어미화하였다고 볼 수 있다.

다음은 '독립신문 다시읽기'[22]에 나타난 예문들이다.

---

22) 인류학인종과 나라의 분별(1899년 9월).

(33) 가. 다 <u>아는</u> 터에 더 이상 숨길 필요가 뭐 있어요?
　　 나. 인종도 쓸만하고 좋을뿐더러 개화에 크게 유의하여 법률과 장정
　　　　을 일신케 <u>경장한</u> 터인즉, 아무쪼록 시종이 여일케...
　　 다. 정치를 송축하고 높은 절의를 <u>흠앙하는</u> 터이니, 윤의정이 그 중대
　　　　한 지위에 처하여~
　　 라. 문명의 오장육부를 새로 집어넣어야 <u>할</u> 터인데...

위의 예문에서와 같이 '터' 앞에는 관형사형 어미 '-(으)ㄴ', '-는', '-(으)ㄹ'이 자유롭게 올 수가 있다. 물론 현대국어에서도 '터' 앞에 관형사형 어미 '-(으)ㄴ', '-는', '-(으)ㄹ'이 올 수 있다.

(34) 가. 다 <u>아는</u> 터에 숨길 게 뭐 있어요?
　　 나. 이미 다 <u>말한</u> 터인데 숨기고 말고 할 게 없지요.
　　 다. 좀 기다리면 <u>말할</u> 터인데 뭘 그리 재촉하십니까?

관형사형 어미와 명사 '터'의 구성에서 (34가)와 (34나)의 경우는 '터'를 다른 명사로 대체할 수 있다. 그러나 (34다)는 '터'를 다른 명사로 대체하기가 어렵다.

(35) 가. 다 <u>아는</u> 마당/판/터에 숨길 게 뭐 있어요?
　　 나. 이미 다 <u>말한</u> 마당/판/터인데 숨기고 말고 할 게 없지요.
　　 다. 좀 기다리면 말할 *마당/*판/터인데 뭘 그리 재촉하십니까?

현대국어에서 선행하는 관형화소와 후행하는 명사 '터'가 결합하여 하나의 어미처럼 쓰이게 되는 것은 관형사형 어미 '-(으)ㄹ'과 '-터'가

결합할 때만이다. '-(으)ㄹ'과 '터'의 관계가 긴밀해지면서 '터'의 곡용형인 '테야', '테니', '텐데', '테니까' 등과 결합하여 하나의 어미처럼 쓰이게 되는 것이다.

(36) 가. 이렇게 *바쁜터에 누가 그런 일을 신경쓰겠어요?
　　　나. 사람들에게 다 *이야기한터에 어떻게 취소를 해요?
　　　다. 나는 이 영화를 볼테야.

물론 (36가)와 (36나)에 대해 하나의 어미로 기능하지 못할 뿐 비문은 아니라는 의견도 있을 수 있지만 (36가)와 (36나)가 맞는 문장이 되려면 띄어쓰기가 되어야 한다. 띄어쓰기는 어미화 과정에 있는지 어미화가 완전히 이루어졌는지를 판단할 수 있는 근거가 된다고 할 수 있다. 즉, '-터'는 앞에 선행하는 모든 관형사형 어미와 결합하여 하나의 어미로 문법화한 것이 아니라 관형사형 '-(으)ㄹ'과 함께 쓰이는 경우만 하나의 어미처럼 굳어져서 쓰이게 된 것이다. 그러므로 '-(으)ㄹ'과 '-터'가 결합한 '-을테다', '-을텐데' 등은 복합종결어미가 된다.[23)]

　이와 같은 복합종결어미에는 '-을테냐, -을테야, -을테다, -을테니, -을테니까, -을텐데'가 있다.

---

23) 이 경우는 융합형이지만 분리 가능성도 복합종결어미의 판별기준이 될 수가 있다. 다른 형태소가 아니라 이들 형태소 결합만이 나타난다면 이들은 분리 가능성이 없는 것이므로 융합형이지만 분리 가능성에 의해 복합종결어미로 판별한다.

3.1.1.1.2. 체언곡용형이 명사 '것'을 포함한 유형

관형사형 어미에 체언곡용형이 결합하여 이루어진 복합종결어미가 있다.

(37) 가. 생각보다 아주 잘 <u>하는걸</u>.
　　　나. 정말 듣던 대로 <u>예쁜걸</u>.

(37)의 예문은 각각 '-는걸', '-은걸'로 문장이 끝나고 있다. (37가)는 자기 생각과 다른 것을 발견하고 감탄하듯이 말함을 나타내고, (37나)는 자기 생각과 같은 사실에 대해 감탄하여 말함을 나타낸다. 이들은 처음부터 '-는걸'이나 '-은걸'로 끝나는 문장이 아니라 한 문장 안에서 후행절이나 후행동사가 삭제된 문장이다.

(38) 가. 생각보다 아주 잘 하는 <u>것을</u> 가지고 뭘 그래요.
　　　나. 정말 듣던 대로 예쁜 <u>것을</u> 알았어요.

(38가)에서는 '가지고 뭘 그래요'라는 문장이 삭제되고 '잘 하는 것을'만 남은 것이다. (38나)에서는 '알았어요'라는 후행문장이 삭제되고 '예쁜 것을'만 남았다. 그 후에 '-는것을', '-은것을'이 '-는걸', '-은걸'로 축약되는 과정에서 단어경계가 삭제되고 융합이 이루어져 종결어미가 된 것이다. 이렇게 만들어진 복합종결어미에는 '-는걸', '-은걸' 밖에 '-을걸', '-던걸'이 있다.

(39) 가. 아마 내일은 비가 <u>올걸</u>.
　　　나. 영수도 키가 <u>클걸</u>.

(39)의 '올걸', '클걸'의 '-을걸'은 불확실한 일에 대한 추측을 나타낸다.
'-은걸, -는걸, -을걸'은 이런 의미 외에 후회의 의미를 나타내기도 한다.

(40) 가. 다른 영화를 <u>볼 것을 그랬어요</u>.
　　　나. 그곳에 가지 <u>말 것을 그랬어요</u>.

(40)의 문장들은 '그랬어요'가 삭제된 후에 '볼 것을', '가지 말 것을'이
그 의미까지 나타내는 종결어미가 되면서 '볼걸', '가지 말걸'로 축약되
어 나타난다.

(41) 가. 다른 영화를 볼걸.
　　　나. 그곳에 가지 <u>말걸</u>.

이와 같이 관형사형 어미에 체언곡용형이 결합하여 만들어진 복합종
결어미에는 '-은걸', '-는걸', '-을걸', '-던걸'이 있다.

3.1.2. 연속형

3.1.2.1. 명사형 어미에 조사가 결합한 유형

명사형 어미에 조사가 결합하여 복합종결어미가 된다.

(42) 승희: 성필이는 정말 열심히 공부하는 것 같아.

준하: 공부를 열심히 <u>하기는</u>. 날마다 노느라고 바쁜데.

(42)의 예문에서 '공부를 열심히 하기는'은 '하기는'으로 문장이 끝나고 있다. '하기는'에서 문장을 종결시키는 기능을 하는 것은 '-기는'이다. '-기는'은 명사형 어미 '-기'와 조사 '는'이 결합하여 이루어졌으며, 문장을 종결시키는 기능을 하므로 복합종결어미라고 할 수가 있다. 명사형 어미 '-기'와 조사 '는'이 결합하여 이루어진 '-기는'은 상대방의 말을 부정하는 의미뿐만 아니라 상대방의 말을 가볍게 부정함으로써 겸손함을 나타내는 종결어미로 쓰이기도 한다.

(43) 준하: 성필아, 정말 그림을 잘 그리는구나.
　　　성필: 잘 <u>그리기는</u>.

(43)의 '잘 그리기는'은 상대방의 말에 부정하는 것이 아니라 겸손함의 의미를 나타낸다. (43)의 '잘 그리기는'의 뒤에는 '뭘 잘 그려요' 정도의 후행절이 삭제되고 그 삭제된 후행절의 의미를 '-기는'이 나타낸다고 볼 수 있다.

이외에 명사형 어미에 조사가 결합하여 이루어진 복합종결어미에는 '-기를'이 있다.

(44) 가. <u>건강하시기를 바랍니다.</u>
　　　나. 새해 복 많이 <u>받으시기를 바랍니다.</u>

(44가)와 (44나)에서 각각 '바랍니다'라는 동사가 삭제되면서 '-기를'이

어떤 바람을 나타내는 종결어미가 된다.

(45) 가. <u>건강하시기를.</u>
　　　나. 새해 복 많이 <u>받으시기를.</u>

이와 같이 명사형 어미에 조사가 결합하여 이루어진 복합종결어미에는 '-기는, -긴, -기를, -길'이 있다.

전성어미가 선행하는 복합종결어미의 유형을 표로 나타내면 다음과 같다.

유형		선행요소	후행요소	더 진전형	**진전형**	단순형
융합형	1	관형사형 어미	종결어미	을게, 을지라, 을까, 을꼬, 일세, 을라		
	2		체언곡용형	을거나[24] (을# 것이나)	**을테냐, 을테야, 을테다, 을테니, 을테니까, 을텐데, 은걸, 는걸, 을걸, 던걸**	
	3		조사		**을밖에[25]**	
연속형	1	명사형 어미	조사		**기는, 긴, 기를, 길**	

[표 11] 전성어미가 선행하는 복합종결어미의 유형1

---

24) '-을거나'의 『표준국어대사전』의 풀이를 인용하면 다음과 같다.
　　-을거나: 「어미」 ('ㄹ'을 제외한 받침 있는 동사 어간이나 어미 '-었-', '-겠-' 뒤에 붙어 해할 자리에 쓰여, 자신의 어떤 의사에 대하여 자문(自問)하거나 상대편의 의견을 물어볼 때에 쓰는 종결 어미. 감탄의 뜻을 나타낼 때가 있다.

3.2. 복합형태를 포함한 유형

전성어미가 선행하는 복합종결어미 유형에는 연속형만 존재한다. 이 유형에는 복합형태에 조사가 연속한 형태소로 이루어져 있다가 하나의 형태소처럼 쓰이게 되는 경우가 있다.

3.2.1. 복합형태에 조사가 결합한 유형

복합형태에 조사가 결합하여 복합종결어미가 되는 경우가 있다.

(46) 승희: 영수는 내일 못 온답니다.
　　　준하: 그렇겠지. <u>바쁠테니까는</u>.

(46)의 예문에서 '바쁠테니까는'의 '-ㄹ 테니까는'은 문장을 종결시키는 기능을 하는 문장종결어미로 쓰이고 있다. '바쁠테니까는'은 후행절의 '그렇겠죠' 등의 문장이 삭제되면서 '-ㄹ 테니까는'이 '그렇겠죠'의 의미까지 나타내며 종결어미가 된다. 그런데 종결어미로 쓰이는 '-ㄹ 테니까는'은 하나의 단일형태소로 이루어진 종결어미가 아니다. '-ㄹ 테니까는'은 '-ㄹ 테니까'에 조사 '는'이 연속적으로 결합하여 이루어진 종결어미이다. '-ㄹ 테니까'는 전성어미와 체언곡용형이 결합하여 이미 복합종결

예문) 이 과자를 내가 먹을거나?/네 방은 언제 닦을거나?

25) 허웅(1995:1433)은 '집도 절도 없으니 그 추위가 맹혹할 수밖에'라는 예문은 후행문에 '없다'가 생략된 문장이라고 하였다. 연결어미 '-ㄹ 밖에' 뒤에 따라와야 할 서술어가 생략됨으로써 '-ㄹ 밖에'가 종결어미화하는 모습을 보여준다고 하면서 '-ㄹ#수밖에#없다〉-ㄹ 밖에#없다〉-ㄹ 밖에'와 같은 융합과정을 제시하고 있다.

어미가 된 것이므로 복합형태에 조사가 결합하여 이루어진 복합종결어미가 된 것이다. 이와 같이 복합형태에 조사가 결합하여 이루어진 복합종결어미에는 '-을테니까는'과 '-을테니깐'이 있다.

복합형태와 단일형태소가 결합하여 복합종결어미가 되는 경우 중에서 전성어미를 포함한 유형을 표로 정리하면 다음과 같다.

유형		선행요소	후행요소	더 진전형	**진전형**	단순형
연속형	1	복합형태	조사	-	**을테니까는, 을테니깐**	-

[표 12] 전성어미가 선행하는 복합종결어미의 유형2

제4장.
복합종결어미의
의미 기능

한국어 복합종결어미

복합종결어미는 둘 이상의 형태소가 결합하여 이루어진 것으로 복합종결어미를 이루는 구성요소에 따라 여러 가지 유형으로 나타난다는 사실을 제3장에서 확인하였다. 둘 이상의 형태소가 결합하여 복합종결어미가 될 때는 각각의 형태소의 의미의 합이 복합종결어미의 의미가 되는 것이 아니라 그 이상의 의미를 나타내게 된다.

이 책에서 제시하고 있는 복합종결어미의 목록은 기존의 사전의 목록과 다소 차이가 나기 때문에 복합종결어미 각각의 의미 기능을 밝히는 작업이 필요하다.

이 장에서는 복합종결어미의 의미 기능을 유형별로 알아보도록 한다.

1. 종결어미가 선행하는 복합종결어미

1.1. 단일형태끼리의 결합

1.1.1. 종결어미+종결어미

종결어미와 종결어미가 결합하여 이루어진 복합종결어미는 다음과 같다.

> -는다나, -는다네, -는다니, -는다오, -는다지, -는단다, -는답니다,
> -는답니까, -는다더냐, -더라지

이들은 모두 '-고 하-'가 삭제된 후 융합에 의해 이루어진 복합종결어미이다. 그리고 복합종결어미뿐만 아니라 단순융합형도 함께 가지고 있다.[26]

① -는다나

(1) 가. 요즘 그 사람은 돈 좀 <u>번다나</u>?
    나. 영수가 유학을 <u>간다나</u>.

(1가)의 '번다나'는 '번다고 하나'가 줄어든 것으로 '요즘 그 사람이 돈을 좀 버는지 궁금해 하며 질문함'을 나타낸다. 그러나 (1나)의 '간다나'는 '간다고 하나'로 바꿔 쓸 수 없으며, '간다고 하나'의 줄어든 형태가 아니다. 의미도 들은 사실을 다른 사람에게 확인하는 (1가)와 달리 영수가 유학을 가는 사실에 대해 별로 관심이 없거나 귀찮다는 투로 말함을 나타내는 문장이며 따라서 의문문이 아니라 서술문이 된다. 이때 주목해야 할 것은 '-는다나' 뒤에 '뭐라나', '어쩐다나' 등 인용되는 사실에

---

26) 이희자・이종희(2001)에서는 이들 문법형태를 동음이의 관계로 보고 각각 '-는다나1', '는다나2'와 같이 구별하여 표시하였다. 본고에서는 두 문법형태를 비교해야 할 필요가 있을 경우에 복합종결어미는 1, 단순복합형태는 2로 표시하였다.

대해 관심이 없거나 귀찮음을 나타내는 후행요소가 삭제됐다는 것이다. 그리고 삭제된 '뭐라나', '어쩐다나'의 의미를 '-는다나'가 나타내면서 복합종결어미가 되는 것이다. 그렇기 때문에 복합종결어미 '-는다나' 뒤에는 '뭐라나', '어쩐다나'가 생략됐음을 예측할 수 있다.

(2) 가. 영수가 유학을 <u>간다나 뭐라나.</u>
　　나. 마늘이 몸에 <u>좋다나 뭐라나.</u>

(2가)는 '영수가 유학을 간다는 사실'에 대해 별로 관심이 없음을 나타내며, (2나)는 '마늘이 몸에 좋다는 사실'에 대해 무관심하게 말함을 나타낸다. 따라서 '-는다나'는 질문을 나타내는 단순융합형과 다른 의미를 나타내며 복합종결어미로 쓰인다.

② -는다니

(3) 가. 영수는 언제 유학을 <u>간다니?</u>
　　나. 나는 이러다가 언제 유학을 <u>간다니?</u>

(3가)의 '간다니'는 '간다고 하니'가 줄어든 것으로 영수가 언제 유학을 간다고 하는지 질문함을 나타낸다. 그러나 (3나)의 '간다니'는 '간다고 하니'로 바꿔 쓸 수 없으며, '간다고 하니'의 줄어든 형태가 아니다. 의미도 들은 사실을 다른 사람에게 확인하는 (3가)와 달리 자신이 유학을 갈 수 없음에 대해 못마땅함을 나타내는 문장이며 따라서 의문의 형식을 나타내고 있지만 사실상 의문문이 아니다. 이와 같이 '-는다니'는

1인칭 주어와 쓰일 때는 언제나 복합종결어미가 된다. 그리고 의미는 다른 사람에게 들은 사실에 대해 질문을 하는 것이 아니라 어떤 일에 대한 놀람이나 못마땅함 등의 의미를 나타낸다.

   (4) 가. 영수는 왜 항상 <u>늦는다니</u>?
       나. 너는 왜 이렇게 말을 못 <u>알아듣는다니</u>?

(4가)는 '영수가 왜 늦는지 물어보는 것'이 아니라 '영수가 항상 늦는 것에 대해 못마땅함'을 나타낸다. (4나)는 상대방에게 왜 말을 못 알아듣느냐고 물어보는 것이 아니라 '상대방이 자신의 말을 못 알아듣는 것'에 대해 못마땅함을 나타낸다. 따라서 2·3인칭과 쓰일 때도 들은 사실에 대해 물어보는 것이 아닌 못마땅함이나 놀람의 의미를 나타내면 복합종결어미가 되는 것이다. (4나)의 예문을 (5)와 같이 바꿔 쓸 수 없게 된다.

   (5) *너는 왜 이렇게 말을 못 <u>알아듣는다고 하니</u>?

③ -는다네

   (6) 가. 연락받았나? 이번 주말에 중요한 회의를 <u>한다네.</u>
       나. 나는 잘 <u>지낸다네.</u>

(6가)의 '한다네'는 '한다고 하네'가 줄어든 것으로 '중요한 회의를 한다'는 것을 듣고 이야기해 줌을 나타낸다. 이는 '한다고 하네'로 환원할

수 있다. 반면 (6나)의 '지낸다네'는 '지낸다고 하네'로 바꿔 쓸 수 없으며, '지낸다고 하네'의 줄어든 형태가 아니다. 의미도 들은 사실을 다른 사람에게 전해주는 (6가)와 달리 자신이 잘 지내고 있음을 친근하게 나타내는 문장이다. 이와 같이 '-는다네'는 1인칭 주어와 쓰일 때는 언제나 복합종결어미가 된다. 그리고 의미는 들은 사실이나 알고 있는 사실을 다른 사람에게 전해주는 것이 아니라 자신이 알고 있는 사실에 대해 친근하게 설명함을 나타낸다.

(7) 가. 이곳에는 봄마다 아름다운 꽃이 <u>핀다네</u>.
    나. 우리 아이가 공부를 참 잘 <u>한다네.</u>

(7가)는 '이곳에서 봄마다 아름다운 꽃이 핀다는 것'을 듣고 전하여 말하는 것이 아니라 '아름다운 꽃이 핀다는 것'을 친근하게 자랑하듯이 말함을 나타낸다. (7나)는 상대방에게 아이가 공부를 잘 한다는 것을 친근하게 자랑하듯이 말함을 나타낸다. 따라서 1인칭이 아닌 다른 주어와 함께 쓰일 때도 들은 사실을 전하여 말하는 것이 아닌 친근한 설명이나 자랑의 의미를 나타내면 복합종결어미라고 할 수 있다. (7)의 예문을 (8)과 같이 바꿔 쓰면 (7)에서 나타내는 의미를 그대로 전달한다기보다는 오히려 들어서 알고 있는 사실을 전하여 말하는 의미가 강해짐을 알 수가 있다.

(8) 가. 이곳에는 봄마다 아름다운 꽃이 <u>핀다고 하네</u>.
    나. 우리 아이가 공부를 참 <u>잘한다고 하네</u>.

④ -는다오

(9) 가. 우리 먼저 시작합시다. 그 친구는 조금 <u>늦는다오</u>.
　　나. 나는 시간이 있을 때마다 책을 즐겨 <u>읽는다오.</u>

(9가)의 '늦는다오'는 '늦는다고 하오'가 줄어든 것으로 '친구가 조금 늦는다'는 이야기를 듣고 전하여 말함을 나타낸다. (9나)의 '읽는다오'는 '읽는다고 하오'로 바꿔 쓸 수 없으며, '읽는다고 하오'의 줄어든 형태가 아니다. 의미도 들은 사실을 다른 사람에게 전해주는 (9가)와 달리 자신이 책을 즐겨 읽음을 친근하게 말하거나 자랑하여 말함을 나타내는 문장이다. 이와 같이 '-는다오'는 1인칭 주어와 쓰일 때는 언제나 복합종결어미가 된다. 의미는 들은 사실이나 알고 있는 사실을 다른 사람에게 전해주는 것이 아니라, 자신이 알고 있는 사실에 대해 친근하게 말하거나 자랑함의 의미를 나타낸다.

(10) 가. 이 아이가 말을 참 잘 <u>한다오</u>.
　　나. 우리 집사람은 음식 솜씨가 참 <u>좋다오</u>.

(10가)는 '이 아이가 말을 잘한다는 것'을 듣고 전하여 말하는 것이 아니라 '말을 잘한다는 것'을 친근하게 자랑하듯이 말함을 나타낸다. (10나)는 상대방에게 집사람이 요리를 잘 한다는 것을 친근하게 자랑하듯이 말함을 나타낸다. 따라서 1인칭이 아닌 다른 주어와 함께 쓰일 때도 들은 사실을 전하여 말하는 것이 아닌 친근한 설명이나 자랑의 의미를 나타내면 복합종결어미라고 할 수 있다. (10)의 예문을 (11)과 같이 바

꿔 쓰면 틀린 문장은 아니지만 (10)에서 나타내는 의미를 그대로 전달한다기보다는 오히려 들어서 알고 있는 사실을 전하여 말하는 의미가 강해짐을 알 수가 있다.

(11) 가. 이 아이가 참 말을 잘한다고 하오.
　　　나. 우리 집사람은 음식 솜씨가 참 좋다고 하오.

⑤ -는다지

(12) 가. 영수가 다음 달에 유학을 간다지.
　　　나. 공부는 안하고 또 저런다지.

(12가)의 '간다지'는 '간다고 하지'가 줄어든 것으로 '영수가 다음 달에 유학을 간다'는 이야기를 듣고 확인하여 말함을 나타낸다. (12나)의 '저런다지'는 '저런다고 하지'로 바꿔 쓸 수 없으며, '저런다고 하지'의 줄어든 형태가 아니다. 의미도 들은 사실에 대해 다른 사람에게 확인하는 (12가)와 달리 듣는 사람이 공부를 안 하는 것에 대해 못마땅하게 생각함을 나타낸다.

(13) 가. 이 아이가 왜 또 운다지?
　　　나. 이 많은 숙제를 언제 다 한다지?

(13가)는 '아이가 왜 우는지 물어보는 것'이 아니라 '아이가 우는 것이 이상하다'는 의미로 말하는 것임을 나타낸다. (13나)는 이 많은 숙제를

언제 다 하느냐고 물어보는 것이 아니라 이 많은 숙제를 다 할 수 없을 것 같다는 의미를 나타낸다. 따라서 1인칭이 아닌 다른 주어와 함께 쓰일 때도 못마땅함 등의 의미를 나타내고 있다. 이때의 '-ㄴ다지'는 복합종결어미라고 할 수 있다. (13)의 예문을 (14)와 같이 바꿔 쓰면 (14가)와 같이 비문이 되거나 (14나)와 같이 (13)에서 나타내는 의미를 그대로 전달한다기보다는 오히려 들어서 알고 있는 사실에 대한 확인의 의미가 강함을 알 수가 있다.

(14) 가. *이 아이가 왜 또 <u>운다고 하지</u>?
    나. 이 많은 숙제를 언제 다 <u>한다고 하지</u>?

⑥ -는단다

'-는단다'는 '-는다고 한다'가 줄어든 형태인 단순융합형도 있고, '-는다고 한다'의 줄어든 형태가 아닌 복합종결어미도 있다.

(15) 가. 영수가 다음 달에 유학을 <u>간단다</u>.
    나. 나는 잡곡밥을 즐겨 <u>먹는단다.</u>

(15가)의 '간단다'는 '간다고 한다'가 줄어든 것으로 '영수가 다음 달에 유학을 간다'는 이야기를 듣고 전하여 말함을 나타낸다. 반면 (15나)의 '먹는단다'는 '먹는다고 한다'로 바꿔 쓸 수 없으며, '먹는다고 한다'의 줄어든 형태가 아니다. 의미도 들은 사실을 다른 사람에게 전해 주는 (15가)와 달리 자신이 잡곡밥을 즐겨 먹는다는 사실을 친근하게 말하거나 자랑하여 말함을 나타내고 있다. 이와 같이 '-는단다'는 1인칭 주어

와 쓰일 때는 언제나 복합종결어미가 된다. 그리고 알고 있는 사실을 다른 사람에게 전해 주는 것이 아니라 자신이 알고 있는 사실에 대해 친근하게 말하거나 자랑함의 의미를 나타낸다.

(16) 가. 이 아이가 참 말을 <u>잘한단다.</u>
　　　나. 우리 오빠는 노래를 잘 <u>부른단다.</u>

(16가)는 '이 아이가 말을 잘한다는 것'을 듣고 전하여 말하는 것이 아니라 '아이가 말을 잘한다는 것'을 친근하게 자랑하듯이 말함을 나타낸다. (16나)는 상대방에게 오빠가 노래를 잘 부른다는 것을 친근하게 자랑하듯이 말함을 나타낸다. 따라서 1인칭이 아닌 다른 주어와 함께 쓰일 때도 친근한 설명이나 자랑의 의미를 나타내므로 복합종결어미로 사용되었음을 알 수 있다. (16)의 예문을 (17)과 같이 바꿔 쓰면 (16)에서 나타내는 의미를 그대로 전달한다기보다는 오히려 들어서 알고 있는 사실을 전하여 말하는 의미가 강해짐을 알 수가 있다.

(17) 가. 이 아이가 참 말을 잘 <u>한다고 한다.</u>
　　　나. 우리 오빠는 노래를 잘 <u>부른다고 한다.</u>

⑦ -는답니까

'-는답니까'는 '-는다고 합니까'가 줄어든 형태인 단순융합형도 있고, 복합종결어미도 있다.

(18) 가. 영수가 다음 달에 유학을 <u>간답니까?</u>
　　　나. 이 많은 음식을 누가 다 <u>먹는답니까?</u>

(18가)의 '간답니까'는 '간다고 합니까'가 줄어든 것으로 '영수가 다음 달에 유학을 간다'는 이야기를 듣고 확인하여 질문함을 나타낸다. (18나)의 '먹는답니까'는 '먹는다고 합니까'로 바꿔 쓸 수 없으므로 '먹는다고 합니까'의 줄어든 형태로 보기 어렵다. 의미도 들은 사실에 대해 다른 사람에게 확인하는 (18가)와 달리 그 많은 음식을 누가 다 먹느냐고 못마땅하게 생각함을 나타낸다.

(19) 가. 왜 나한테 화를 <u>낸답니까?</u>
　　　나. 이 숙제를 언제 다 <u>한답니까?</u>

(19가)는 '왜 화를 내는지' 물어보는 것이 아니라 '왜 화를 내는지 모르겠다'는 의미로 말하는 것을 나타낸다. (19나)는 '이 숙제를 언제 다 하느냐고 물어보는 것'이 아니라 '이 숙제를 다 할 수 없을 것 같다'는 의미를 나타낸다. 따라서 1인칭이 아닌 다른 주어와 함께 쓰일 때도 못마땅함 등의 의미를 나타내는 복합종결어미로 사용되고 있다. (19)의 예문을 (20)과 같이 바꿔 쓰면 (19)에서 나타내는 의미를 그대로 전달한다기보다는 오히려 들어서 알고 있는 사실에 대해 확인하는 의미가 더 강함을 알 수가 있다.

(20) 가. 왜 나한테 화를 <u>낸다고 합니까?</u>
　　　나. 이 숙제를 언제 다 <u>한다고 합니까?</u>

⑧ -는답니다

'-는답니다'는 '-는다고 합니다'가 줄어든 형태인 단순융합형도 있고, '-는다고 합니다'의 줄어든 형태가 아닌 복합종결어미도 있다.

(21) 가. 영수가 다음 달에 유학을 <u>간답니다.</u>
　　　나. 나는 평소에 매운 음식을 많이 <u>먹는답니다.</u>

(21가)의 '간답니다'는 '간다고 합니다'가 줄어든 것으로 '영수가 다음 달에 유학을 간다'는 이야기를 듣고 확인하여 말함을 나타낸다. (21나)의 '먹는답니다'는 '먹는다고 합니다'로 바꿔 쓸 수 없으며, 따라서 '먹는다고 합니다'의 줄어든 형태가 아니다. 의미도 들은 사실에 대해 다른 사람에게 확인하는 (21가)와 달리 자기가 평소에 매운 음식을 많이 먹는다고 친근하게 말함을 나타낸다.

(22) 가. 우리 학교는 다음 달에 제주도로 수학여행을 <u>간답니다.</u>
　　　나. 마이클은 미국사람인데 김치를 아주 잘 <u>만든답니다.</u>

(22가)는 '우리 학교가 수학여행을 간다는 것'을 친근하게 설명함을 나타낸다. (22나)는 '마이클이 미국사람이지만 김치를 잘 만든다는 것'을 칭찬하면서 자랑하듯이 말함을 나타낸다. 따라서 1인칭이 아닌 다른 주어와 함께 쓰일 때도 친근하게 설명하거나 자랑하는 의미를 나타내는 복합종결어미로 사용되고 있다. (22)의 예문을 (23)과 같이 바꿔 쓰면 (22)에서 나타내는 의미를 그대로 전달한다기보다는 오히려 들어서 알고 있는 사실을 전하여 말하는 의미가 강함을 알 수가 있다.[27]

(23) 가. 우리 학교는 다음 달에 제주도로 수학여행을 <u>간다고 합니다</u>.
　　　나. 마이클은 미국사람인데 김치를 아주 잘 <u>만든다고 합니다</u>.

⑨ -는다더냐

'-는다더냐'는 '-는다고 하더냐'가 줄어든 형태가 있고, '-는다고 하더냐'로 환원하여 쓸 수 없는 복합종결어미 '-는다더냐'가 있다.

(24) 가. 영수가 언제 유학을 <u>간다더냐</u>?
　　　나. 누가 그런 곳에 <u>간다더냐</u>?

(24가)의 '간다더냐'는 '간다고 하더냐'가 줄어든 것으로 '영수가 언제 유학을 간다고 하더냐'고 지난 일을 회상하여 질문함을 나타낸다. 그러나 (24나)의 '간다더냐'는 '간다고 하더냐'로 바꿔 쓸 수 없으며, '간다고 하더냐'의 줄어든 형태가 아니다. (24나)의 '-는다더냐'는 의문문의 형식을 취하고 있지만 질문을 위한 의문문이 아닌 수사의문문으로 쓰여 말하는 사람의 강한 주장을 나타낸다. 따라서 (24나)의 의미는 '그런 곳에 갈 수 없음'을 강하게 주장함을 나타낸다.

(25) 가. 그런 음식을 어떻게 <u>먹는다더냐</u>? ↘
　　　나. 이런 비싼 선물을 어떻게 <u>받는다더냐</u>? ↘

---

27) 복합종결어미 '-는답니다'는 새로운 의미를 획득할 뿐만 아니라 통사적인 특징도 나타낸다. 복합종결어미 '-는답니다'는 '우리 학교는 다음 달에 제주도로 수학여행을 <u>간답니다요</u>', '마이클은 미국사람인데 김치를 아주 잘 <u>만든답니다요</u>'의 문장에서 확인할 수 있는 것처럼 '-요'의 결합이 자연스러워진다.

(25가)는 '그런 음식을 못 먹는다'는 강한 주장을 나타내며, (25나)는 '비싼 선물을 받을 수 없다'는 강한 주장을 나타낸다.

⑩ -더라지

'-더라지'는 전해 들어 알게 된 사실을 회상하여, 그 사실에 대하여 다시 확인하여 서술하거나 묻는 뜻을 나타내는 종결어미이다. '-더라지'는 '-더라고 하지'에서 온 것이지만 '-더라지'가 다른 사람에게 들어서 알고 있는 사실에 대해 약간 비난하는 투로 이야기할 때는 '-더라고 하지'로 바꿔 쓸 수 없는 복합종결어미가 된다. '-더라지'는 종결어미 '-더라'에 종결어미 '-지'가 결합하여 이루어진 것이다.

(26) 가. 뭐라고 하디? 영수가 학교에 <u>가더라지</u>?
　　　 나. 공부 안 하고 또 놀러 <u>가더라지</u>.

(26가)의 '가더라지'는 '학교에 가더라고 하지'가 줄어든 말이다. 그러나 (26나)는 또 놀러 간다는 것을 비난하듯이 말하는 의미를 나타내며 이때 '가더라지'는 '가더라고 하지'로 바꿔 쓸 수 없다. 따라서 이때의 '-더라지'는 복합종결어미이다.

(27) 가. 설악산이 <u>좋더라지</u>, 뭐.
　　　 나. 그 사람들 어제도 또 <u>싸우더라지</u>.

(27가)는 설악산이 좋다는 말을 확인하여 물어보는 것이 아니라 들은 사실에 대해 별로 관심이 없는 태도로 이야기함을 나타낸다. (27나)의

'싸우더라지'도 역시 싸우는 사실에 대해 관심이 없거나 비난하는 태도로 이야기함을 나타낸다.

지금까지 살펴본 종결어미와 종결어미가 결합하여 이루어진 복합종결어미의 의미 기능에 나타나는 특징은 복합종결어미가 단순융합형과 달리 새로운 의미를 획득한다는 사실이다. 그리고 새롭게 획득한 의미는 말하는 사람의 감정이나 주관을 나타내는 양태성을 가지게 된다.

이상의 내용을 표로 나타내면 다음과 같다.

순번	목록	형성과정에 따른 유형	의미	
			단순융합형	복합종결어미
1	는다나	융합형	들은 내용의 전달	**인용되는 내용이 못마땅함, 귀찮음을 나타냄**
2	는다네	융합형	들은 내용의 전달	**이미 알고 있는 사실을 전달. 친근, 감탄, 자랑**
3	는다니	융합형	들은 내용의 질문	**놀람, 못마땅함**
4	는다오	융합형	들은 내용의 전달	**친근한 설명, 감탄, 자랑**
5	는다지	융합형	들은 내용의 확인	**못마땅함**
6	는단다	융합형	들은 내용의 전달	**친근한 설명,감탄, 자랑**
7	는답니까	융합형	들은 내용의 확인	**못마땅함, 걱정**
8	는답니다	융합형	들은 내용의 전달	**친근한 설명, 자랑**
9	는다더냐	융합형	들은 내용의 확인	**자신의 주장 강조, 못마땅함**
10	더라지	융합형	들은 내용의 확인	**무관심함, 못마땅함, 비난**

[표 13] 종결어미와 종결어미가 결합하여 이루어진 복합종결어미의 의미

1.1.2. 종결어미+연결어미

종결어미와 연결어미가 결합하여 이루어진 복합종결어미는 다음과
같다.

-는다면서, -는다며, -는다니까, -는다니, -더라니, -더라니까,
-더라면서, -더라며

'-는다면서, -는다며, -는다니, -는다니까'는 모두 융합에 의해 이루어
진 복합종결어미이다. 융합에 의해 이루어진 복합형태의 경우에는 단
순융합형이 존재하는 경우가 많다. 그러나 위에 제시한 복합형태가 단
순융합형으로 쓰일 때는 다음의 예에서 확인할 수 있는 것처럼 복합종
결어미가 아닌 연결어미 기능을 한다.

(28) 가. 안 <u>먹는다면서</u>?
     나. 안 <u>먹는다면서</u> 왜 <u>먹어</u>?
     다. *안 <u>먹는다고 하면서</u>?
     라. 안 <u>먹는다고 하면서</u> 왜 먹어?

① -는다면서

'-는다면서'는 기원적으로는 '-는다고 하면서'가 줄어든 형태로 보이
지만 복합종결어미 '-는다면서'는 '-는다고 하면서'가 줄어든 형태가 아
니며 따라서 '-는다고 하면서'로 바꿔 쓸 수 없는 복합종결어미이다.

(29) 가. <u>안 먹는다면서</u> 왜 먹어?
　　　나. <u>안 먹는다면서</u>?

(29가)의 '먹는다면서'는 '먹는다고 하면서'가 줄어든 것으로 '왜 먹느냐'고 따짐의 근거가 되며, 여기에서 '먹는다면서'의 '-는다면서'는 연결기능을 한다. 그러나 (29나)의 '먹는다면서'는 '먹는다고 하면서'의 줄어든 형태가 아니며, '먹는다고 하면서'로 바꿔 쓸 수 없다. 의미도 다른 사람에게 들은 말을 확인하는 (29가)와 달리 '안 먹는다고 했으면서 왜 먹느냐'고 따지는 의미를 나타낸다. (29나)의 문장은 의문문의 형식을 취하고 있지만 질문을 하는 것이 아니라 따짐의 의미를 나타내는 것이다.

　이와 같이 '-는다면서'는 인용되는 사실에 대해 따짐이나 빈정거림의 의미를 덧붙이게 된다.

(30) 가. 들었니? 내일 비가 <u>온다면서</u>?
　　　나. 이 영화가 재미없다고? 네가 같이 <u>보자면서</u>?

(30가)의 '온다면서'는 '내일 비가 온다는 이야기를 듣고 확인하여 말함'을 나타낸다. 따라서 '온다고 하면서'로 바꿔 쓸 수 없는 종결어미가 된다. 복합종결어미 '-ㄴ다면서'는 사실에 대한 확인을 나타내기도 하고, (30나)에서와 같이 상대방에게 따져 물음, 빈정거림을 나타낸다.

　② -는다며
'-는다며'는 '-는다면서'의 축약형이다.

③ -는다니

'-는다니'는 '-는다고 하다니'의 융합형태이다. '-는다니'는 단순히 '-는다고 하다니'가 줄어든 형태로 쓰일 때도 있고, '-는다고 하다니'가 줄어든 형태가 아니며 따라서 '-는다고 하니까'로 바꿔 쓸 수 없는 복합종결어미로 쓰일 때도 있다.

(31) 가. 어린아이가 어른에게 밥을 <u>먹는다니</u> 버릇없는 아이로군.
　　　나. 한 번 들은 것을 잊지 <u>않는다니</u>!

(31가)의 '먹는다니'는 '먹는다고 하다니'가 줄어든 것으로 '버릇없는 아이'라고 판단하는 근거가 되며, (31가)에 쓰인 '먹는다니'의 '-는다니'는 연결기능을 한다. 그러나 (31나)의 '잊지 않는다니'는 '잊지 않는다고 하다니'로 바꿔 쓸 수 없으며, '잊지 않는다고 하다니'의 줄어든 형태가 아니다. 의미도 자신이 한 말이 이유임을 나타내는 (31가)와 달리 감탄의 의미를 나타낸다.

(32) 가. 그렇게 많이 먹고 또 <u>먹는다니</u>!
　　　나. 눈앞에서 또 거짓말을 <u>한다니</u>!

(32가)는 많이 먹은 사람이 또 먹는 것에 대해 놀람을 나타낸다. (32나)도 역시 눈앞에서 거짓말을 하는 것에 대해 놀람과 분개함을 나타낸다.

④ -는다니까

'-는다니까'는 단순히 '-는다고 하니까'가 줄어든 형태가 아니며 따라서 '-는다고 하니까'로 바꿔 쓸 수 없는 복합종결어미이다.

(33) 가. 안 <u>먹는다니까</u> 왜 자꾸 먹으라고 해?
　　 나. 싫어. 난 안 가. 안 <u>간다니까</u>.

(33가)의 '먹는다니까'는 '먹는다고 하니까'가 줄어든 것으로 '왜 자꾸 먹으라고 하느냐'는 후행절의 이유가 된다. (33가)에 쓰인 '먹는다니까'의 '-는다니까'는 연결기능을 한다. 그러나 (33나)의 '안 간다니까'는 '안 간다고 하니까'로 바꿔 쓸 수 없으며, '안 간다고 하니까'의 줄어든 형태가 아니다. 의미도 자신이 한 말이 이유임을 나타내는 (33가)와 달리 '안 간다'는 자신의 생각을 강조하여 말함을 나타내고 조금 짜증스럽게 말하는 의미도 나타낸다.

(34) 가. 글쎄, 나는 싫어. <u>싫다니까.</u>
　　 나. 몰라. 못 들었어. 못 <u>들었다니까.</u>

(34가)는 '짜증스럽게 싫다는 주장을 함'을 나타내고 (34나)는 못 들었다는 사실을 강조하여 말하는데 역시 짜증이 섞인 말임을 알 수가 있다. 이것뿐만 아니라 '-는다니까'는 혼잣말로 쓰여 이해할 수 없는 일에 대해 부정적으로 말하는 의미를 나타내기도 한다.

(35) 가. 저 사람은 속을 알 수가 <u>없다니까.</u>
　　 나. 도대체 왜 저러는지 <u>모르겠다니까.</u>

⑤ -더라니

'-더라니'는 '더라고 하니'가 줄어든 형태가 있고, '-더라고 하니'가 줄어든 형태가 아니며 따라서 '-더라고 하니'로 바꿔 쓸 수 없는 복합종결어미 '-더라니'가 있다.

(36) 가. 공원에 사람들이 <u>많더라니</u> 우리도 한번 나가봅시다.
　　　나. 사고가 났다고? 평소에 난폭하게 운전을 <u>하더라니</u>.

(36가)는 '많더라니'는 '많더라고 하니'가 줄어든 것으로 '공원에 사람들이 많더라고 하니까 한번 나가보자'는 의미를 나타낸다. 그러나 (36나)의 '하더라니'는 '하더라고 하니'로 바꿔 쓸 수 없으며, 이것은 단순융합형이 아닌 복합종결어미가 된다. 복합종결어미 '-더라니'는 종결어미 '-더라'에 연결어미 '-니'가 결합하여 이루어진 것이다. 의미는 과거의 행동에 대한 놀람, 감탄, 분개 따위의 감정을 나타낸다. 즉, 말하는 사람이 어떤 일을 보거나 들으면서 예측한 결과가 사실로 나타났음을 의미한다.

(37) 가. 평소에 입이 <u>가볍더라니</u>. 결국 비밀을 이야기하고 말았군.
　　　나. 건물이 무너져서 사람들이 다쳤다고? 어쩐지 그 건물이 <u>위험하더라니</u>.
　　　다. 그 식당에 항상 사람이 많다고? 음식이 <u>맛있더라니</u>.

(37가)는 '평소에 입이 가벼운 사람이 비밀을 이야기할 것 같았는데 결국 그 일이 벌어졌음'을 나타내고, (37나)는 '건물이 위험해서 사람들

이 다칠 것이라고 예측하고 있었는데 그 일이 발생했음'을 나타내고, (37다)는 '음식이 맛있어서 그 식당에 사람이 많을 것을 예측하고 있었는데 사실 그렇게 되었음'을 나타낸다.

⑥ -더라니까

'-더라니까'는 '더라고 하니까'가 줄어든 형태가 있고, '-더라고 하니까'가 줄어든 형태가 아니며 따라서 '-더라고 하니까'로 바꿔 쓸 수 없는 복합종결어미 '-더라니까'가 있다.

(38) 가. 준하가 달리기를 <u>잘하더라니까</u> 이제는 걱정하지 마세요.
　　　나. 그 녀석은 항상 놀기만 <u>하더라니까</u>.

(38가)의 '잘하더라니까'는 '잘하더라고 하니까'가 줄어든 것으로 '이제 걱정하지 마세요'라고 말하는 이유가 된다. 그리고 위의 예문에서 확인할 수 있는 것처럼 '-더라니까'가 단순히 '-더라고 하니까'의 줄어든 형태인 경우에는 종결어미가 아니라 문장 속에서 연결기능을 담당한다. 그러나 (38나)의 '하더라니까'는 '하더라고 하니까'로 바꿔 쓸 수 없으며, 따라서 복합종결어미가 된다. 종결어미 '-더라'에 연결어미 '-니까'가 결합하여 이루어진 것이다. 의미는 말하는 사람이 어떤 일을 보거나 들으면서 그 일이 원인이 되어 마땅히 어떠어떠한 결과가 따르리라고 예측했는데, 그 예측대로 되었음을 나타낸다. 그 예측은 다른 사람이 듣는 것을 목적으로 한다기보다는 주로 혼잣말처럼 쓰인다.

(39) 가. 그 식당이 망했어? 그 집 음식이 너무 <u>비싸더라니까.</u>
　　　나. 그 사람이 사기꾼이었다고? 어쩐지 지나치게 <u>친절하더라니까.</u>
　　　다. 역시, 축구는 성필이가 <u>잘하더라니까.</u>

(39가)는 '음식이 너무 비싸서 그 음식점이 망할 줄 알고 있었다'는 의미를 나타내고 (39나)는 '지나치게 친절한 사람을 의심하고 있었는데 예측했던 대로 사기꾼이었음'을 나타낸다. (39다)에서는 '축구를 성필이가 잘한다는 사실을 말하는 사람은 이미 알고 있었고, 이 문장에서는 나타나지 않지만 이 문장의 내용으로 미루어 보아 성필이가 축구대회에서 1등을 하거나 우승을 하는 데 주역이 되었다'는 정도의 내용을 쉽게 예측할 수가 있다.

　⑦ -더라면서
　'-더라면서'는 '더라고 하면서'가 줄어든 형태가 있고, '-더라고 하면서'가 줄어든 형태가 아니면서 '-더라고 하면서'로 바꿔 쓸 수 없는 복합종결어미가 있다.

　(40) 가. 준하가 이 책이 <u>재미있더라면서</u> 나에게도 읽어 보라고 하더라.
　　　나. 그 책이 정말 <u>재미있더라면서?</u>

(40가)는 '재미있더라면서'는 '재미있더라고 하면서'가 줄어든 것으로 읽어 보라고 권유하는 근거가 된다. 그리고 위의 예문에서 확인할 수 있는 것처럼 '-더라면서'가 단순히 '-더라고 하면서'의 줄어든 형태인 경우에는 종결어미가 아니라 문장 속에서 연결기능을 담당한다. 그러나

(40나)의 '재미있더라면서'는 '재미있더라고 하면서'로 바꿔 쓸 수 없는 복합종결어미이다. 복합종결어미 '-더라면서'는 종결어미 '-더라'에 연결어미 '-면서'가 결합하여 이루어진 것이다. 의미는 말하는 사람이 들어서 알고 있는 사실을 다른 사람에게 확인하여 물어보는 것이다.

   (41) 가. 그 영화가 <u>재미있더라면서</u>?
       나. 설악산에 눈이 많이 <u>왔더라면서</u>?
       다. 성필이가 축구를 잘하<u>더라면서</u>?

(41가)는 '영화가 재미있다'는 이야기를 듣고 사실을 확인하기 위해 질문하는 것이고 (41나)는 '설악산에 눈이 많이 왔다'는 이야기를 듣고 그 사실을 확인하기 위해 질문하는 것이다. (41다)는 '성필이가 축구를 잘 한다'는 이야기를 듣고 그것을 확인하기 위해 질문하는 것이다. '-더라면서'는 사실을 확인하기 위해 물어볼 때 주로 쓰지만, 본인이 들은 것과 다른 사실을 발견하고 그 이야기를 한 사람에게 따지거나 빈정거리는 의미로도 쓰인다.

   (42) 가. 이게 뭐야, 이 영화 하나도 재미없잖아. <u>재미있더라면서</u>?
       나. 아직 승희가 밥을 다 안 먹었네. 아까 다 <u>먹었더라면서?</u>

(42가)는 영화가 재미없다는 것을 알고 그 영화가 재미있다고 한 사람에게 따지는 것이다. (42나)는 승희가 밥을 다 안 먹었는데 왜 다 먹었다고 했는지 비난과 따지는 말투로 이야기함을 나타낸다.

⑧ -더라며

'-더라며'는 '-더라면서'의 축약형이다.

　지금까지 종결어미와 연결어미가 결합하여 이루어진 복합종결어미의 의미 기능에 대해 살펴보았다. 여기에서 알 수 있는 것은 이런 유형의 복합종결어미의 특징도 종결어미와 종결어미가 결합하여 이루어진 복합종결어미의 경우와 마찬가지로 새로운 의미를 획득한다는 사실이다. 그리고 새롭게 획득한 의미는 말하는 사람의 감정이나 주관을 나타내는 양태성을 가지게 된다.

　이상의 내용을 표로 정리하면 다음과 같다.

순번	목록	구성방법	형성과정	의미	
				단순융합형	**복합종결어미**
1	는다면서	융합	후행절삭제	연결기능	**확인**
					따짐, 빈정거림
2	는다며	'는다면서'의 줄어든 형태			
3	는다니까	융합	후행절삭제	연결기능	**강조, 짜증**
4	는다니	융합	후행절삭제	연결기능	**감탄, 분개**
5	더라니	융합	후행절삭제	연결기능	**놀람, 감탄, 분개**
6	더라니까	융합	후행절삭제	연결기능	**예측 결과**
7	더라면서	융합	후행절삭제	연결기능	**확인, 따짐, 빈정거림**
8	더라며	'-더라면서'의 줄어든 형태			

[표 14] 종결어미와 연결어미가 결합하여 이루어진 복합종결어미의 의미

1.1.3. 종결어미+조사

종결어미에 인용격조사가 결합하여 이루어진 복합종결어미는 다음과 같다.

-는다고, -을라고, -더냐고, -더니만, -더라고

① -는다고

'-는다고'는 종결어미 '-는다'에 인용격조사 '고'가 연속적으로 결합하여 이루어진 복합종결어미이다.

(43) 가. 준하: 승희야, 성필이한테 뭐라고 이야기했어?

　　　　승희: 나? <u>모른다고</u>.

　　나. 나는 몰라. <u>모른다고</u>.

(43가)의 '모른다고'는 '모른다고 말했어', '모른다고 이야기했어'에서 '말했어' 또는 '이야기했어'가 생략된 문장이며, 자신이 한 말을 다시 확인하여 말함을 나타낸다. 그러나 (43나)의 '모른다고'는 뒤에 '말했어'라는 동사가 생략된 것이 아니고 '모른다고'만으로 문장이 종결되고 있다. (43나)의 '모른다고'는 자신의 말을 짜증스럽게 강조 또는 반복하는 의미를 나타낸다. (43나)의 '-는다고'는 종결어미 '-는다'에 '고'가 결합하여 이루어진 복합종결어미가 된다.

(44) 가. 내가 노래를 얼마나 잘 <u>부른다고</u>.
　　　나. 휴우, 나는 또 네가 <u>다쳤다고</u>.

(44가)는 자신이 노래를 잘 부른다는 사실을 자랑하듯이 말함을 나타낸
다. (44나)는 상대방이 다쳤을 것이라고 생각하고 있었는데 그것이 사
실이 아님을 알고 안심하여 말함을 나타낸다. 이와 같이 복합종결어미
'-는다고'는 자신의 생각을 강조하여 말하는 의미 이외에 자랑이나 안도
의 느낌을 나타내는 종결어미로 쓰인다. 이때는 '-는다고' 뒤에 '말했어'
등의 동사가 함께 쓰이면 (43가)와는 달리 매우 어색한 문장이 된다.

(45) 가. *내가 얼마나 노래를 잘 <u>부른다고 말했어</u>.
　　　나. *우리 학교가 얼마나 <u>크다고 말했어</u>.

　후행하는 절이나 동사를 함께 쓰면 틀린 문장은 아니지만 의미가
달라질 때가 있다.

(46) 가. 몰라. 나는 <u>모른다고 말했어</u>.
　　　나. 휴우, 난 또 네가 <u>다쳤다고 생각했어</u>.

(46)의 예문들은 틀린 문장은 아니지만 (44)가 나타내는 의미를 그대로
나타낸다기보다는 오히려 자기가 한 말을 확인시켜주거나 자신의 생각
을 나타낸다.

② -을라고

'-을라고'는 종결어미 '-을라'에 인용격조사 '고'가 연속적으로 결합하여 이루어진 복합종결어미이다.

(47) 가. 왜 그렇게 높은 곳에 올라갔어? 그러다가 떨어지면 <u>어쩔라고</u>.
　　　나. 설마, <u>떨어질라고</u>.

(47가)의 '어쩔라고'는 '어쩔라고 그래' 또는 '어쩔라고 그랬어'에서 '그래'또는 '그랬어'가 삭제된 후에 그 의미를 '-을라고'가 모두 나타내며 종결어미가 된 것이다. (47나)의 '떨어질라고'는 '설마 떨어질라고 하겠어?'에서 '하겠어?'가 삭제된 후에 삭제된 '하겠어?'의 의미까지 '-을라고'가 나타내며 종결어미가 된 것이다. 그리고 '-을라고'는 하나의 단일형태소로 이루어진 것이 아니고 경계를 나타내는 종결어미 '-을라'에 조사 '고'가 결합하여 이루어진 복합종결어미이다. 복합종결어미 '-을라고'는 종결어미 '-을라'와는 달리 어떤 일이 일어날 가능성이 별로 없다는 부정적인 의심을 나타낸다.

(48) 가. 설마, 그 모임에 그 사람 혼자 <u>갔을라고</u>.
　　　나. 아무리, 사람 얼굴이 그렇게 <u>붉을라고</u>.

(48가)는 '그 사람이 그 모임에 혼자 갔을 리가 없다'는 의심을 나타내며, (48나)는 '사람 얼굴이 그렇게 붉을 리가 없다'는 강한 의심을 나타낸다. 복합종결어미 '-을라고'는 '설마', '아무리' 등의 부사와 호응하는 경우가 많다. 그러나 단일종결어미 '-을라'는 '설마', '아무리' 등의 부사

와 같이 쓰면 어색한 문장이 된다.

(49) 가. ?설마, 그 모임에 그 사람 혼자 갔을라.
　　　나. ?아무리, 사람 얼굴이 그렇게 붉을라.

③ -더냐고

'-더냐고'는 간접인용절에 쓰여 다른 사람의 질문을 전달하여 말할 때 쓰이는데 이때의 '-더냐고'는 복합종결어미가 아니다. 그러나 후행절이 삭제되고 '-더냐고'만 남아 복합종결어미로 쓰이는 경우가 있다.

(50) 가. 어머니께서 고향에는 별일이 없더냐고 물으셨다.
　　　나. 요즘 세상에 누가 그런 행동을 하더냐고?

(50가)의 '없더냐고'는 간접인용을 나타낸다. 그러나 (50나)의 '하더냐고'는 간접인용을 나타내는 것이 아니라 요즘 세상에 그런 행동을 하는 사람은 없다는 뜻을 나타내는 종결어미이다. 이때 '-더냐고'는 종결어미 '-더냐'에 조사 '고'가 결합하여 이루어진 복합종결어미이다. '-더냐고'는 다른 사람에게 질문을 하는 것이 아니고, 간접인용절에 쓰였다고 보기 어려운 의미를 나타낼 때 복합종결어미로 볼 수 있다.

(51) 가. 세상에 실수 안 하는 사람이 어디 있더냐고?
　　　나. 누가 칭찬받는 것을 싫어하더냐고?

(51가)는 '세상에서 실수를 안 하는 사람은 없다'는 것을 강조하여 말함

을 나타내고, (51나)는 '칭찬받는 것을 싫어하는 사람은 없다'는 것을 강조하여 말함을 나타낸다. 복합종결어미 '-더냐고'는 수사의문문 형식으로 쓰인다.

④ -더니마는

종결어미와 조사가 결합하여 이루어진 복합종결어미에는 '-더니마는'이 있다. '-더니마는'은 주로 혼잣말에 쓰여 어떤 상황에 대한 이유로 과거에 직접 경험하여 알게 된 일을 회상하여 나타내는 종결어미이다. 이는 종결어미 '-더니'와 조사 '마는'이 결합하여 이루어진 복합종결어미이다.

(52) 가. 결국 배탈이 났구나. 어제 밤에 그렇게 많이 먹더니마는.
　　　나. 그 두 사람 이혼하고 말았구나. 날마다 싸우더니마는.
　　　다. 날씨가 많이 추워졌네. 어제 눈이 많이 오더니마는.

위의 예문에서 '-더니마는'은 선행문의 이유를 나타낸다. 그래서 선행문과 후행문이 도치된 것처럼 보인다.

(53) 가. 어제 밤에 그렇게 많이 먹더니만 결국 배탈이 났구나.
　　　나. 날마다 싸우더니만 그 두 사람 이혼하고 말았구나.
　　　다. 어제 눈이 많이 오더니만 날씨가 많이 추워졌네.

(53)의 예문에서 각각 후행절을 삭제하여도 '-더니마는'은 그것만으로 후행절의 내용을 예측할 수가 있다. 따라서 '-더니마는'은 복합종결어미

인 것이다. 복합종결어미 '-더니마는'은 현재와 대조적인 상황을 나타낼 때도 쓰인다.

(54) 가. 어제까지는 <u>덥더니마는</u>.
　　 나. 전에는 요리를 <u>잘하더니마는</u>.

(54가)는 어제까지는 추웠는데 지금은 춥지 않다는 의미이며, (54나)는 전에는 요리를 잘했지만 지금은 잘 못한다는 의미를 나타낸다.

⑤ -더니만

'-더니만'은 '-더니마는'의 축약형이다.

⑥ -더라고

'-더라고'는 간접인용절에 쓰여 다른 사람의 말을 전하여 말할 때 쓰인다. 이렇게 쓰이는 '-더라고'는 복합종결어미가 아니다. 그러나 후행절이 삭제되고 '-더라고'만 남아 복합종결어미로 쓰이는 경우가 있다.

(55) 가. 어머니께서 고향에는 별일이 <u>없더라고</u> 말씀하셨다.
　　 나. 승희: 고향에는 별일 없대?
　　　　 준하: 응, 어머니께서 그러시는데 별일 <u>없더라고</u>.
　　 다. 금강산이 정말 <u>아름답더라고</u>.

(55가)와 (55나)의 '없더라고'는 간접인용을 나타낸다. 따라서 (55나)에서처럼 문장 끝에 '-더라고'가 위치한다고 하더라도 종결어미가 되는

것은 아니다. 그러나 (55다)의 '아름답더라고'는 간접인용을 나타내는 것이 아니라 금강산이 아름다운 것을 보고 그것을 회상하여 감탄하여 말함을 나타낸다. 이때 '-더라고'는 종결어미 '-더라'에 조사 '고'가 결합하여 이루어진 복합종결어미이다. 이는 간접인용을 표시하는 것이 아니라 친근하게 설명해주거나 감탄의 의미를 표시한다.

(56) 가. 평양냉면이 맛있기는 <u>맛있더라고</u>.
　　　나. 정말 제주도는 <u>가볼 만하더라고</u>.

(56가)는 '평양냉면이 맛있다는 것'을 감탄하여 말함을 나타내고 (56나)는 '제주도가 정말 가볼 만하다'는 것을 감탄조로 이야기하는 것이다. 비슷한 의미를 나타내는 종결어미 '-더라'에 감탄의 의미가 더 추가된다.

　지금까지 살펴본 종결어미와 조사가 결합하여 이루어진 복합종결어미의 특성을 표로 정리하면 다음과 같다.

순번	목록	구성방법	형성과정	의미
1	는다고	연속형	후행절 삭제	**강조, 짜증, 자랑, 감탄, 안도**
2	을라고	연속형	후행절 삭제	**가능성이 없음, 부정적인 의심**
3	더냐고	연속형	후행절 삭제	**과거와 대조되는 사실을 강조**
4	더니마는	연속형	후행절 삭제	**자신의 생각을 강조**
5	더니만			'더니마는'의 줄어든 형태
6	더라고	연속형	후행절 삭제	**친근한 설명, 감탄**

[표 15] 종결어미와 조사가 결합하여 이루어진 복합종결어미의 의미

1.2. 복합형태를 포함한 유형

1.2.1. 복합형태+조사

복합형태에 조사가 결합하여 이루어진 종결어미는 다음과 같다.

-는다니까는, -는다니깐, -는다는데도

---

① -는다니까는

형태상으로 '-는다니까는'은 '-는다니까'와 조사 '는'이 결합하여 이루어진 종결어미이다. '-는다니까는'은 '는다고 하니까는'에서 '-고 하-'가 삭제된 후 융합에 의해 만들어진 복합종결어미이다. '-는다니까는'은 '-는다고 하니까는'이 줄어든 형태가 있고, '-는다고 하니까는'이 줄어든 형태가 아니며 따라서 '-는다고 하니까는'으로 바꿔 쓸 수 없는 복합종결어미 '-는다니까는'이 있다.

(57) 가. 내가 내일 공항에 <u>간다니까는</u> 영수가 자기도 같이 가자고 하더라.
　　　나. 나는 내일이 아니라 모레 공항에 <u>간다니까는</u>.

(57가)의 '간다니까는'은 '간다고 하니까는'이 줄어든 것으로 영수가 같이 가자고 하는 이유를 나타낸다. 여기에서 '간다니까는'은 문장 속에서 연결어미의 기능을 한다. 그러나 (57나)의 '간다니까는'은 '간다고 하니까는'으로 바꿔 쓸 수 없으며, '간다고 하니까는'의 줄어든 형태가 아니다. (57나)의 '간다니까는'은 말하는 사람이 자신의 말을 강조하여 말함

을 나타낸다.

(58) 가. 사람들이 예의를 <u>모른다니까는</u>.
　　　나. 나는 안 <u>간다니까는</u>.

(58가)는 '사람들이 예의를 모른다'고 하는 강한 주장, 못마땅함, 비난 등의 의미를 나타내며, (58나)는 '안 간다'고 하는 강한 주장을 나타낸다.

② -는다니깐

'-는다니깐'은 '-는다니까는'과 같은 의미를 나타내는 '-는다니까는'의 축약형이다.

(59) 가. 요즘 사람들은 조금도 참지 <u>못한다니깐</u>.
　　　나. 낙지볶음을 먹자고? 나는 매운 음식을 못 <u>먹는다니깐</u>.

③ -는다는데도

형태상으로 '-는다는데도'는 '-는다는데'와 조사 '도'가 결합하여 이루어진 종결어미이다. '-는다는데도'는 '-는다고 하는데도'에서 '-고 하-'가 삭제된 후 융합에 의해 만들어진 복합종결어미이다. '-는다는데도'는 '-는다고 하는데도'가 줄어든 형태가 있고, '-는다고 하는데도'가 줄어든 형태가 아니며 따라서 '-는다고 하는데도'로 바꿔 쓸 수 없는 복합종결어미 '-는다는데도'가 있다.

(60) 가. 영수가 공항에 <u>간다는데도</u> 준하는 아니라고 하더라.
　　　나. (나는) 내일이 아니라 모레 공항에 <u>간다는데도</u>.

(60가)의 '간다는데도'는 '간다고 하는데도'가 줄어든 것이다. (60가)의 '간다는데도'는 문장 속에서 연결어미의 기능을 한다. 그러나 (60나)의 '간다는데도'는 '간다고 하는데도'로 바꿔 쓸 수 없으며, '간다고 하는데도'의 줄어든 형태가 아니다. (60나)의 '간다고 하는데도'는 말하는 사람이 자신의 말을 강조하여 말함을 나타낸다.

(61) 가. 내일은 <u>바쁘다는데도</u>.
　　　나. 나는 그 곳에 안 <u>간다는데도</u>.

(61가)는 '내일 바쁘다'는 것을 강하게 주장함을 나타내며, (61나)는 '안 간다'는 것을 강하게 주장함을 나타낸다. 물론, (61가)와 (61나)는 '바쁘다고 하는데도'와 '간다고 하는데도'로 바꿔 쓸 수 있지만 강한 주장을 나타낸다고 보기 어렵다. '-는다는데'는 복합종결어미가 아니라 '-는다고 하는데'가 줄어든 형태인 단순융합형으로 분류하였다. '-는다는데도'는 단순융합형 '-는다는데'에 조사 '도'가 결합함으로써 복합종결어미가 되는 경우이다.

이상에서 살펴본 종결어미를 포함한 복합형태에 조사가 결합하여 이루어진 복합종결어미의 의미 기능을 표로 정리하면 다음과 같다.

순번	목록	구성 방법	형성과정	의미	
				단순융합형	복합종결어미
1	는다니까는	융합 연속	후행절삭제	**연결기능**	**강조, 짜증**
2	는다니깐	'-는다니까는'의 줄어든 형태.			
3	는다는데도	융합 연속	후행절삭제	**연결기능**	**강조, 짜증**

[표 16] 복합형태에 조사가 결합하여 이루어진 복합종결어미의 의미

2 연결어미가 선행하는 복합종결어미

2.1. 단일형태끼리 결합하는 유형

2.1.1. 연결어미+종결어미

연결어미에 종결어미가 결합하여 이루어진 복합종결어미는 다음과
같다. 이들은 모두 융합에 의해 이루어진 복합종결어미이다.

-으려나, -아/어/여야지, -으련다, -으렵니다

-----

① -으려나

'-으려나'는 단순히 '-으려고 하나'가 줄어든 형태가 있고, '-으려고 하
나'가 줄어든 형태가 아니며, '-으려고 하나'로 바꿔 쓸 수 없는 복합종결

어미가 있다.

> (62) 가. 자네는 그 모임에 정말 가지 <u>않으려나</u>?
>   나. 내일은 눈이 <u>오려나</u>?

(62가)의 '가지 않으려나'는 '가지 않으려고 하나'가 줄어든 것으로 듣는
사람인 '자네'에게 가지 않으려고 하는 것인지 의도를 물어보는 것이다.
그러나 (62나)는 '눈이 오려고 하는지' 물어보는 것이 아니라 '눈이 오려
고 하는지 모르겠다'는 말하는 사람의 추측을 나타낸다. 여기에서 '-려
나'는 의문문으로 나타나고 있지만 질문을 위한 것이 아니라 혼잣말로
스스로에게 질문함을 나타낸다. 이렇듯 복합종결어미 '-려나'는 주로
혼잣말로 추측하여 말하는 데에 쓰이므로 뒤에는 '모르겠다' 정도의 동
사가 삭제된 것으로 볼 수 있다.

> (63) 가. 영수도 <u>가려나</u>?(모르겠다)
>   나. 언제 다시 미국에 갈 수 <u>있으려나</u>?(모르겠다)

(63가)는 '영수가 가려나 모르겠다'에서 '모르겠다'가 삭제된 후 '모르겠
다' 의 의미까지 '가려나'가 모두 나타내므로 복합종결어미가 된다. (63
나)의 '미국에 갈 수 있으려나 모르겠다'는 말하는 사람의 추측을 나타
내며 '모르겠다'를 쓰지 않아도 충분히 그 의미를 전달할 수 있으므로
'있으려나'의 '-으려나'는 종결어미이다. 이는 연결어미 '-으려'에 종결어
미 '-나'가 결합하여 이루어진 복합종결어미이다.

이와 같이 '-으려나'가 듣는 사람의 의지를 물어볼 때는 종결어미가 아니며, 혼잣말처럼 추측을 나타낼 때만 복합종결어미가 된다.

② -아/어/여야지

'-아/어/여야지'는 상대편에게 주의를 환기시키거나 동의를 구하는 뜻을 나타내는 종결어미이다. '-아/어/여야지'는 연결어미 '-아/어/여야'와 종결어미 '-지'가 결합하여 이루어진 복합종결어미로 '-아/어/여야하지'에서 '하-'가 삭제된 후 융합에 의해 이루어진 형태이다.

(64) 가. 네가 선배니까 네가 <u>참아야지</u>.
　　　나. 승희야, 내일이 시험이니까 <u>공부해야지</u>.

(64가)는 '네가 선배니까 참아야함'을 강조하여 나타낸다. (64나)는 '내일이 시험이니까 공부를 하는 것이 당연한 일임'을 나타낸다. '-아/어/여야지'는 혼잣말로 말하는 사람의 의지를 나타내기도 한다.

(65) 가. 내년에는 꼭 <u>취직해야지</u>.
　　　나. 올해부터는 술을 <u>끊어야지</u>.

(65가)와 (65나)는 각각 혼잣말로 '취직하겠다'는 의지와 '술을 끊겠다'는 자신의 의지를 나타낸다.

③ -으련다

'-으련다'는 '-으려고 한다'에서 '-고 하-'가 삭제된 후 융합에 의해 이루어진 형태이다. 지금까지 살펴본 복합종결어미들은 이미 융합이 일어난 상태에서는 융합 이전의 상태로 바꿔 쓸 수 없고 때문에 특별한 의미가 추가됐으므로 복합종결어미라고 보는 경우가 많이 있었다. 그러나 '-으련다'의 경우는 좀 다른 양상으로 나타난다.

융합 이전의 '-으려고 한다'는 다양한 용법에 쓰인다.

(66) 가. 나는 주말에 여행을 <u>가려 한다</u>.
　　　나. 하늘을 보니 비가 <u>오려 한다</u>.
　　　다. 아기가 <u>넘어지려 한다</u>.

(66가)의 '가려 한다'는 말하는 사람의 의지를 나타내고, (66나)의 '오려 한다'는 '비가 올 것 같다'는 추측을 나타내고, (66다) 역시 앞으로 일어날 일에 대한 가능성이나 추측을 나타낸다. (66가), (66나), (66다)는 모두 융합된 형태인 '-련다'로 바꿔 쓸 수 없고 (66가)만 (67가)와 같이 바꿔 쓸 수 있다.

(67) 가. 나는 주말에 여행을 <u>가련다</u>.
　　　나. *하늘을 보니 비가 <u>오련다</u>.
　　　다. *아기가 <u>넘어지련다</u>.

여기에서 보듯이 종결어미로 쓰일 수 있는 '-으련다'는 (67가)의 경우에 한정된다. 즉, '-으련다'는 '-으려고 한다'의 융합형이지만 '-으련다'는 '-으려고 한다'의 용법 모두를 포함할 수 없고 다만 1인칭 주어에만 결합하여, 1인칭 주어의 의지를 강조하여 나타내는 의미를 표시한다는 것이다. 다시 말해서 1인칭 주어와 함께 쓰이는 '-으련다'는 '-으려고 한다'의 단순융합형이 아니라 주어의 의지를 강조하는 복합종결어미인 것이다.

(68) 가. 나는 이제 <u>가련다</u>.
　　　나. 이제는 좀 <u>쉬련다</u>.

(68)의 문장들은 (69)와 같이 바꿔 쓰면 틀린 문장은 아니지만, (68)의 의미-주어의 의지 강조-를 그대로 나타낸다기보다는 어떤 일에 대한 계획을 나타내는 느낌이 더 강해짐을 알 수 있다.

(69) 가. 나는 영국에 <u>가려고 한다</u>.
　　　나. 이제는 좀 <u>쉬려고 한다</u>.

④ -으렵니다

'-으렵니다'는 '-으려고 합니다'에서 '-고 하-'가 삭제된 후 융합에 의해 이루어진 형태이다. '-으렵니다'는 '-으련다'와 마찬가지로 융합하기 이전에는 다양한 용법으로 쓰인다.

(70) 가. 나는 주말에 여행을 <u>가려고 합니다</u>.
　　　나. 하늘을 보니 비가 <u>오려고 합니다</u>.
　　　다. 아기가 <u>넘어지려고 합니다</u>.

이 가운데 (70나), (70다)는 융합형인 '-렵니다'로 나타낼 수 없고 (70가)만 (71가)와 같이 융합될 수 있다.

(71) 가. 나는 주말에 여행을 <u>가렵니다</u>.
　　 나. *하늘을 보니 비가 <u>오렵니다</u>.
　　 다. *아기가 <u>넘어지렵니다</u>.

여기에서 보듯이 (71가)의 '-으렵니다'만 종결어미로 쓰일 수 있다. 곧 '-으렵니다'는 '-으려고 합니다'의 융합형이지만 '으렵니다'는 '-으려고 합니다'의 용법 모두를 포함할 수 없고 다만 1인칭 주어에만 결합하여 1인칭 주어의 의지를 강조하여 나타내는 의미를 표시한다. 1인칭 주어와 함께 쓰이는 '-으렵니다'는 '-으려고 합니다'의 단순융합형이 아니라 주어의 의지를 강조하는 복합종결어미인 것이다.

(72) 가. 나는 중국어를 <u>배우렵니다</u>.
　　 나. 퇴직 후에는 시골에서 <u>생활하렵니다</u>.

(72)의 문장들은 (73)와 같이 바꿔 쓰면 (72)의 의미-주어의 의지 강조-를 그대로 나타낸다기보다는 어떤 일에 대한 계획을 나타내는 느낌이 더 강해진다.

(73) 가. 나는 중국어를 <u>배우려고 합니다</u>.
　　 나. 퇴직 후에는 시골에서 <u>생활하려고 합니다</u>.

이상에서 살펴본 연결어미와 종결어미가 결합하여 이루어진 복합종결어미의 의미 특성을 표로 나타내면 다음과 같다.

순번	목록	구성 방법	의미	
			단순융합형	**복합종결어미**
1	으려나	융합	상대방의 의도를 물어봄	**추측(혼잣말)**
2	아/어/여야지	융합	당위	**설득, 결심**
3	으련다[28]	융합	의도, 추측	**의도, 의지**
4	으렵니다	융합	의도, 추측	**의도, 의지**

[표 17] 연결어미에 종결어미가 결합하여 이루어진 복합종결어미의 의미

2.1.2. 연결어미+연결어미

연결어미에 연결어미가 결합하여 이루어진 복합종결어미는 모두 융합에 의해 이루어졌으며 목록은 다음과 같다.

-으련마는, -으련만

① -으련마는

'-으련마는'은 기대하는 결과가 이루어질 수 없음에 대해 아쉬움을 나타내는 종결어미이다. '-으련마는'은 '-으려고 하건만'에서 '-고 하-'가

---

28) '-으련다'와 '-으렵니다'는 '-으려고 한다'와 '-으려고 합니다'가 줄어든 형태로 볼 수 있지만 앞에서 지적했던 것과 같이 '-으려고 한다' 와 '-으려고 합니다'가 더 많은 의미를 나타내며, 그 중에서 주어의 의지를 나타낼 때만 복합종결어미로 쓰이며 그때만 '-으련다', '-으렵니다'의 형태로 나타난다. 따라서 '-으련다'와 '-으렵니다'의 단순융합형은 없다고 할 수도 있고, 단순융합형이 곧 복합종결어미가 되는 경우라고도 할 수 있다.

삭제된 후 융합에 의해 이루어진 복합종결어미이다. 복합종결어미가
된 '-으련마는'은 '-으려고 하건마는'으로 바꿔 쓸 수 없으며, 의미도 달
라진다.

    (74) 가. 여건이 되면 공부를 계속 <u>하련마는</u>.
          나. 빨리 통일이 되면 <u>좋으련마는</u>.

(74가)는 '여건이 되면 공부를 계속하겠지만 그 조건이 충족되지 않으
므로 계속 공부를 할 수 없다'는 의미와 함께 아쉬움을 나타낸다. (74나)
는 '빨리 통일이 되면 좋겠지만 그것이 빨리 이루어질 것 같지 않다'는
의미와 함께 안타까움, 아쉬움의 감정을 나타낸다. (74가)는 '-으려고
하건마는'으로 바꿔 쓸 수 있지만, 이들은 완전히 똑같은 의미를 나타낸
다고 보기는 어렵다. 반면 (74나)는 '-으려고 하건마는'으로 바꿔 쓸 수
없다.

    (75) 가. 여건이 되면 공부를 계속 <u>하려고 하건마는</u>.
          나. *빨리 통일이 되면 <u>좋으려고 하건마는</u>.

(75가)는 '공부를 계속할 수 없는 것'에 대한 아쉬움을 나타내지만, (75
가)는 아쉬움의 의미보다는 '여건이 안 돼서 공부를 계속할 수 없는
상황'이라는 의미로 그 상황은 여건이 되면 공부를 할 수 있다'는 것과
대조적인 상황이라는 것을 나타내는 의미가 더 강하다.
    '-으련마는'은 (76나)와 같이 이루어질 가능성이 별로 없는 일에 대해
아쉬움이나 안타까움을 나타내는 복합종결어미이다.

(76) 가. 나도 시간이 있으면 금강산에 <u>가련마는</u>.
　　　나. 시험이 빨리 끝나면 <u>좋으련마는</u>.

(76가)는 '시간이 없어서 금강산에 못 가는 것'에 대한 아쉬움을, (76나)는 '시험이 빨리 끝나지 않는 것'에 대한 안타까운 마음을 나타낸다. (76)의 예문 뒤에는 각각 '어려울 것 같다', '빨리 끝날 것 같지 않다'라는 문장이 삭제된 것이라는 예측이 가능하며, 후행절이 삭제되더라도 '-으련마는'이 그 의미 전부를 나타내므로 복합종결어미가 되는 것이다.

② -으련만
　복합종결어미 '-으련만'은 복합종결어미 '-으련마는'이 줄어든 형태이다.

(77) 가. 여건이 되면 공부를 계속 <u>하련만</u>.
　　　나. 빨리 통일이 되면 <u>좋으련만</u>.

　이상에서 살펴본 연결어미와 연결어미가 결합하여 이루어진 복합종결어미의 의미 특성을 표로 나타내면 다음과 같다.

순번	목록	구성방법	형성과정	의미
1	으련마는	융합형	후행절삭제	**아쉬움, 안타까움**
2	으련만	'-으련마는'의 줄어든 형태.		

[표 18] 연결어미에 연결어미가 결합하여 이루어진 복합종결어미의 의미

2.1.3. 연결어미+용언활용형

연결어미와 용언활용형이 결합하여 이루어진 복합종결어미는 다음과 같다.

-다마다, -고말고

① -다마다

'-다마다'는 '-다#마다'에서 단어경계가 삭제되고 융합하여 이루어진 복합종결어미이다. '-다마다'는 어떤 사실에 대해 그것이 틀림없음을 강조하여 말하는 복합종결어미이다.

(78) 가. 승희: 주말에 영화 보러 가는 거 좋아?
　　　　준하: 좋아, <u>좋다마다.</u>
　　나. 승희: 길에 쓰레기를 버리면 나쁘겠지?
　　　　준하: <u>나쁘다마다.</u>

(78가)의 '좋다마다'는 '좋다고 나쁘다고 말할 것 없이 물론 좋다'는 의미를 나타내고 (78나)의 '나쁘다마다'는 '나쁘다, 좋다고 따질 것 없이 무조건 나쁘다'는 의미를 나타낸다. (78가)와 (78나)의 '좋다마다', '나쁘다마다'는 '좋다', '나쁘다'를 강조하여 말한다.

② -고말고

'-고말고'는 '-고#말고'에서 단어경계가 삭제되고 융합하여 이루어진 복합종결어미이다. 이는 어떤 사실에 대해 그것이 '틀림없음'을 강조하여 말하는 의미를 표시한다.

(79) 가. 승희: 주말에 영화 보러 같이 갈 거지?
     준하: 그럼, <u>가고말고</u>.
   나. 승희: 길에 쓰레기를 버리면 나쁘겠지?
     준하: 나빠, <u>나쁘고말고</u>.

(79가)의 '가고말고'는 '가고 안 가고 생각할 것 없이 물론 간다'는 의미를 나타내고, (79나)의 '나쁘고말고'는 '나쁘고 안 나쁘고 따질 것 없이 무조건 나쁘다'는 의미를 나타낸다. (79가)와 (79나)는 각각 '간다', '나쁘다'를 강조하여 말한다.

연결어미에 용언활용형이 결합하여 이루어진 복합종결어미의 의미 특성을 표로 나타내면 다음과 같다.

순번	목록	구성방법	형성과정	의미
1	다마다	융합형	후행절삭제	**당연함을 강조**
2	고말고	융합형	후행절삭제	**당연함을 강조**

[표 19] 연결어미에 용언활용형이 결합하여 이루어진 복합종결어미의 의미

2.1.4. 연결어미+조사

연결어미와 조사가 결합하여 이루어진 복합종결어미는 다음과 같다. 복합종결어미 결합에 참여하는 조사는 특수조사 '는'과 인용격조사 '고' 이다.

-으니까는, -으니깐, -으려고

2.1.4.1. 연결어미+특수조사

연결어미와 특수조사가 결합하여 이루어진 복합종결어미에는 '-으니까는, -으니깐'이 있다. 이는 모두 연결어미에 조사가 연속적으로 결합하여 이루어진 복합종결어미이다. 그리고 '-으니까는'과 '-으니깐'은 모두 연결어미 '-으니까'를 강조하는 의미를 나타낸다. 특히, '-으니깐'은 '-으니까는'의 줄어든 형태이다.

① -으니까는

'-으니까는'은 연결어미와 조사 '는'이 결합하여 이루어진 복합종결어미이다. 그러나 '-으니까는'이 항상 복합종결어미로만 쓰이는 것은 아니다.

(80) 가. 오늘은 <u>바쁘니까는</u> 다음에 만나요.
　　　나. 승희가 미국에 간 줄 몰랐어요? 하긴... 그동안 못 <u>만났으니까는</u>.

(80가)의 '-으니까는'은 선행절과 후행절을 연결해 주는 연결기능을 하므로 형태가 복합형태이기는 하지만 복합종결어미가 아니다. (80나)는 선행문의 이유를 나타내주지만 그것으로 문장이 끝나므로 종결어미이고, 복합형태이므로 복합종결어미가 된다. (80가)의 경우 선행절과 후행절을 도치시키면 '-으니까는'이 문장의 끝에 위치하지만 단순도치일 뿐 종결어미가 되는 것은 아니다. 그러나 (80나)의 경우는 선행문과 후행문을 도치시킬 수가 없다.

(81) 가. 다음에 만나요. 오늘은 <u>바쁘니까는</u>.
　　　나. ?하긴... 그동안 못 <u>만났으니까는</u> 승희가 미국에 간 줄 몰랐어요?

'-으니까는'이 복합종결어미로 쓰이는 경우는 다음의 예문에서 확인할 수 있다.

(82) 가. 승희: 시장 상인들이 장사가 안 된다고 난리래.
　　　　　성필: 그렇겠지. 경기가 <u>나쁘니까는</u>.
　　　나. 사람들이 큰 TV를 선호한다고? 그래, 아무래도 크면 <u>좋으니까는</u>.

(82가)는 '경기가 나쁘니까 장사가 안 된다'는 의미를 강조하여 나타내고, (82나)는 'TV가 크면 좋으니까 사람들이 큰 TV를 선호한다'는 의미를 강조하여 나타낸다.

　② '-으니깐'
　'-으니깐'은 '-으니까는'의 줄어든 형태이다.

(83) 가. 영수가 또 학교에 못 온다고? 하긴 많이 <u>아프니깐</u>.

　　나. 장사가 잘 안 돼? 아무래도 경기가 <u>나쁘니깐</u>.

2.1.4.2. 연결어미+인용격조사

연결어미와 인용격조사가 결합하여 이루어진 복합종결어미에는 '-으려고'가 있다.

(84) 가. 사람은 <u>살려고 먹는가? 먹으려고 사는가</u>?

　　나. 하늘에서 눈이 <u>오려고 한다</u>.

　　다. 영수는 변호사가 <u>되려고 열심히 공부한다</u>.

　　라. 나는 주말에 춘천에 <u>가려고 한다</u>.

'-으려고'가 종결어미가 되기 위해서는 먼저 후행절의 동사가 삭제되어야 한다. 위의 예문에서 각각 후행동사를 삭제시키면 다음과 같이 된다.

(85) 가. *사람은 <u>살려고? 먹으려고</u>?

　　나. ?하늘에서 눈이 <u>오려고</u>.

　　다. ?영수는 변호사가 <u>되려고</u>.

　　라. 나는 주말에 춘천에 <u>가려고</u>.

(84)에서 후행동사를 삭제했을 때도 여전히 같은 의미를 나타내고 의미가 통하는 것은 (85라)의 경우뿐이다. 즉, (84라)와 같이 삭제된 요소가 예측 가능할 때만 복합종결어미가 되는 것이다. (85나)도 삭제된 요소 '하다'를 예측할 수 있지만, 복합종결어미로 쓰이는 '-으려고'는 주어의

의지를 나타내는데 (85나)의 주어는 의지를 가지고 행동할 수 없는 주어이기 때문에 비문이 되는 것이다.

복합종결어미 '-으려고'는 주어의 의지나 의도, 또는 의문문에 쓰일 때는 비난의 느낌을 나타낸다.

(86) 가. 나는 방학 때 여행을 <u>가려고</u>.
　　　나. 이제는 일 그만두고 좀 <u>쉬려고</u>.
　　　다. 이렇게 많은 사과를 다 뭐 <u>하려고</u>?
　　　라. 주말에 못 만난다고? 주말에는 뭘 <u>하려고</u>?

(86가)와 (86나)는 모두 주어의 의도나 의지를 나타낸다. 그러나 (86다)와 (86라)는 듣는 사람의 의도나 의지를 물어보는 것이라기보다는 '사과가 너무 많다'고 비난하는 것에 가깝고, '주말에 무슨 일이 있어서 못 만나겠다고 하는지 알 수 없다'는 비난이나 따짐의 느낌을 나타낸다.

순번	목록	구성 방법	형성과정	의미
1	으니까는	연속형	후행절 삭제	**판단의 근거나 이유를 강조함.**
2	으니깐		'-으니까는'의 줄어든 형태.	
3	으려고	연속형	후행절 삭제	**의도나 의지, 비난이나 따짐**

[표 20] 연결어미에 조사가 결합하여 이루어진 복합종결어미의 의미

③ 전성어미가 선행하는 복합종결어미

3.1. 단일형태

3.1.1. 관형사형 어미+체언곡용형

관형사형 어미에 체언곡용형이 결합하여 이루어진 복합종결어미가 있다. 이때 결합하는 체언곡용형은 명사 '터'를 포함하는 경우와 '것'을 포함하는 경우로 나뉜다. 복합종결어미 목록은 다음과 같다.

-을테냐, -을테야, -을테다, -을테니, -을테니까, -을텐데,
-은걸, -는걸, -을걸, -던걸

3.1.1.1. 명사 '터'를 포함한 유형

관형사형 어미와 '터'의 곡용형이 결합하여 이루어진 복합종결어미에는 '-을테냐, -을테야, -을테다, -을테니, -을테니까, -을텐데'가 있다.

① -을테냐

'-을테냐'는 듣는 사람의 의지를 물어보는 종결어미이며, '을#터이냐'의 융합형으로 이루어진 복합종결어미이다. '-을테냐'를 단순융합형으로 본 견해도 있으나(이지양:1998), 현대국어에서 '을 터이냐' 등의 형태는 쓰이지 않는다는 점에서 또한 줄어들기 이전과 줄어든 다음에 띄어쓰기도 달라진다는 점에서 '-을테냐'는 진전된 융합형, 즉 복합종결어미라

고 할 수 있다.

   (87) 가. 네가 <u>갈테냐</u>?
       나. 너도 그 회사에서 <u>일할테냐</u>?

(87가)는 듣는 사람에게 '가겠냐고' 듣는 사람의 의지를 물어보는 것이고, (87나)는 듣는 사람인 '너'에게 그 회사에서 '일하겠냐고' 의지를 물어보는 것이다. 이때의 '-을테냐'는 줄어들기 이전의 형태인 '-을#터이냐'로 바꿔 쓰면 어색한 문장이 된다.

   (88) 가. ?네가 <u>갈 터이냐</u>?
       나. ?너도 그 회사에서 <u>일할 터이냐</u>?

  '-을테냐'는 2인칭 주어인 듣는 사람의 의지를 물어보는 의미를 나타낸다.[29]

  ② -을테니

  '-을테니'는 듣는 사람의 의지를 물어보는 종결어미이며, '을#터이니'의 융합형으로 이루어진 복합종결어미이다. '-을테니'를 단순융합형으로 본 견해도 있으나(이지양:1998), 현대국어에서 '을 터이니' 등의 형태는 쓰이지 않고, 또한 줄어들기 이전과 줄어든 다음에 띄어쓰기도 달라지

---

29) 이런 의미 기능 때문에 '-을테냐'는 2인칭 주어와만 함께 쓰이는 통사적인 제약을 가지게 된다. 이것에 대한 자세한 논의는 복합종결어미의 통사적인 특성에서 다루도록 한다.

므로 '-을테니'는 '을#터이니'의 단순융합형이 아닌 진전된 융합형, 즉 복합종결어미라고 할 수 있다.

(89) 가. 너, 정말 그곳에 <u>갈테니</u>?
　　　나. 나하고 같이 도서관에서 <u>공부할테니</u>?

(89가)는 듣는 사람에게 '가겠냐고' 듣는 사람의 의지를 물어보는 것이고, (89나)는 듣는 사람인 '너'에게 도서관에서 같이 공부하겠냐고 의지를 물어보는 것이다. 이때의 '-을테니'는 줄어들기 이전의 형태인 '-을#터이니'로 바꿔 쓰면 어색한 문장이 된다.

(90) 가. ?네가 <u>갈 터이니</u>?
　　　나. ?너도 그 회사에서 <u>일할 터이니</u>?

'-을테니'는 2인칭 주어와만 결합하며, 2인칭 주어인 듣는 사람의 의지를 물어보는 의미를 나타낸다. 따라서 '-을테니'는 '나', '그 사람' 등의 주어와 함께 쓰일 수 없고, 나이가 비슷한 사람이나 높이지 않아도 되는 사람을 주어로 하여 쓰인다.

③ -을테다

'-을테다'는 말하는 사람의 의지를 나타내는 종결어미이며, '을#터이다'의 융합형으로 이루어진 복합종결어미이다. '-을테다'는 '을#터이다'에서 단어경계가 사라진 후 '터이다'가 줄어들어 복합종결어미 '-을테다'가 된 것이다.

(91) 가. 나는 졸업 후에 유학을 <u>갈테다</u>.
　　　나. 아무리 일이 없어도 그런 일은 안 <u>할테다</u>.

(91가)는 '자신이 졸업 후에 유학을 가겠다'는 의지를 나타내고 (91나)는 '아무리 일이 없어도 그런 일은 안 할 것'이라는 의지를 나타낸다.

'-을테다'는 1인칭 주어와만 함께 쓰이며 주어의 의지를 강조하는 의미를 나타낸다. 그렇기 때문에 2·3인칭의 주어와는 함께 쓸 수 없고, 2·3인칭 주어와 함께 쓰이면 비문이 된다.

(92) 가. *영수는 졸업 후에 유학을 <u>갈테다</u>.
　　　나. *너는 아무리 일이 없어도 그런 일은 안 <u>할테다</u>.

'-을테다'는 서술문에 쓰이며 주어의 강한 의지를 나타내는 복합종결어미이다.

④ -을테지

'-을테지'는 말하는 사람의 강한 추측을 나타내는 종결어미이며, 관형사형 어미 '-을'과 체언곡용형인 '-터이지'가 결합하여 이루어진 복합종결어미이다. '-을테지'는 '을#터이지'에서 단어경계가 사라진 후 '터이지'가 줄어들어 복합종결어미 '을테지'가 된 것이다.

(93) 가. 수미도 졸업 후에 유학을 <u>갈테지</u>.
　　　나. 수미가 아무리 일이 없어도 그런 일은 안 <u>할테지</u>?

(93가)는 수미가 졸업 후에 유학을 갈 거라는 강한 추측을 나타내고, (93나)는 아무리 일이 없어도 그런 일은 안 할 것이라는 추측을 나타낸다. '-을테지'는 서술문이나 의문문에 쓰여 말하는 사람의 강한 추측을 나타내는 복합종결어미이다.

⑤ -을테니까

'-을테니까'는 '을#터이니까'가 융합한 후에 '-터이니까'가 줄어들어 복합종결어미 '-을테니까'가 된 것이다. '-을테니까'는 강한 추측이나 어떤 행위나 일에 대한 강한 의지를 나타낸다.

(94) 가. 영수가 안 왔다고? 하긴 논문 때문에 <u>바쁠테니까.</u>

　　 나. 옷을 많이 가져 간다고? 그래, 설악산은 서울보다 <u>추울테니까.</u>

(94가)와 (94나)의 '바쁠테니까'와 '추울테니까'는 각각 어떤 일에 대한 강한 추측을 나타낸다. (94가) 뒤에는 '안 오는 것이다', (94나) 뒤에는 '옷을 많이 가져가야 한다' 등의 문장이 삭제됐음을 예측할 수가 있다.

'-을테니까'는 강한 추측뿐만 아니라 1인칭 주어의 강한 의지를 나타내기도 한다. 그러나 이때는 복합종결어미가 아니라 연결기능을 하는 '-을테니까'가 도치된 문장일 뿐이다.

(95) 가. 가든지 말든지 마음대로 해. 나는 안 <u>갈테니까.</u>

　　 나. 먼저 가서 기다려. 곧 <u>따라갈테니까.</u>

‘-을테니까’는 연결기능을 할 때는 ‘-을테니까’가 문장의 끝에 놓이더라도 문장의 앞에는 청유나 명령의 문장이 나오는 경우가 많다.

⑥ -을텐데

‘-을텐데’는 ‘을#텐데’에서 단어경계가 사라진 후 ‘터인데’가 줄어들어 이루어진 복합종결어미이다. ‘-을텐데’는 어떤 사실이나 상황에 대한 강한 추측을 나타낸다.

(96) 가. 오후에 비가 <u>올텐데</u>.
　　　나. 일요일에는 영수가 아주 <u>바쁠텐데</u>.

(96가)는 ‘오후에 비가 올 것 같다’는 강한 추측을 나타내고 (96나)는 ‘일요일에 영수가 바쁠 것’이라는 강한 추측을 나타낸다. ‘-을텐데’는 강한 추측의 의미뿐만 아니라 미래에 대한 걱정이나 불안감을 나타내기도 한다.

(97) 가. 내일까지 이 일을 끝내야 <u>할텐데</u>.
　　　나. 내일이 운동회인데… 비가 안 와야 <u>할텐데</u>.

(97가)와 (97나) 뒤에는 각각 ‘큰일이다’, ‘걱정이다’ 정도가 삭제된 것으로 볼 수 있다. 삭제된 후 ‘걱정이다’, ‘큰일이다’ 등의 의미까지 ‘-을텐데’가 나타내면서 복합종결어미로 쓰이게 된 것이다.

3.1.1.2. 명사 '것'을 포함한 유형

관형사형 어미와 '것'의 곡용형이 결합하여 이루어진 복합종결어미에는 '-는걸, -은걸, -을걸, -던걸' 등이 있다. '-는걸', '-은걸', '-을걸', '-던걸'은 모두 관형사형 어미 뒤에 있던 단어경계가 삭제된 후 융합에 의해 이루어진 복합종결어미이다.

① -는걸

'-는걸'은 관형사형 어미 '-는'과 '것을'이 결합하여 이루어진 복합종결어미이다. '-는걸'은 새롭게 알게 된 사실을 감탄하여 말하는 의미를 나타낸다.

(98) 가. 정말, 성필이가 축구를 <u>잘하는걸</u>.
　　　 나. 사람들이 말을 빨리 <u>하는걸</u>.

(98가)는 '성필이가 축구를 잘하는 것을 지금 알았다'는 의미를 나타내고, (98나)는 '사람들이 말을 빨리 하는 것을 지금 알았다'는 의미를 나타낸다. '-는걸'은 이와 같이 새롭게 알게 된 사실을 바탕으로 다른 사람의 말을 가볍게 반박하는 의미를 나타내기도 한다.

(99) 가. 승희: 이 영화 사람들이 별로 안 보지?
　　　　　 준하: 아니, 많이들 <u>보는걸</u>.
　　　 나. 학생: 학생들이 공부를 안 하죠?
　　　　　 선생님: 웬걸. 생각보다 <u>잘하는걸</u>.

'-는걸'은 상대방의 말을 가볍게 반박하는 의미 외에 후회를 나타내기도 한다.

(100) 가. 또 실수를 했네. 이렇게 하면 <u>안 되는걸.</u>
　　　나. 젊었을 때 열심히 공부를 <u>해야 하는걸.</u>

(100가)는 '안 되는 일을 한 것에 대해 후회하는' 느낌을 나타내고 (99나)는 '공부하지 않고 놀아버린 것에 대해 후회함'을 나타낸다.

② '-은걸'

'-은걸'은 관형사형 어미 '-은'과 '것을'이 결합하여 이루어진 복합종결어미이다. '-은걸'은 형용동사와 함께 쓰일 때는 새롭게 알게 된 사실을 감탄하여 말하는 의미를 나타낸다.

(101) 가. 오늘은 정말 날씨가 <u>좋은걸.</u>
　　　나. 사람들 걸음이 무척 <u>빠른걸.</u>

(101가)는 '오늘 날씨가 좋은 것을 지금 알았다'는 의미를 나타내고, (101나)는 '사람들 걸음이 무척 빠르다는 것을 지금 알았다'는 의미를 나타낸다. '-은걸'은 이와 같이 새롭게 알게 된 사실을 바탕으로 다른 사람의 말을 가볍게 반박하거나 어떤 사실을 부정하는 의미를 나타내기도 한다.

(102) 가. 승희: 낙지볶음 너무 맵지?

　　　　준하: 아니, 별로 <u>안 매운걸</u>.

　　나. 승희: 날씨가 춥지 않아?

　　　　준하: 아니, 꽤 <u>따뜻한걸</u>.

'-은걸'이 동작동사와 함께 쓰일 때 역시 다른 사람의 말을 가볍게 반박하거나 어떤 사실을 부정하는 의미를 나타내는데 이때는 과거의 사실에 대한 것임을 의미한다.

(103) 영희: 제가 노래를 못 불렀죠?

　　어머니: 그만하면 아주 잘 <u>부른걸</u>.

(103)의 '잘 부른걸'은 '못 부르지 않았고 잘 불렀다'는 의미를 나타낸다.

③ -을걸

관형사형 어미 '-을'과 '것을'이 결합하여 이루어진 복합종결어미 '-을걸'은 모르는 일에 대한 불확실한 추측의 의미를 나타낸다.

(104) 가. 아마, 영수가 오늘 학교에 <u>안 올걸</u>.

　　나. 그 영화가 <u>재미없을걸</u>.

　　다. 글쎄...영수도 그 영화 <u>봤을걸</u>.

(104)는 '영수가 학교에 안 올 것'이라는 불확실한 추측을 나타내고 (104 나)는 '그 영화가 재미없을 것'이라는 추측을 나타낸다. (104다)는 '영수도 그 영화를 봤을 것'이라는 추측, 생각을 나타낸다. 이와 같이 '-을걸'

이 추측의 의미를 나타낼 때는 부사 '아마' 등과 같이 쓰인다. '-을걸'은
모르는 일에 대한 불확실한 추측을 바탕으로 하여 경험하지 않은 일에
대해 추측하는 것으로 후회의 의미를 나타내기도 한다.

(105) 가. 괜히 그 집에 놀러갔어. <u>가지 말걸</u>.
      나. 그 사람이 만나자고 했을 때 다시 <u>만날걸</u>.
      다. 사랑한다고 <u>말할걸</u>.

(105)의 '가지 말걸', '만날걸', '말할걸'은 모두 '가지 말걸 그랬다', '다시
만날걸 그랬다', '말할걸 그랬다'에서 '그랬다'가 삭제된 문장이다. 삭제
된 '그랬다'의 의미까지 '-을걸'이 나타내므로 '-을걸'은 복합종결어미가
된다. 그리고 이때 '-을걸'은 후회의 의미를 나타낸다.

④ -던걸

'-던걸'은 혼잣말처럼 쓰여, 화자가 과거에 경험하여 알게 된 사실이
상대편이 이미 알고 있는 바나 기대와는 다른 것임을 나타내는 종결어
미이다. '-던걸'은 관형사형 어미 '-던'과 '것을'이 결합하여 이루어진 복
합종결어미이다.

(106) 가. 생각보다 제주도는 <u>춥던걸</u>.
      나. 이 일이 생각보다 <u>어렵던걸</u>.

(106가)와 (106나)에서처럼 '-던걸'은 생각과 다른 것을 발견하여 말함
을 나타낸다. '-던걸'은 이런 의미 외에 상대방의 말을 가볍게 반박하거

나 감탄을 나타낼 때도 쓴다.

> (107) 가. 승희: 성필이가 그림은 잘 못 그리죠?
>   준하: 웬걸. 그림도 아주 잘 <u>그리던걸.</u>
>   나. 승희: 제주도 갔다왔다면서? 어땠어?
>   준하: 정말 경치가 <u>아름답던걸.</u>

(107가)의 '잘 그리던걸'은 '그림을 잘 못 그린다고 생각하는 상대방의 말에 가볍게 반박함'을 나타낸다. (107나)의 '아름답던걸'은 상대방의 말에 반박하는 것이 아니고 '제주도 경치가 아름다웠음을 감탄하여 말함'을 나타낸다.

'-던걸'은 이런 의미 이외에 후회의 의미를 나타내기도 한다.

> (108) 준하: 이 식당은 음식이 별로네.
>   승희: 그러게 말이야. 옆집 식당은 맛이 <u>있던걸.</u>(괜히 이 식당에 왔어요)

(108)은 '옆집 식당이 더 맛있었다는 사실을 새삼 기억해내고 괜히 그 식당에 왔다고 후회함'을 나타낸다.

관형사형 어미에 명사 '것'의 곡용형이 결합하여 이루어진 복합종결어미의 의미를 표로 정리하면 다음과 같다.

순번	목록	구성	형성과정	의미
1	을테냐	융합		듣는 사람의 의지를 물음
2	을테야	융합		듣는 사람의 의지를 물음
3	을테다	융합		말하는 사람의 의지를 강조함
4	을테니	융합		듣는 사람의 의지를 물음
5	을테니까	융합		강한 추측이나 의지로 이유를 댐
6	을텐데	융합		어떤 사실에 대한 강한 추측
7	는걸	융합	후행절 삭제	새롭게 알게 된 사실, 감탄, 후회
8	은걸	융합	후행절 삭제	새롭게 알게 된 사실, 가벼운 반박, 부정
9	을걸	융합	후행절 삭제	불확실한 추측, 후회
10	던걸	융합	후행절 삭제	새롭게 알게 된 사실, 가벼운 반박, 감탄

[표 21] 전성어미에 체언곡용형이 결합하여 이루어진 복합종결어미의 의미

3.1.2. 관형사형 어미+조사

관형사형 어미에 조사가 결합하여 이루어진 복합종결어미에는 '-을밖에'가 있다.

① -을밖에

이는 관형사형 어미 '을'과 조사 '밖에'가 결합하여 이루어진 복합종결어미이다. '-을밖에'는 관형사형 어미와 조사가 융합하여 이루어진 것이다. 이 과정은 (109)와 같이 나타낼 수 있다.

(109) 가. 시간이 없으면 <u>기다릴 수밖에 없다</u>.

↓

나. 시간이 없으면 <u>기다릴 수밖에</u>.

↓

다. 시간이 없으면 <u>기다릴#밖에</u>.

↓

라. 시간이 없으면 <u>기다릴밖에</u>.

(109)의 예문에서 확인할 수 있는 있는 것처럼 '-을밖에'는 '-을#수밖에# 없다'에서 후행동사 '없다'가 삭제된 후 '-을#수밖에'만 남게 되고, '을#수 밖에'에서 의존명사 '수'가 삭제된 후 관형사형 어미 '-을'과 조사 '밖에' 가 융합에 의해 이루어진 것이다. 이와 같이 관형사형 어미와 조사가 결합하여 이루어진 복합종결어미는 조사가 다른 선행요소를 가지는 경우와 달리 연속의 과정이 아니라 융합의 과정을 거쳐서 복합종결어 미가 된다는 사실을 알 수가 있다.[30] 이때 '-을밖에'는 그것 말고는 다른 방법의 없다는 의미를 나타내는 복합종결어미가 된다.

3.1.3. 명사형 어미+조사

명사형 어미에 조사가 결합하여 이루어진 복합종결어미에는 '-기는, -긴, -기를, -길' 등이 있다. 이들은 모두 명사형 어미와 연속적으로 쓰이 던 조사가 문법화하여 하나의 종결어미가 된 것이다.

---

30) 허웅(1995:1433)은 후행문에 '없다'가 생략된 문장인 '집도 없고 절도 없으니 그 추위가 맹혹할 수밖에'를 예를 들어서 '-르#수밖에#없다〉-르 밖에#없다〉-르 밖에'와 같은 융합과정을 제시하고 있다.

① -기는

'-기는'은 명사형 어미 '-기'와 조사 '는'이 연속적으로 나타나는 형태
소로 쓰이다가 시간이 흐르면서 문법화의 과정을 거쳐서 하나의 종결
어미처럼 쓰이게 된 복합종결어미이다.

(110) 가. 승희가 요리를 잘하<u>기는</u> 해요.

　　　나. 요리를 잘하<u>기는</u> 어려워요.

　　　다. 준하: 요리를 정말 잘하는구나

　　　　　승희: 요리를 잘하<u>기는</u> 뭘 잘 한다고 그래.

　　　　　　　　그냥 남들하는 만큼 했을 뿐인데, 뭐.

예문 (110)에서와 같이 '-기는'은 여러 가지로 나타난다. 그러나 이들
모두가 복합종결어미가 되는 것은 아니다. (110)의 각각의 문장에서
후행절을 삭제시키면 예문 (111)와 같이 된다.

(111) 가. ?승희가 요리를 잘하<u>기는</u>.

　　　나. ?요리를 잘하<u>기는</u>.

　　　다. 준하: 요리를 정말 잘하는구나

　　　　　승희: 요리를 잘하<u>기는</u>. 그냥 남들하는 만큼 했을 뿐인데, 뭐.

(111가)와 (111나)의 '-기는'은 후행절을 삭제했을 때 원래 '-기는'이 가
지는 의미를 그대로 나타내지 못하지만, (111다)의 '-기는'은 원래 '-기
는'의 의미를 그대로 나타낸다. 이때 '-기는'의 의미는 상대방의 말을
부정하거나 반박하는 것이다. 그것은 다음의 예문에서도 확인된다.

(112) 영수: 영희가 요즘은 공부를 열심히 한다면서?

수지: 열심히 <u>하기는</u>. 요즘 영희가 공부하는 것을 한 번도 못 봤어.

'-기는'은 상대방의 말에 부정하는 의미가 있고, 칭찬의 말에 부정함으로써 겸손함을 나타내기도 한다.

(113) 가. 승희: 준하, 너! 정말, 노래를 잘 부르네!

준하: 아이고, 잘 <u>부르기는</u>.

나. 친구: 아이가 참 예쁘네.

친구: <u>예쁘기는</u>. 예쁘게 봐 줘서 그렇지.

(113가)의 '부르기는'과 (113나)의 '예쁘기는'은 각각 상대방의 말을 부정하여 겸손함을 표현하고 있다.

② -긴

복합종결어미 '-긴'은 복합종결어미 '-기는'의 줄어든 형태이다.

(114) 가. 승희: 준하, 너! 정말, 노래를 잘 부르네!

준하: 아이고, 잘 <u>부르긴</u>.

나. 친구: 아이가 참 예쁘네.

친구: <u>예쁘긴</u>. 예쁘게 봐 줘서 그렇지.

'-긴'은 '-기는'의 줄어든 형태로 '-기는'과 같은 의미 기능을 가진다.

③ -기를

'-기를'은 명사형 어미 '-기'와 조사 '를'이 연속적으로 나타나는 형태
소로 쓰이다가 시간이 흐르면서 문법화의 과정을 거쳐서 하나의 종결
어미처럼 쓰이게 된 복합종결어미이다. 즉, '-기를'이 처음부터 종결어
미는 아니었으며, 이런 사실은 다음의 예문에서 확인할 수 있다.

(115) 가. 승희가 요리하기를 좋아해요.
      나. 영수가 굶기를 밥 먹듯이 한대요.
      다. 항상 건강하시기를 빕니다.
      라. 잘 지내기를 바란다.

조사로 끝나는 복합형태가 종결어미가 되기 위해서는 후행절이나 후행
동사가 삭제된 후에도 원래 문장이 가지던 의미를 그대로 나타내야
한다. 위의 예문에서 각각 후행동사를 삭제시키면 (115)와 같은 결과가
나온다.

(116) 가. ?승희가 요리하기를
      나. ?영수가 굶기를
      다. 항상 건강하시기를.
      라. 잘 지내기를.

(115가)와 (115나)의 '-기를'은 후행절을 삭제했을 때 원래 '-기를'이 가
지는 의미를 그대로 나타내지 못하지만, (115다), (115라)의 '-기를'은
원래 '-기를'의 의미를 그대로 나타낸다. 이때 '-기를'은 무엇을 바라거나

기원하는 의미를 나타낸다. '-기를' 뒤에 '바랍니다', '빕니다', '기원합니
다' 등 기원이나 바람을 나타내는 서술어가 나타나면 그 후행동사는
삭제될 수 있고 따라서 '-기를'은 종결어미가 되는 것이다.

(117) 가. 앞으로도 계속 <u>발전하시기를</u>.
　　　 나. 대대로 <u>행복하시기를</u>.
　　　 다. 빨리 <u>낫기를</u>.

(117가), (117나), (117다)는 각각 '발전', '행복', '빨리 낫는 것'을 바라고
기원하는 의미를 나타내게 된다.

④ '-길'
복합종결어미 '-길'은 복합종결어미 '-기를'의 줄어든 형태이다.

(118) 가. 앞으로도 계속 <u>발전하시길</u>.
　　　 나. 대대로 <u>행복하시길</u>.
　　　 다. 빨리 <u>낫길</u>.

복합종결어미 '-길'은 '-기를'이 줄어든 형태로 '-기를'과 같은 의미 기
능을 가진다.

이상에서 살펴 본 명사형 어미에 조사가 결합하여 이루어진 복합종
결어미의 의미 기능을 표로 나타내면 다음과 같다.

순번	목록	구성방법	형성과정	의미
1	기는	연속형	후행절 삭제	**부정, 가벼운 반박 겸손한 표현**
2	긴		'-기는'의 줄어든 형태.	
3	기를	연속형	후행절 삭제	**기원 바람**
4	길		'-기를'의 줄어든 형태.	

[표 22] 전성어미에 조사가 결합하여 이루어진 복합종결어미의 의미

3.2. 복합형태

3.2.1. 복합형태+조사

복합형태에 조사가 결합하여 이루어진 복합종결어미도 있는데, '-을테니까는, -을테니깐'이 그것이다. 이 복합종결어미는 관형사형 어미에 체언곡용형이 결합하여 이루어진 복합종결어미에 조사가 결합하여 이루어진 것이다.

① -을테니까는

'-을테니까는'은 '-을테니까'와 조사 '는'이 결합하여 이루어진 복합종결어미로 어떤 일에 대한 확실한 추측을 나타낸다. 그 확실한 추측이 어떤 일을 판단하는 근거나 어떤 일의 이유가 되기도 한다.

(119) 가. 준하가 또 친구를 만나러 갔다고? 하긴…앞으로 못 만날테니까는.
　　　나. 아무래도 영수는 다음에 만나야겠어. 요즘 시험이라 바쁠테니까는.

② -을테니깐

'-을테니깐'은 '-을테니까는'의 줄어든 말이다.

(120) 가. 준하가 또 친구를 만나러 갔다고? 하긴... 앞으로 못 <u>만날테니깐</u>.

　　　　나. 아무래도 영수는 다음에 만나야겠어. 요즘 시험이라 <u>바쁠테니깐</u>.

'-을테니깐'은 '-을테니까는'이 줄어든 형태로 '-을테니까는'과 같은 의미 기능을 가진다.

이상의 내용을 표로 정리하면 다음과 같다.

순번	목록	구성방법	형성과정	의미
1	을테니까는	연속형	후행절삭제	**판단의 근거, 이유**
2	을테니깐		'-을테니까는'의 줄어든 형태.		

[표 23] 복합형태에 조사가 결합하여 이루어진 복합종결어미의 의미

제5장.
복합종결어미의
통사적 특성

한국어 복합종결어미

종결어미는 문장의 유형을 결정하고 청자 높임의 정도를 나타내면서 문장을 종결시키는 역할을 한다. 문장의 유형을 결정해 줄 수 없거나 청자 높임법을 나타낼 수 없으면 그것은 종결어미라고 할 수 없을 것이다. 복합종결어미도 마찬가지이다. 복합종결어미는 종결어미로서 복합형태인 문법형태를 말하는 것이므로 복합종결어미는 문장의 유형을 결정해 주고 청자의 높임정도를 나타내주면서 문장을 끝맺는 역할을 하게 된다. 여기에서는 복합종결어미의 통사적인 특성을 문장의 유형과 높임법의 등급, 주어제약으로 나누어 살펴보도록 한다.

1. 문장의 유형(서법)

문장의 유형은 학자에 따라 적게는 4가지에서 많게는 10가지로 나뉜다. 여러 학자들은 각각의 의미와 기능적인 측면을 고려하여 문장의 유형을 나누었지만 여기에서는 최현배(1937)의 분류를 따라서 서술문, 의문문, 명령문, 청유문의 네 가지로 분류하기로 한다.[31]

---

31) 정인승(1956)과 서태룡(1985)는 문장의 종류를 다섯 가지로 본 것은 같았으나 정인승(1956)은 베풂법, 물음법, 시킴법, 이끎법, 느낌법의 다섯 가지로 보았으며, 서태룡(1985)은 서술형, 의문형, 명령형, 청유형, 약속형의 다섯 가지로 보았다는 차이가 있다. 이희승(1960)과 고영근(1976)은 문장의 종류를 일곱 가지로 보았다. 그러나 이희승(1960)은 설명법, 약속법, 감탄법, 의문법, 명령법, 공동법, 허락법의 일곱 가지로 보았고, 고영근(1976)은 설명법, 감탄법,

1.1. 서술문

문장의 유형이라는 관점에서 본 복합종결어미의 특징은 복합종결어미가 서술문을 이루는 경우가 많다는 것이다. 이에 대하여 기원적 구성 유형에 따라 구체적으로 살펴보기로 한다.

서술문을 이루는 복합종결어미는 복합종결어미를 구성하는 후행요소에 따라 다른 양상으로 나타나는데, 여기에서는 후행요소가 종결어미인 경우와 후행요소가 종결어미가 아닌 경우의 두 가지로 나누어 살펴보기로 한다.

1.1.1. 후행요소가 종결어미인 경우

후행요소가 종결어미인 경우는 후행하는 단일종결어미가 원래 가지고 있는 문장 종결의 유형을 나타내는 경우가 많다.

   (1) 가. 나는 잘 <u>지낸단다</u>.
       나. 이곳은 날씨가 참 <u>좋답니다</u>.
       다. 나는 요즘 건강을 위해 아침마다 운동을 <u>한다네</u>.
       라. 요즘은 좀 <u>바쁘다오</u>.

의문법, 명령법, 경계법, 약속법, 공동법의 일곱 가지로 보았다는 점에서는 차이가 난다. 김민수(1960)는 문장의 유형을 전부 열 가지로 보았으며, 그 열 가지에는 설명형, 의문형, 질문형, 응락형, 명령형, 소원형, 경계형, 청유형, 추측형, 감탄형이 있다. 그리고 윤석민(1989)은 고유 의미 기능과 그 기능을 담당하는 전형적인 형태의 존재 여부와 형태론적, 통사론적, 화용론적 특성을 기준으로 삼아 설명법, 감탄법, 의문법, 약속법, 허락법, 경계법, 명령법, 공동법의 여덟 가지의 문장종결법을 분류하는 것이 가장 타당하다고 주장하였다.

(1가)의 '지낸단다'의 '-ㄴ단다'는 '-ㄴ다'와 '-ㄴ다'로 이루어진 복합종결어미이다. 후행요소로 쓰이는 종결어미는 '-ㄴ다'이며 '-ㄴ다'는 서술문에 쓰이는 종결어미이다. (1나)의 '좋답니다'의 '-답니다'는 종결어미 '-다'와 종결어미 '-ㅂ니다'로 이루어진 복합종결어미이며, 후행요소인 '-ㅂ니다'는 서술문에 쓰이는 종결어미이며, '-답니다'도 서술문에 쓰임을 알 수 있다. (1다)의 '한다네'의 '-ㄴ다네'는 종결어미 '-ㄴ다'와 종결어미 '-네'로 이루어진 복합종결어미이며, '-네'는 서술문을 이루는 종결어미이다. 복합종결어미 '-ㄴ다네'도 서술문을 이룬다. (1라)의 '바쁘다오'의 '-다오'는 종결어미 '-다'와 종결어미 '-오'로 이루어진 복합종결어미이다. 후행요소 '-오'는 서술문에 쓰이는 종결어미이며 복합종결어미 '-다오'도 서술문에 쓰인다는 사실을 확인할 수가 있다.

여기에서 알 수 있는 사실은 후행요소가 종결어미인 복합종결어미인 경우 후행요소가 나타내는 문장종결의 기능을 복합종결어미가 그대로 지니게 된다는 것이다.

후행요소로 쓰이는 종결어미가 서술문을 이루는 종결어미가 아닌 경우라도 복합종결어미가 되면 서술문을 이루는 경우도 있다.

(2) 가. 영수도 유학을 <u>간다나</u>.
　　나. 누가 그런 말도 안 되는 소리를 <u>한다더냐</u>?

(2)의 '간다나', '한다더냐'에 쓰인 복합종결어미 '-ㄴ다나', '-ㄴ다더냐'는 각각 후행요소로서 '-나', '-더냐'를 가지고 있다. 원래 '-나', '-더냐'는 의문문을 이루는 의문형 종결어미이다. 그러나 복합종결어미의 구성요소

로 쓰이면서 의문문이 아닌 서술문을 이루는 종결어미의 기능을 하게 되었음을 알 수 있다.

(2)의 예문에서 원래 의문문을 이루는 종결어미가 후행요소로 쓰였을 경우 복합종결어미가 이루는 문장의 유형이 의문문이 아니라 서술문이라는 사실을 확인할 수가 있다.

1.1.2. 후행요소가 종결어미가 아닌 경우

후행요소가 종결어미가 아닌 경우는 후행요소가 종결어미인 경우와는 달리 후행요소에 의해 문장의 유형이 결정되는 것이 아니다. 복합종결어미가 이루는 문장의 유형이 곧 문장의 유형을 결정하게 되므로 복합종결어미가 나타나는 문장의 유형이 관심의 대상이 된다. 후행요소가 종결어미가 아닌 복합종결어미의 경우, 그 후행요소에는 연결어미, 조사, 체언곡용형이 있다.

(3) 가. 너도 내일 치악산에 <u>간다면서?</u>
　　나. 글쎄, 나는 안 <u>간다니까.</u>
　　다. 어서 시험이 끝나면 <u>좋으련마는.</u>
　　라. 기차표가 하나도 없다고? 그럼 다음에 <u>갈밖에.</u>
　　마. 운동을 잘하<u>기는.</u>

(3가)의 '간다면서'의 '-ㄴ다면서'는 종결어미와 연결어미로 이루어진 복합종결어미이며 서술문을 이룬다. (3나)의 '-ㄴ다니까'는 종결어미와 연결어미로 이루어진 복합종결어미이며 서술문을 이룬다. (3다)의 '좋으련마는'의 '-으련마는'은 연결어미와 연결어미로 이루어진 복합종결

어미이며 서술문을 이루고 있다. (3라)의 '갈밖에'의 '-ㄹ밖에'는 관형사형 어미 '-ㄹ'과 조사 '밖에', (3마)의 '잘하기는'의 '-기는'은 명사형 어미 '-기'와 조사 '는' 등이 각각 결합하여 이루어진 복합종결어미로서 서술문을 이루고 있다. 이상에서 서술문을 이루는 복합종결어미는 여러 유형에서 발견된다는 것을 알 수 있다.

서술문에 쓰이는 복합종결어미를 유형별로 정리하면 다음과 같다.

복합종결어미 / 문장의 유형				서술문
후행 요소가 종결 어미인 경우		종결어미	종결 어미	는다나, 는다네, 는다오, 는다지, 는단다, 는답니다, 는다나, 는다더냐
		연결어미		으려나, 아야지, 으련다, 으럽니다
후행 요소가 종결 어미가 아닌 경우	단일 형태끼리 결합	종결어미	연결 어미	는다니, 는다니까, 는다면서
		연결어미		으련마는, 으련만, 다마다, 고말고
		종결어미	조사	는다고, 을라고, 더라고, 더라만, 더냐고
		연결어미		으니까는, 으니깐,
		관형사형 어미		을밖에
		명사형 어미		기는, 긴, 기를, 길
		관형사형 어미	체언 곡용형	던걸, 은걸, 는걸, 을걸
	복합형태 포함	복합형태	조사	는다니까는, 는다니깐

[표 24] 서술문을 이루는 복합종결어미

1.2. 의문문

복합종결어미는 서술문 다음으로 의문문을 이루는 경우가 많다. 또 하나 주목해야 하는 사실은 의문문에 나타나는 경우라고 해도 질문을 위한 의문문이 아니라 수사의문문이나 혼잣말로 쓰이는 경우가 많다는 것이다.

의문문에 나타나는 복합종결어미는 주로 후행요소가 종결어미인 경우이고, 그 종결어미가 의문형 종결어미인 경우가 대부분이다.

1.2.1. 후행요소가 종결어미인 경우

후행요소가 종결어미인 경우는 후행하는 단일종결어미가 원래 가지고 있는 문장 종결의 기능을 그대로 지니고 있는 경우가 많다.

(4) 가. 누가 그런 소리를 <u>한답니까</u>?
　　 나. 이 많은 일을 언제 다 <u>한다니</u>?
　　 다. 이 일을 어떻게 <u>한다지</u>?

(4가)의 '한답니까'의 '-ㄴ답니까'는 종결어미와 종결어미로 이루어진 복합종결어미로서 '-ㅂ니까'는 원래 의문형 종결어미이며, 따라서 '-는답니까' 역시 의문문을 이루게 된다. (4나)의 '-ㄴ다니'의 후행요소로 쓰인 종결어미 '-니'는 의문형 종결어미이고, 따라서 복합종결어미 '-는다니'도 역시 의문문을 이루고 있다. (4다)의 '한다지'의 '-ㄴ다지'는 종결어미 '-는다'와 종결어미 '-지'로 이루어진 복합종결어미로, 후행요소로 쓰인 '-지'는 의문문을 이루는 의문형 종결어미이며 따라서 '-지'를

후행요소로 하는 '-는다지' 역시 의문문을 이루게 된다.

이렇듯 복합종결어미가 의문문에 나타나는 복합종결어미의 경우에도 후행하는 종결어미가 의문형 종결어미인 경우는 의문문을 이루게 된다.

(4)의 모든 예문은 형태상 모두 의문문에 해당하지만 (4가)~(4다)는 순수하게 질문을 하기 위한 의문문이 아니다. (4가)는 '누가 그런 소리를 하느냐'고 질문하는 것이 아니라 '그런 소리를 할 사람이 없다'는 의미를 강조하는 수사의문문이다. (4나)는 '이 많은 일을 언제 다 하느냐'고 물어보는 것이 아니라 '일이 많아서 빨리 일을 마치기 어려움'을 나타내는 말이다. (4다)는 '이 일을 어떻게 하느냐'고 물어보는 것이 아니라 혼잣말처럼 쓰여 내적 심리인 '걱정'을 나타내는 말이다.

이와 같이 복합종결어미는 의문문을 이루기도 하지만 대부분의 경우는 질문을 위한 의문문이 아니고 자기의 심리상태나 생각을 강조하기 위해 질문의 형식을 취하는 경우가 많다. 문장의 유형으로 보면 의문문에 해당하지만 내용상으로는 서술적인 문장을 이루는 경우가 많다.

1.2.2. 후행요소가 종결어미가 아닌 경우

후행요소가 의문형 종결어미가 아닌 경우에도 복합종결어미가 의문문을 이루는 경우가 있다.

(5) 가. 너도 공포영화를 즐겨 <u>본다며</u>?
　　　나. 여행을 안 가겠다고? 같이 <u>가자면서</u>?
　　　다. 설마, 한여름에 눈이 <u>올라고</u>?

(5가)의 '본다며'의 '-ㄴ다며'는 종결어미 '-ㄴ다'와 연결어미 '-며'가 결합하여 이루어진 복합종결어미이다. 이때 '-는다며'는 상대방에게 어떤 일에 대해서 확인하는 의미를 나타낸다. (5나)의 '-자면서'는 종결어미 '-자'와 연결어미 '-면서'가 결합하여 이루어진 복합종결어미이다. 이때 '-자면서'는 상대방의 진술에 대해 앞과 뒤가 다른 것에 대해 항의하거나 따지는 의미를 나타낸다. (5다)의 '올라고'의 '-ㄹ라고'는 종결어미 '-ㄹ라'에 조사 '고'가 결합하여 이루어진 복합종결어미로 '한여름에 눈이 올 가능성이 없음'을 강조하는 의미를 나타내며, 이 문장을 질문을 위한 의문문으로 볼 수 없다.

이와 같이 후행요소가 의문형 종결어미가 아닌데 의문문을 이루는 경우는 종결어미에 연결어미가 포함된 '-는다며', '-는다면서'와 종결어미와 조사의 결합으로 이루어진 '-을라고'가 있다. 이들 복합종결어미 '-는다며'와 '-는다면서', '-을라고'는 질문을 위한 의문문에 쓰이기도 하고, 상대방에게 항의하는 느낌으로 따져 물을 때도 쓰인다.

이와 같이 복합종결어미는 의문문에 나타나기도 하지만 대부분의 경우는 자기 생각을 강조하기 위해 질문의 형식을 취하는 경우가 많으므로 문장의 유형으로 보면 의문문에 해당하지만 내용상 서술적인 문장을 이루는 경우가 많다.

이와 같이 의문문을 이루는 복합종결어미를 유형별로 정리해 보면 다음과 같다.

복합종결어미 / 문장의 유형			의 문 문	
			순수 의문문	**간접의문(반어, 혼잣말)** **수사의문문**
후행 요소가 종결어미인 경우	종결어미	종결어미	는다더냐, 는다던가, 더라지	는다니, 는다지, 는답니까, 는다더냐, 는다던가, 더라지
후행 요소가 종결어미가 아닌 경우	종결어미	연결어미	는다면서, 는다며, 더라면서, 더라며	는다며, 는다면서, 더라면서, 더라며, 자며, 자면서, 라며, 라면서
	종결어미	조사		을라고, 는다고

[표 25] 의문문을 이루는 복합종결어미

이상의 논의에서 알 수 있는 사실은 복합종결어미는 서술문과 의문문을 이룬다는 것이다. 그리고 복합종결어미는 서술문을 이루는 경우가 매우 많고, 의문문에 나타나는 경우에는 순수 의문문이 아니라 문장의 형식만 의문문인 수사의문문이나 반문 등 간접의문문을 이루는 경우가 많다는 사실을 확인하였다.

복합종결어미가 이러한 통사적인 특성을 가지게 되는 것은 복합종결어미의 의미 기능과 결코 무관하지 않다는 사실을 알 수가 있다.

다음은 서술문에 쓰이는 복합종결어미들이 포함된 예문이다.

(6) 가. 나는 잘 <u>지낸단다</u>.

　　나. 부모님도 <u>건강하시답니다</u>.

　　다. 나는 안 <u>간단니까</u>.

　　라. 글쎄, <u>모른다는데도</u>.

　　마. 몰라. 영수가 <u>간다나</u>.

　　바. 그 집 음식이 정말 <u>맛있더라고</u>.

(6가)와 (6나)는 친근한 설명을 통해 '친근감'을 나타내고 (6다)와 (6라)는 '짜증스러움'의 의미를 나타내고 (6마)는 '관심이 없거나 퉁명스러운 태도'를 나타내고 (6바)는 '감탄'의 의미를 나타낸다.

　이렇듯 새롭게 생겨난 문법형태인 복합종결어미는 서술법에서 주로 나타난다. 서술법은 말하는 사람이 듣는 사람에게 어떤 행동에 대한 요구가 없으므로 비교적 자유롭게 만들어져서 쓰일 수가 있다. 서술문은 단순히 어떤 사실이나 정보를 제공해 준다기보다는 말하는 사람의 주관적인 감정이나 생각을 많이 드러내게 된다. 그래서 '친근감'을 표현하기도 하고 '짜증스러움'을 나타내기도 하고, '감탄'의 의미를 부가하여 나타내기도 한다.

　이는 의문법 종결어미를 포함한 복합종결어미에서도 드러난다.

(7) 가. 이 많은 빨래를 언제 다 <u>한다니</u>?

　　나. 그나저나 이사를 어떻게 <u>한다지</u>?

(7)의 '한다니', '한다지'의 '-ㄴ다니', '-ㄴ다지'는 모두 후행요소로 의문형 종결어미를 포함하고 있다. (7가)와 (7나)는 형식상으로는 의문문에 해당하지만 의미상으로 혼잣말처럼 그 일을 하는 것이 불가능함을 의미하는 수사의문문이다.

복합종결어미가 쓰이는 문장의 유형을 표로 정리하면 다음과 같다.

문장의 유형 / 복합종결어미		서술문 [+양태성]	의문문	
			직접 의문문	간접의문문 (반어, 혼잣말, 수사의문문)
후행 요소가 종결어미인 경우	단일 형태끼리 결합한 유형	는다나, 는다네, 는다오, 는다지, 는단다, 답니다, 으려나, 아야지, 으련다, 으렵니다, 을테다, 을테야, 을테지	을테지, 더라지	는다니1, 는다지, 는답니까,// 으리까// 으려나// 는다더냐
후행 요소가 종결어미가 아닌 경우	단일 형태끼리 결합한 유형	는다니2, 는다니까// 는다고, 을라고// 으련마는//다마다, 고말고, 으니까는, 으니깐// 던걸, 은걸, 는걸, 을걸// 을텐데, 을테니까 을밖에, 기는, 긴, 기를, 길	는다며, 는다면서	는다며, 는다면서, 을라고
	복합형태를 포함한 유형	는다니까는, 는다니까, 는다는데도// 더라고, 더냐고//	더라며, 더라면서	더라며, 더라면서

[표 26] 문장의 유형에 나타나는 복합종결어미의 특성

2 높임의 등급

높임의 등급은 그 용어에서부터 분류에 이르기까지 많은 학자들의 연구대상이 되어 왔다. 이 책에서는 높임의 등급을 격식체와 비격식체로 구분한다. 격식체는 또 다시 합쇼체, 하오체, 하게체, 해라체로 나뉘고 비격식체는 해요체와 해체로 나뉜다. 여기에서는 복합종결어미가 어느 정도의 높임의 등급을 표시하는지 살펴보기로 한다.

복합종결어미의 높임의 등급은 주로 해체에서 많이 나타나며 높임의 '-요'와 결합할 수 있는 형태들이 많이 있다. 또 특이한 사항은 복합종결어미의 유형에 따라 종결어미를 가지고 있는 복합종결어미와 종결어미를 가지고 있지 않은 복합종결어미에 따라서 달라지기도 한다는 것이다. 먼저 종결어미를 가지고 있으며 종결어미가 후행요소로 이루어진 복합종결어미의 경우에는 후행하는 종결어미와 똑같은 높임의 등급을 가지는 경우가 있고, 후행하는 종결어미의 높임의 등급과 달라지는 경우로 나누어 볼 수가 있다. 후행요소가 종결어미가 아닌 경우는 연결어미나 조사 등이 기능이 전용되어 종결어미가 된 경우이므로 원래의 높임의 등급은 있을 수 없으나 높임의 '-요'가 자유롭게 결합하는 것으로 보아 새롭게 '해체'를 가지게 되는 경우라고 할 수 있을 것이다.

2.1. 비격식체

대부분의 복합종결어미 특히, 연결어미나 조사를 후행요소로 하는 경우는 대부분 해체에 해당하며, 이들 형태들은 대부분 높임의 '-요'와 결합이 가능하므로 해요체로 쓰일 수 있다.[32]

2.1.1. 해체

2.1.1.1. 후행요소가 종결어미인 경우

후행요소가 종결어미이면서 높임의 등급상 해체에 해당하는 복합종결어미에는 '-는다나, -는다네, -는다지'가 있다.

(8) 가. 여보게, 영수가 요즘 잘 <u>지낸다나</u>?
　　나. 이 사람아, 요즘은 다들 열심히 <u>일한다네.</u>
　　다. 자네도 그 소식을 <u>들었다지</u>?

(8가)의 '지낸다나'와 (8나)의 '일한다네'는 각각 '지낸다고 하나'와 '일한다고 하네'가 단순히 줄어든 형태일 뿐 복합종결어미가 아니다. (8다)의 '-다지'도 복합종결어미가 아니다. 따라서 높임의 등급도 원래의 높임의 등급인 하게체에 해당하므로 높임의 '-요'와 결합하면 어색한 문장이 된다.

(9) 가. *여보게, 영수가 요즘 잘 <u>지낸다나요</u>?
　　나. *이 사람아, 요즘은 다들 열심히 <u>일한다네요.</u>
　　다. *자네도 그 소식을 <u>들었다지요</u>?

---

32) 비격식체에 해당하는 높임의 등급에는 해체와 해요체가 있다. 복합종결어미 중에 후행요소가 종결어미가 아닌 경우로는 후행요소가 연결어미이거나 조사인 경우가 있는데 연결어미나 조사는 그 기능이 전용되어 종결어미로 쓰이는 것이 대부분이므로 원래 결정된 높임의 등급은 없다.

다음은 '-는다나, -는다네, -는다지'가 복합종결어미로 쓰이는 예문
이다.

(10) 가. 나도 몰라. 내일 비가 <u>온다나</u>.
　　　나. 나는 아무 문제 없이 잘 <u>지낸다네</u>.
　　　다. 그래. 아마, 그 곳에서는 작은 돼지를 통째로 <u>먹는다지</u>.

(10가)의 '-ㄴ다나'에서 후행요소로 쓰이는 종결어미는 원래 높임의 등
급상 하게체를 표시하는 종결어미이지만 복합종결어미로 쓰이면서 하
게체가 아닌 해체를 표시한다. (10나)의 '-ㄴ다네'에서 후행요소로 쓰이
는 종결어미 '-네'는 원래 높임의 등급상 하게체를 표시하는 종결어미이
지만 복합종결어미로 쓰이면서 하게체가 아닌 해체의 복합종결어미로
쓰이게 되었다. (10다)의 '-는다지'에서 후행요소로 쓰이는 '-지'는 원래
높임의 등급상 해라체에 해당하는 종결어미이지만 '-ㄴ다지'가 복합종
결어미로 쓰이면서 높임의 등급상 해체로 쓰이게 되었다. 그 결과 이들
복합종결어미들은 높임의 '-요'와 자유롭게 결합할 수 있다.

(11) 가. 나도 몰라요. 내일 비가 <u>온다나요</u>.
　　　나. 나는 아무 문제없이 잘 <u>지낸다네요</u>.
　　　다. 그래요. 아마, 그 곳에서는 작은 돼지를 통째로 <u>먹는다지요</u>.

후행요소가 종결어미이면서 높임의 등급상 해체에 해당하는 복합종결
어미에는 '-는다나, -는다네, -는다지' 외에 연결어미와 종결어미가 결합
하여 이루어진 '-아야지'가 있다. '-아야지'도 높임의 '-요'와 결합하여

해요체를 표시할 수 있다.

2.1.1.2. 후행요소가 종결어미가 아닌 경우

복합종결어미를 구성하는 후행요소가 종결어미가 아닌 경우에 높임의 등급은 어떻게 나타나는지 살펴보자.

    (12) 가. 승희야, 방학 때 태국에 <u>간다면서</u>?
        나. 준하야, 또 TV를 <u>보려고</u>?

(12)의 '간다면서', '보려고'의 복합종결어미 '-ㄴ다면서', '-려고'는 높여야 할 대상을 주어로 쓸 수가 없다.

    (13) 가. *아버님, 휴가 때 태국에 <u>간다면서</u>?
        나. *사장님, 또 TV를 <u>보려고</u>?

(13)의 예문들은 모두 비문이 된다. 그러나 복합종결어미 '-ㄴ다면서', '-려고'는 높임의 '-요'와 함께 쓸 수 있다.

    (14) 가. 언니, 휴가 때 태국에 <u>간다면서요</u>?
        나. 누나, 또 TV를 <u>보려고요</u>?

복합종결어미 '-ㄴ다면서', '-려고'는 아주 높여야 할 대상을 주어로 쓸 수 없고, 높임의 '-요'와 자유롭게 결합할 수 있다는 점에서 높임의 등급상 비격식체 해체에 해당한다는 것을 알 수 있다.

복합종결어미 '-ㄴ다면서', '-려고'는 각각 종결어미와 연결어미, 연결어미와 조사가 결합하여 이루어진 유형이다. 이와 같이 해체에 해당하는 복합종결어미에는 여러 유형이 있다. 복합종결어미 중에서 후행요소가 종결어미가 아니면서 높임의 등급상 비격식체인 해체에 해당하는 유형에는 단일형태와 단일형태가 결합하여 이루어진 유형도 있고 복합형태를 포함하여 이루어진 유형도 있다.

단일형태와 단일형태가 결합하여 이루어진 유형에는 '-는다면서, -는다니까, -는다니, -는다고, -더니만, -더냐고, -더라고, -더라니, -더라니까, -더라면서, -더라며, -던걸, -을라고, -으련마는, -으련만, -다마다, -고말고, -으니까는, -으니깐, -으려고, -을테니까, -을텐데, -을밖에, -기는, -긴, -기를, -길' 등이 있다.

복합형태를 포함하여 이루어진 유형에는 '-는다니까는, -는다니깐, -는다는데도, -을테니까는, -을테니깐' 등이 있다.

이상에서 알 수 있는 사실은 새로 생성되는 대부분의 복합종결어미들이 높임의 등급상 비격식체인 해체에 해당한다는 것이다. 높임의 등급이라는 것은 말하는 사람과 듣는 사람의 관계를 표시해주는 기능을 말하는데 새로 생성되는 복합종결어미의 대부분이 비격식체인 해체에 해당한다는 것이다. 물론 높임의 '-요'와 자유롭게 결합하여 '해요체'의 높임을 나타낸다고 하지만 일부 복합종결어미들은 높임의 '-요'와 결합한다고 하더라도 높임의 의미를 나타내지 않는 경우도 있다.

(15) 가. 글쎄, 저는 <u>모른다니까요</u>.

　　　나. ?나는 안 <u>간다니까는요</u>.

(15가)와 (15나)는 모두 높여야 할 대상에게 쓸 수 없는 공손하지 않은 표현이다. 이러한 현상은 (15나)와 같이 형태가 더 복잡한 복합종결어미일수록 더 심하게 나타난다고 할 수 있다.

새로 생성되는 복합종결어미 대부분이 해체에 해당한다는 것은 높임법 체계가 점점 간소화되어 가고 있다는 사실을 증명해주는 것이며 또 다른 한편으로는 한국어가 듣는 사람 중심의 언어에서 말하는 사람 중심의 언어로 바뀌어가고 있다는 사실을 증명해 주는 것이라고 할 수 있다.

비격식체에 나타나는 복합종결어미를 표로 나타내면 다음과 같다.

		비격식체	
		해체	해요체
복합종결어미	후행요소가 종결어미인 경우	는다나, 는다네, 는다지, 더라지, 아/어/여야지	해체+요
	후행요소가 종결어미가 아닌 경우	는다면서, 는다니까, 는다니, 는다고, 을라고, 는다니깐, 는다니까는, 는다는데도, 더라니, 더라니까, 더라면서, 더라며, 더니만, 더냐고, 더라고, 던걸, 은걸, 는걸, 을걸, 으련마는, 다마다, 고말고, 으니까는, 으니깐, 으려고, 기는, 긴, 기를, 길, 을테니까, 을테니깐	해체+요

[표 27] 비격식체에 나타나는 복합종결어미

2.2. 격식체

복합종결어미 중에 격식체의 높임의 등급을 표시하는 복합종결어미는 대부분 후행요소로 종결어미를 가지는 경우이다.

2.2.1. 합쇼체

높임의 등급상 합쇼체에 해당하는 복합종결어미에는 '-는답니까', '-는답니다', '-으렵니까'가 있다.

(16) 가. 요즘은 날씨가 왜 이렇게 <u>춥답니까?</u>
　　　나. 시월이면 강원도에서는 첫눈이 <u>온답니다.</u>
　　　다. 주말에는 집에서 <u>쉬렵니다.</u>

(16가)의 '춥답니까'의 '-답니까'는 종결어미 '-다'와 종결어미 '-ㅂ니까'가 결합하여 이루어진 복합종결어미이다. 후행요소인 '-ㅂ니까'는 높임의 등급상 합쇼체에 해당하는 종결어미이며 따라서 복합종결어미 '-답니까'도 높임의 등급상 합쇼체에 해당한다고 할 수 있다. (16나)의 '-ㄴ답니다'는 종결어미 '-ㄴ다'와 종결어미 '-ㅂ니다'가 결합하여 이루어진 복합종결어미이다. 후행요소인 '-ㅂ니다'는 높임의 등급상 합쇼체에 해당하는 종결어미이며 따라서 복합종결어미 '-ㄴ답니다'도 높임의 등급상 합쇼체에 해당한다고 할 수 있다. (16다)의 '쉬렵니다'의 '-렵니다'는 연결어미 '-려'와 종결어미 '-ㅂ니다'가 결합하여 이루어진 복합종결어미이다. '-렵니다'의 후행요소인 '-ㅂ니다'는 높임의 등급상 합쇼체에 해당하는 종결어미이며 따라서 복합종결어미 '-렵니다'도 높임의 등급상

합쇼체에 해당한다고 할 수 있다.

그러나 이들 중 일부 형태들은 복합종결어미로 쓰이면서 새로운 의미 기능을 가지게 되고 따라서 기존의 높임의 등급과 달라지는 경우가 있다.

(17) 가. 왜 또 이렇게 <u>소란스럽답니까</u>?
　　　나. 저도 잘 <u>모른답니다</u>.
　　　다. 저는 주말에 집에서 <u>쉽렵니다</u>.

'-답니까', '-답니다', '-렵니다'는 단순융합형으로 쓰일 때는 언제나 합쇼체로 쓰인다. 그러나 '-답니까', '-답니다', '-렵니다'가 각각 말하는 사람의 주관적인 감정이나 심리상태 또는 친근한 설명을 나타내는데 쓰이면서 원래의 높임의 등급을 상실하고 비격식체인 해체로 쓰이기도 한다. (19)의 각 예문들이 해체에 해당한다는 사실은 여기에 높임의 '-요'를 결합하여 해요체를 만들 수 있다는 사실에서 분명히 알 수 있다.

(18) 가. 왜 또 이렇게 <u>소란스럽답니까요</u>?
　　　나. 저도 잘 <u>모른답니다요</u>.
　　　다. 저는 주말에 집에서 <u>쉽렵니다요</u>.

2.2.2. 하오체

높임의 등급상 하오체에 해당하는 복합종결어미에는 '-는다오'가 있다.

(19) 가. 우리집은 잡곡밥을 즐겨 <u>먹는다오.</u>

(19가)의 복합종결어미 '-는다오'의 후행요소인 '-오'는 높임의 등급상 하오체에 해당하는 종결어미이며 그 결과 복합종결어미 '-는다오'도 높임의 등급상 하오체에 해당한다.

2.2.3. 하게체

높임의 등급상 하게체에 해당하는 복합종결어미에는 '-으려나'가 있다.

(20) 가. 내일은 비가 <u>오려나?</u>

(20)의 '-려나'는 높임의 등급상 하게체에 해당하는 종결어미 '-나'를 가지고 있으므로 복합종결어미인 '-려나'의 높임의 등급도 하게체를 표시한다. 그러나 '-려나'가 항상 하게체로 나타나는 것은 아니다.

(21) 가. 도대체 이 일을 어떻게 <u>하려나?</u>

복합종결어미 '-려나'가 위의 예문에서와 같이 따지거나 혼잣말처럼 쓰일 경우에는 원래의 높임의 등급을 가지지 않고 높임의 '-요'와 결합할 수 있는 비격식체인 해체가 된다.

(22) 가. 도대체 이 일을 어떻게 <u>하려나요?</u>

2.2.4. 해라체

높임의 등급상 해라체에 해당하는 복합종결어미에는 '-는다니', '-는단다' 등이 있다.

(23) 가. 요즘 영수가 왜 저렇게 열심히 공부를 <u>한다니</u>?
　　　나. 나는 건강하게 잘 <u>있단다</u>.
　　　다. 이제는 그 일을 <u>포기하련다</u>.

(23가)의 복합종결어미 '-ㄴ다니'의 후행요소인 '-니'는 높임의 등급상 해라체에 해당하는 종결어미이기 때문에 복합종결어미 '-ㄴ다니'도 높임의 등급상 해라체를 표시한다. (23나)의 복합종결어미 '-ㄴ단다'의 후행요소인 '-ㄴ다'는 높임의 등급상 해라체에 해당하는 종결어미이기 때문에 '-ㄴ단다'도 역시 높임의 등급상 해라체를 표시한다. (23다)의 복합종결어미 '-으련다'의 후행요소인 '-ㄴ다'는 높임의 등급상 해라체를 표시하는 종결어미로 복합종결어미 '-으련다'도 높임의 등급상 해라체를 표시한다.

　격식체에 나타나는 복합종결어미들은 대부분 후행요소로 종결어미를 가지고 있는 것들이다. 후행요소가 종결어미인 경우에는 후행하는 종결어미가 가지는 높임의 등급을 그대로 따르게 되는 것이다. '-는단다, -는다네, -는다니, -는다오, -는답니다, -는답니까'에서 확인한 바와 같이 '-는단다'는 해라체를 표시하고, '-는다네'는 하게체를 표시하고, '-는다니'는 해라체를 표시한다. '-는다오'는 하오체를 표시하고, '-는답니까'는 합쇼체를 표시한다.

여기에서 주목해야 할 사실은 '-는다네'는 원래는 높임의 등급상 하게 체를 표시하지만 복합종결어미가 되면 반드시 하게체로만 쓰이는 것은 아니라는 것이다. '-는답니까', '-는답니다' 역시 복합종결어미가 되면서 원래의 높임의 등급과 다르게 쓰이게 된다.

이상의 내용을 표로 정리하면 다음과 같다.

	격식체			
	합쇼체	하오체	하게체	해라체
복합종결어미	는답니까 **는답니다// **으렵니다	는다오	으려나	는다니, 는단다, 는다더냐 으련다

[표 28] 격식체에 나타나는 복합종결어미

(**: 복합종결어미로 쓰이면서 높임의 등급이 달라진 경우를 말한다)

높임의 등급에 나타난 복합종결어미의 특징은 비격식체인 해체를 표시하는 경우가 특히 많다는 것이다. 복합종결어미를 각각의 높임의 등급에 따라 분류하면 다음 표와 같다.

	격식체				비격식체	
	합쇼체	하오체	하게체	해라체	**해체**	해요체
복합종결어미	**는답니까 **는답니다// **으렵니다	는다오//	으려나	는다니 는단다// 는다더냐// 으련다	는다나, 는다네, 는다지// 는다면서, 는다니까, 는다니//는다고, 을라고// 는다니까, 는다니까는, 는다는데도// 더라지// 더라니, 더라니까, 더라면서, 더라며// 더니만, 더냐고, 더라고// 던걸//아/어/여야지// 으련마는// 다마다, 고말고// 으니까는, 으니깐, 으려고// 기는, 긴, 기를, 길// 을테냐, 을테야, 을테다, 을테니까, 을테니깐,	해체 + 요

[표 29] 높임의 등급에 따른 복합종결어미의 분류

(**: 복합종결어미로 쓰이면서 높임의 등급이 달라진 경우를 말한다)

3 주어 제약

복합종결어미 중에는 함께 쓰이는 주어에 제약을 보이는 경우가 있다. 1인칭 주어와만 함께 쓰여야 하는 경우가 있고, 1인칭 주어와는 쓰일 수 없는 경우가 있다. 그런가 하면 반드시 2인칭 주어와만 쓰이는 경우도 있다.

3.1. 1인칭 주어 호응

주어로 1인칭만 허용하는 복합종결어미에는 '-는단다, -는답니다, -는다오, -는다네, -는다나, -는다지, -으련다, -으렵니다, -으려고' 등이 있다.

> (24) 가. 나는 그 사람을 안 <u>만나련다</u>.
> 　　　나. *승희는 여행을 <u>가련다</u>.
> 　　　다. 저는 이제 일을 그만두고 <u>쉬렵니다</u>.
> 　　　라. *준하는 졸업 후에 유학을 <u>가렵니다</u>.

복합종결어미 '-으련다, -으렵니다'는 위의 예문에서와 같이 1인칭 주어와 함께 쓰이지 않으면 비문이 된다. 왜냐하면 '-으련다', '-으렵니다'는 말하는 사람의 의지를 강하게 나타내는 복합종결어미이므로 1인칭이 아닌 주어와 함께 쓸 수 없기 때문이다. 복합종결어미 중에는 '-으련다, -으렵니다'와 달리 1인칭 주어와 함께 쓰지 않으면 복합종결어미가 아니라 단순복합형태가 되는 경우도 있다.

> (25) 가. 나는 잘 <u>지낸단다</u>.
> 　　　나. 승희는 잘 <u>지낸단다</u>.
> 　　　다. 저도 그 피카소의 그림을 <u>좋아한답니다</u>.

　　라. 준하도 그 피카소의 그림을 <u>좋아한답니다</u>.
　　마. 나는 등산을 <u>즐긴다오</u>.
　　바. 형님은 등산을 <u>즐긴다오</u>.

(25가), (25다), (25마)의 '-ㄴ단다', '-ㄴ답니다', '-ㄴ다오'는 1인칭 주어와 함께 쓰인 복합종결어미이지만, 1인칭 주어와 쓰이지 않은 (25나), (25라), (25바)의 '-ㄴ단다', '-ㄴ답니다', '-ㄴ다오'는 복합종결어미로도 해석되고, 단순복합형태로도 해석된다. 그것은 (26)의 예문에서 확인된다.

　(26) 가. *나는 잘 <u>지낸다고 한다</u>.
　　　　나. 승희는 잘 <u>지낸다고 한다</u>.
　　　　다. *저도 그 피카소의 그림을 <u>좋아한다고 합니다</u>.
　　　　라. 준하도 그 피카소의 그림을 <u>좋아한다고 합니다</u>.
　　　　마. *나는 등산을 <u>즐긴다고 하오</u>.
　　　　바. 형님은 등산을 <u>즐긴다고 하오</u>.

　　대부분의 복합종결어미들은 '-ㄴ단다', '-ㄴ답니다', '-ㄴ다오'와 마찬가지로 1인칭 주어와 쓰일 때만 복합종결어미가 된다. 이런 복합종결어미에는 또 '-는다니', '-는다네', '-는다지', '-는답니까'가 있다.

　(27) 가. 영수는 언제 유학을 <u>간다니</u>?
　　　　나. 내가 이 많은 일을 언제 다 <u>끝낸다니</u>?
　　　　다. 연락받았나? 이번 주말에 중요한 회의를 <u>한다네</u>.
　　　　라. 나는 잘 <u>지낸다네</u>.

　　마. 내 말이 맞지? 영수가 다음 달에 유학을 <u>간다지?</u>
　　바. 요즘 내가 왜 <u>이런다지?</u>
　　사. 영수가 다음 달에 유학을 <u>간답니까?</u>
　　아. 내가 요즘 왜 이렇게 많이 <u>먹는답니까?</u>

(27가), (27다), (27마), (27사)의 '-ㄴ다니', '-ㄴ다네', '-ㄴ다지', '-ㄴ답니까'는 단순복합형태이고, 1인칭 주어와 함께 쓰인 (27나), (27라), (27바), (27아)의 '-ㄴ다니', '-ㄴ다네', '-ㄴ다지', '-ㄴ답니까'는 복합종결어미라는 사실은 (28)에서 확인된다.

(28) 가. 영수는 언제 유학을 <u>간다고 하니?</u>
　　　나. *내가 이 많은 일을 언제 다 <u>끝낸다고 하니?</u>
　　　다. 연락받았나? 이번 주말에 중요한 회의를 <u>한다고 하네.</u>
　　　라. *나는 잘 <u>지낸다고 하네.</u>
　　　마. 내 말이 맞지? 영수가 다음 달에 유학을 <u>간다고 하지?</u>
　　　바. *요즘 내가 왜 <u>이런다고 하지?</u>
　　　사. 영수가 다음 달에 유학을 <u>간다고 합니까?</u>
　　　아. *내가 요즘 왜 이렇게 많이 <u>먹는다고 합니까?</u>

　　복합종결어미 '-는단다, -는답니다, -는다오, -는다네, -는다나, -는다지'는 1인칭 주어와 쓰일 때는 복합종결어미가 되고, 2·3인칭 주어와 쓰일 때는 단순복합형태로도 해석되고 복합종결어미로도 해석된다. 그러나 다음의 예문에서와 같이 2·3인칭 주어와 쓰이는 복합종결어미도 있다.

(29) 가. 옛날옛날 착한 콩쥐가 살고 <u>있었단다</u>.

　　　나. 콩쥐에게는 못된 동생이 한 명 <u>있었답니다</u>.

　　　다. 영수는 왜 또 <u>늦는다지</u>?

　　　라. 성필이가 많이 <u>컸다네</u>. 많이 컸어.

이것은 1인칭 주어와만 쓰이던 복합종결어미가 2·3인칭 주어로 쓰임이 확대된다는 사실을 보여주고 있다. 복합종결어미의 쓰임의 확대는 복합종결어미의 의미와 밀접한 관계가 있다.

복합종결어미 '-는단다, -는답니다'는 자신의 이야기를 친근하게 설명하는 것에서 출발하여 2·3인칭 주어의 이야기를 친근하게 설명하는 것으로 쓰임이 확대되었다. 복합종결어미 '-는다지, -는다네'도 1인칭 주어에서 2·3인칭 주어로 쓰임이 확대된 것을 알 수 있다.

3.2. 1인칭 주어에 제약을 보이는 경우

1인칭 주어와는 함께 쓸 수 없는 복합종결어미에는 '-더라지, -더라니, -더라니까, -더니만' 등이 있다. '-더라지, -더라니, -더라니까, -더니만'은 1인칭 주어와 공기할 수 없는 제약을 가지게 된다.

(30) 가. 몰라. 공부 안하고 또 놀러 <u>가더라지</u>.

　　　나. *내가 항상 많이 <u>먹더라지</u>.

　　　다. 그 식당에 항상 사람이 많다고? 음식이 <u>맛있더라니</u>.

　　　라. *나 사고가 났어. 평소에 내가 난폭하게 운전을 <u>하더라니</u>.

　　　마. 그 녀석은 항상 놀기만 <u>하더라니까</u>.

　　　바. *나는 항상 놀기만 <u>하더라니까</u>.

> 사. 성필이가 전에는 요리를 <u>잘하더니만</u>.
> 아. *내가 전에는 요리를 <u>잘하더니만</u>.

(30)의 예문에서 알 수 있는 것처럼 1인칭 주어와 함께 쓰인 '-더라지, -더라니, -더라니까, -더니만'은 비문이 된다. 이들 중에서 '-더라니, -더라니까'는 주어의 감정이나 심리상태를 나타낼 때는 1인칭 주어와 공기할 수 있다.

> (31) 가. 두 사람이 헤어졌다고? 어쩐지 내가 느낌이 <u>이상하더라니</u>.
> 나. 그 사람을 만나면 내가 항상 기분이 <u>나쁘더라니까</u>.

이상에서 알 수 있는 사실은 '-더-'를 포함한 종결어미와 결합한 복합종결어미는 1인칭 주어와 호응할 수 없는 '-더-'의 제약을 그대로 반영한다는 것이다.

3.3. 2인칭 주어 호응

2인칭 주어와 호응하는 복합종결어미에는 '-을테냐, -을테니'가 있다. 이들은 의문문에서만 나타난다.

> (32) 가. *내가 <u>갈테냐</u>?
> 나. *영수가 시골에 <u>갈테냐</u>?
> 다. 영수야, 네가 시골에 <u>갈테냐</u>?
> 라. 너, 정말 그 곳에 <u>갈테니</u>?

나. *영수가 시골에 갈테니?

마. 영수야, 네가 시골에 갈테니?

(32)에서 2인칭을 주어로 하는 (32다)와 (32라), (32마)는 맞는 문장이 되지만, 1인칭이나 3인칭을 주어로 하는 다른 예문들은 모두 비문이 된다. 복합종결어미 '-을테냐, -을테니'는 2인칭 주어와만 공기할 수 있다는 사실을 알 수 있다.

이상의 내용을 표로 정리하면 다음과 같다.

복합종결어마 \ 주어	1인칭주어와 호응	1인칭 주어 제약	2인칭 주어와 호응
단일형태끼리 결합한 유형	는다니, 는다네, 는다오, 는다지, 는단다, 는답니까, 는답니다, 으리라, 으리다, 으련다, 으렵니다, 으려고	더라지, 더라니, 더라니까, 더니만	
복합형태를 포함한 유형			을테냐, 을테니

[표 30] 복합종결어미의 주어제약

복합종결어미의 주어제약에서 알 수 있는 사실은 복합종결어미는 새로운 문법형태이며 1인칭을 중심으로 생겨난다는 것이다. 이렇게 새롭게 생겨나는 형태소들은 새로운 의미를 획득하면서 그 쓰임이 점차

확대되어 종결어미로서의 지위를 공고히 하게 되는 것이다.

복합종결어미 중에서는 1인칭에서 2·3인칭으로 쓰임이 확대되는 경우가 있고, 2·3인칭에서 쓰이던 복합종결어미가 1인칭으로 쓰임이 확대되는 경우도 있다.

제6장.
복합종결어미화

한국어 복합종결어미

1 복합종결어미화의 기제

복합종결어미란 공시적으로 분석이 가능한 둘 이상의 형태소로 이루어진 종결어미를 말한다. 둘 이상의 형태소는 융합과 후행절의 삭제라는 기제를 통하여 복합종결어미가 된다. 복합종결어미화의 기제인 융합과 후행절 삭제에 대해 살펴보자.

1.1. 융합

이지양(1998)은 융합을 "연결형에서 완전한 단어에 음절수 줄이기가 일어나 의존요소로 재구조화되는 현상"이라고 정의하였다. 본고는 앞서 복합종결어미의 개념을 다루면서 단어경계나 통사적인 구조 등이 삭제된 후 하나의 형태로 이루어지는 과정을 융합이라고 정의하였으며, 모든 복합종결어미화에 융합이라는 기제가 필수적이라고 주장해 왔다.

(1) 가. 나는 잘 <u>있단다</u>.
    나. 부산에 가자고? 어제는 제주도에 <u>가자면서?</u>
    다. 나는 그 남자와 <u>결혼하련다</u>.
    라. 크리스마스에 눈이 오면 <u>좋으련마는</u>.

(1가)의 '있단다'의 '-단다'는 종결어미 '-다'와 종결어미 '-ㄴ다'가 결합하여 이루어진 복합종결어미이다. (1나)의 '가자면서'의 '-자면서'는 종결

어미 '-자'와 연결어미 '-면서'가 결합하여 이루어진 복합종결어미이다.
(1다)의 '결혼하련다'의 '-런다'는 연결어미 '-려'와 종결어미 '-ㄴ다'가 결
합하여 이루어진 복합종결어미이다. (1라)의 '좋으련마는'의 '-으련마는'
은 연결어미 '-으려'와 연결어미 '-언마는'이 결합하여 이루어진 복합종
결어미이다. (1)의 예문 각각은 복합종결어미의 유형상 다른 유형에
속하지만 이들이 복합종결어미가 되기 위해서는 융합의 과정을 거쳐야
한다. (1가)의 '-단다'는 종결어미와 종결어미가 결합하여 이루어진 복
합종결어미이지만 '-단다'는 두 종결어미 '-다'와 '-ㄴ다'가 결합하기 전
에 '-ㄴ다고 한다'라는 구성에서 '-고 하-'라는 통사적인 구성이 삭제된
후 이루어진 융합형이라는 것을 알 수 있다. (1나)의 '-자면서', (1다)의
'-런다', (1라)의 '-으련마는'도 (1가)의 '-단다'와 마찬가지로 '-고 하-'라는
통사적인 구성이 삭제되고 융합에 의해 이루어진 복합종결어미이다.

   (2) 가. 그 대회에는 꼭 내가 <u>갈테야</u>.
       나. 너 정말 그 곳에 <u>갈테니?</u>

(2가)의 '갈테야'의 '-ㄹ테야'는 관형사형 어미 '-ㄹ'과 체언곡용형 '테야'
가 결합하여 이루어진 복합종결어미이다. (2나)의 '갈테니'의 '-ㄹ테니'
는 관형사형 어미 '-ㄹ'과 체언곡용형 '테니'가 결합하여 이루어진 복합
종결어미이다. (2)의 '-ㄹ테야'와 '-ㄹ테니'는 융합에 의해 이루어진 복
합종결어미이다. 이들은 (1)의 예문에서처럼 '-고 하-'가 삭제된 후 융합
이 이루어져 복합종결어미가 된 것이 아니라 관형사형 어미와 체언의
통사적인 구조에서 단어경계가 삭제되고 융합에 의해 복합종결어미가

된 것이다. 즉, '-ㄹ 테야'는 '-ㄹ#테야'에서 단어경계가 삭제된 후 '-ㄹ 테야'로 융합하여 복합종결어미가 된 것이고, '-ㄹ 테니'는 '-ㄹ#테니'에서 단어경계가 삭제된 후 '-ㄹ 테니'로 융합하여 복합종결어미가 된 것이다. 이와 같이 융합이 일어나기 위해서는 통사적인 구조나 단어의 경계 등이 삭제되는 것이 대부분이다. 그러나 융합이 일어나기 위해 반드시 삭제가 있어야 하는 것은 아니다.

(3) 가. 글쎄, 나는 <u>모르니까는.</u>
　　 나. 설마, 날이 이렇게 맑은데 비가 <u>올라고.</u>
　　 다. 내가 노래를 <u>잘하기는.</u> 그냥 좋아하는 것뿐이야.

(3가)~(3다)의 예문에 나타난 '-니까는', '-ㄹ 라고', '-기는'은 둘 이상의 형태소가 결합하여 이루어진 복합종결어미이다. 그런데 이들은 (1), (2)에 제시된 예문들과 달리 두 개의 형태소 결합에서 단어의 경계나 통사적인 구성 등의 삭제가 일어나지 않았다는 것이다. 즉, (3가)의 '-니까는'은 연결어미 '-니까'의 바로 뒤에 조사 '는'이 연속적으로 결합하여 복합종결어미가 된 것이고, (3나)의 '-ㄹ 라고'는 종결어미 '-ㄹ 라'에 조사 '고'가 연속적으로 결합하여 복합종결어미가 된 것이고, (3다)의 '-기는'은 명사형 어미 '-기'에 조사 '는'이 연속적으로 결합하여 복합종결어미가 된 것이다. 이들은 각각 인접한 형태소들이 시간이 지나면서 하나의 종결어미로 복합종결어미화한 것이라고 할 수 있다. 이지양(1998)은 융합을 말하면서 융합이 일어나기 위한 필수적인 조건은 인접한 연결형이며, 인접한 연결형이면 형태론적 구성이든 통사적 구성이든 융합은

가능하다고 주장하였으므로 이런 구성 역시 융합의 범주에 넣을 수 있을 것이다. 이 책에서는 융합형인 (1), (2)의 유형들과 구별하기 위하여 (3)와 같은 유형들을 연속형이라고 규정하였다.

이와 같이 둘 이상의 형태소가 결합하여 복합종결어미가 되기 위해서는 융합이 있어야 한다. 융합은 인접한 형태소들 사이에서 일어나는데 '삭제에 의한 융합'이 일어난 경우는 융합형이 되고, 인접한 형태소의 연결형이 '삭제의 과정 없이 하나의 형태소로 굳어지는 융합'은 연속형이 된다.

1.2. 후행절 삭제

둘 이상의 형태소가 결합하여 복합종결어미가 되기 위하여 필요한 기제는 융합과 함께 후행절 삭제가 있다. 후행절 삭제는 잉여적인 정보를 없애준다는 면에서 언어의 경제성과도 일맥상통하는 부분이다.

후행절의 삭제는 선행절과 후행절로 이루어진 문장에서 후행하는 절이 삭제되는 것을 의미한다. 후행절이 삭제되는 경우는 선행절이 연결어미나 조사로 끝나는 경우와 후행절이 삭제된 이후에도 그 후행절의 의미를 표시할 형태소가 선행절에 존재하거나 아니면 후행절이 삭제된 이후에도 원래의 문장이 나타내는 의미의 전달에 아무 문제가 없을 때에만 가능하다.

후행절 삭제를 연결어미의 종결어미화에서 중요한 기제라고 밝힌 바 있는 김태엽(2001)은 분화의 원리에 따른 문법화를 이야기하면서 문법화하기 이전 문장에서 어느 부분이 삭제되면서 그것이 담당하던 기능이 종결어미로 이전되는 현상을 문법기능의 이전이라고 하였다. 보조동사 구문과 종속접속문에서 보조동사와 후행문이 삭제되고 나면 보조동사와 후행문의 서술어에 결합된 종결어미가 실현하는 두 가지 이상의 마침법과 청자높임법의 기능은 본동사와 선행문에 결합된 연결어미로 이전되는 것이라고 설명하였다. 김태엽(2001)에서는 연결어미가 종결어미로 바뀌는 문법화의 과정을 다음과 같이 설명하였다.

(4) 가. 문장 구조의 축소
    나. 문법기능의 이전
    다. 끊어짐의 수행-억양 없힘
    라. 문장종결기능의 획득

(4)의 가~라 과정을 거쳐 종결어미가 아닌 후행요소를 가지는 복합형태들은 복합종결어미가 된다. 여기에는 후행요소가 연결어미인 경우와 조사인 경우가 포함된다.

(5) 가. 나는 <u>모른다니까.</u>
    나. 영희가 예쁘다고? <u>예쁘기는.</u>

(5가)의 '모른다니까'의 '-ㄴ다니까'는 종결어미 '-ㄴ다'와 연결어미 '-니까'가 결합하여 이루어진 복합종결어미이고, (5나)는 명사형 어미 '-기'와 조사 '는'이 결합하여 이루어진 복합종결어미이다. (5가)와 (5나)의 '-ㄴ다니까'와 '-기는'은 종결어미 없이 문장을 종결시키고 있다. 이들은 다음과 같이 원래의 문장으로 복원시켜 볼 수 있다.

(6) 가. 나는 <u>모른다니까</u> 왜 자꾸 귀찮게 물어보는 거야?
    나. 영희가 예쁘다고? <u>(영희가) 예쁘기는 뭐가 예쁘다고 그래.</u>

(6가)의 '모른다니까'의 뒤에는 '왜 자꾸 귀찮게 물어보는 거야?'라는 문장이 삭제됐음을 알 수가 있고, (6나)의 '예쁘기는' 뒤에는 '뭐가 예쁘다고 그래'라는 문장이 삭제됐음을 알 수가 있다. 여기에서 또 하나 주목할 사실은 (5가)와 (5나)의 '-ㄴ다니까', '-기는'과 (6가)와 (6나)의 '-ㄴ다니까', '-기는'의 억양이 다르다는 사실이다. (5가)와 (5나)의 '-ㄴ다니까'와 '-기는'은 예문 (6)의 삭제된 후행절의 의미뿐만 아니라 억양까지 나타내면서 복합종결어미가 되는 것이다. 결국 예측이 가능한 후행절이 삭제되고 문법기능을 획득하고 끊어짐의 수행-억양이 없힘으로써 복합종결어미가 된다는 사실을 알 수 있다.

이와 같이 후행절 삭제는 복합종결어미, 특히 후행요소가 종결어미가 아닌 복합종결어미에서 복합종결어미화의 기제가 된다.

(7) 가. 후행절 예측 가능
    나. 후행절 삭제
    다. 문법기능의 획득
    라. 끊어짐의 수행~억양 없힘
    마. 복합종결어미화

후행요소가 종결어미가 아닌 복합형태는 (7)의 과정을 거쳐서 문장 종결기능을 획득하게 된다.

2. 복합종결어미화 과정

복합종결어미의 기제로 융합과 후행절 삭제에 대하여 살펴보았다. 그렇다면 어떤 과정을 거쳐서 둘 이상의 형태소가 복합종결어미가 되는 것인지 그 과정을 살펴보자.

2.1. 삭제

삭제는 복합종결어미화의 첫 번째 단계에 해당한다. 복합종결어미가 되기 위하여서는 통사론적 구성 내부에서 삭제가 일어나거나 후행절이 삭제되거나 아니면 이 둘 모두의 삭제가 있어야 한다.

2.1.1. '-고 하-'의 삭제[33]

둘 이상의 형태소가 결합하여 복합종결어미가 되기 위하여서는 '-고 하-'가 삭제되는 경우가 있다. 그것은 종결어미와 종결어미가 결합하여 이루어진 유형, 종결어미에 연결어미가 결합하여 이루어진 유형, 연결어미와 종결어미가 결합하여 이루어진 유형, 연결어미와 연결어미가 결합하여 이루어진 유형 등 여러 복합종결어미의 유형에서 발견된다.

---

33) 허웅(1995)은 따옴토와 인용을 나타내는 풀이씨 '하다'가 줄어 없어지면 「-다」 뒤에 '하다'의 씨끝이 바로 붙게 되는데 이렇게 되면 「-다」와 그 뒤의 씨끝이 녹아붙을 수도 있어서 인용과 녹아붙음을 구별하기가 어렵게 된다고 하였다. 또 「-고 하-」의 줄임을 지적하면서 「-고」와 '하다'가 줄어지면 그 인용의 특징이 모호해져 때로는 「-는다/ㄴ다」와 '하다'의 씨끝이 녹아붙으려는 경향을 보인다고 지적하였다.

(8) 가. 나는 <u>행복하답니다</u>.
　　나. 나를 <u>사랑한다면서</u>?
　　다. 나도 이제는 <u>포기하련다</u>.
　　라. 나도 금강산에 가 보면 <u>좋으련만</u>.

(8가)의 '행복하답니다', (8나)의 '사랑한다면서', (8다)의 '포기하련다', (8라)의 '좋으련만'은 각각 종결어미와 종결어미, 종결어미와 연결어미, 연결어미와 종결어미, 연결어미와 연결어미가 결합하여 이루어진 복합종결어미로 원래의 모양으로 환원시키면 다음과 같다.

(9) 가. 나는 *<u>행복하다고 합니다</u>.
　　나. 나를 *<u>사랑한다고 하면서</u>?
　　다. 나도 이제는 <u>포기하려고 한다</u>.
　　라. 나도 금강산에 가 보면 *<u>좋으려고 하건만</u>.

(8)의 복합종결어미들을 원래의 모양으로 환원시키면 (9)에서와 같이 비문이 되거나 (9다)와 같이 비문은 아니더라도 복합종결어미가 나타내는 의미를 완전히 대신할 수 없는 경우가 있다. '-고 하'가 삭제되는 것이 복합종결어미화의 첫 번째 단계에 해당한다고 할 수 있다.

(10)　　　　　　　　　　　**'-고 하-'삭제**

　　가. <u>행복하다고 합니다</u>.　　→　　행복하다-ㅂ니다
　　나. <u>사랑한다고 하면서</u>　　→　　사랑한다-면서
　　다. <u>포기하려고 한다</u>.　　→　　포기하려-ㄴ다
　　라. <u>좋으려고 하건만</u>.　　→　　좋으려-ㄴ만

2.1.2. 단어경계의 삭제

둘 이상의 형태소가 결합하여 복합종결어미가 되기 위하여서는 '-고 하'가 삭제되는 경우가 있고 단어 경계가 삭제되는 경우도 있다. 그것은 관형사형 어미에 체언곡용형이 결합하여 이루어진 유형에서 발견된다.

(11) 가. 나는 꼭 그 영화를 <u>볼테야</u>.
　　　나. 이번 시험에도 떨어지면 어떻게 <u>할테냐</u>?
　　　다. 그 여자도 그 남자를 <u>사랑할테지</u>.

(11가)의 '볼테야'의 '-ㄹ 테야'는 관형사형 '-ㄹ'과 체언곡용형 '테야'가 결합하여 이루어진 복합종결어미이고, (11나)의 '할테냐'의 '-ㄹ 테냐'는 관형사형 어미 '-ㄹ'에 체언곡용형 '테냐'가 결합하여 이루어진 복합종결어미이고, (11다)의 '사랑할테지'의 '-ㄹ 테지'는 관형사형 어미 '-ㄹ'에 체언곡용형 '테지'가 결합하여 이루어진 복합종결어미이다.

(11)의 복합형태들을 원래 형태로 되돌려 쓰면 다음과 같다.

(12) 가. 나는 꼭 그 영화를 <u>볼 테야</u>.
　　　나. 이번 시험에도 떨어지면 어떻게 <u>할 테냐</u>?
　　　다. 그 여자도 그 남자를 <u>사랑할 테지</u>.

(12가)의 '볼#테야'는 '볼'과 '테야' 사이의 단어경계가 삭제되고 '볼테야'가 된 것이다. (12나)의 '할#테냐'는 '할'과 '테냐' 사이에 있는 단어경계가 삭제되고 '할테냐'가 된다. (12다)의 '할#테지'는 '할'과 '테지' 사이의

단어경계가 삭제되고 '할테지'가 되는 것이다.

단어경계 삭제

(13) 가. 영화를 볼 테야　　　→　　　**볼테야**

　　 나. 할 테냐　　　　　　→　　　**할테냐**

　　 다. 할 테지　　　　　　→　　　**할테지**

　둘 이상의 형태소가 결합하여 복합종결어미가 될 때는 두 개의 단일 형태소가 결합하는 경우도 있지만 '-고 하'나 단어경계의 삭제가 이루어진 후에 남은 둘 이상의 형태소가 결합하는 경우도 있다. '-고 하'나 단어경계의 삭제는 모두 '삭제'의 과정에 해당하며 복합종결어미화에서 제 1단계에 해당하는 과정이라고 할 수 있다.

2.1.3. 후행요소 삭제

　복합종결어미화의 첫 번째 단계에 해당하는 또 하나의 과정은 후행절 삭제이다. 복합종결어미 중에서 후행요소가 종결어미가 아닌 종결어미에 조사가 결합하여 이루어진 유형이나 종결어미에 연결어미가 결합하여 이루어진 유형 등이 이런 과정을 거치게 된다.

(14) 가. 안 먹는다면서 <u>왜 먹어?</u>

　　 나. 설마, 아이들이 그렇게 힘든 일을 할라고 <u>하겠어?</u>

　　 다. 그 가수가 노래를 잘 부르기는 <u>뭘 잘 불러. 너무 못 부르네.</u>

　　 라. 정말 안 먹는다니까 <u>왜 자꾸 먹으라고 해?</u>

　　 마. 설악산이 좋다길래 <u>나도 한번 가 보려고 해.</u>

　　바. 준하가 설악산이 싫다지만 <u>다들 가는데 혼자 안 간다고 하겠어?</u>

(14)의 문장들은 선행절과 후행절로 이루어진 문장들이다. 이들 문장에서 후행절이 삭제되면 선행절의 마지막에 위치하고 있던 형태소, 연결어미나 조사는 복합종결어미화할 가능성이 있다.

　선행절의 마지막에 위치하고 있는 문법형태소가 연결어미나 조사라고 해서 항상 후행절이 삭제되는 것은 아니다. 즉, 후행절의 내용을 충분히 예측할 수 있는 경우에만 후행절 삭제가 일어날 수 있는 것이다. 따라서 후행절의 내용이 예측 가능한 (14가)~(14라)의 후행절은 삭제가 가능하나 (14마)와 (14바)는 후행절이 삭제될 경우에 삭제된 후행절의 내용을 예측하기가 어려우므로 그 후행절은 삭제할 수가 없다.

후행절 삭제

　(15) 가. 안 먹는다면서 <u>왜 먹어?</u>

　　　　　　　　→ <u>안 먹는다면서</u>

　　　나. 설마 그 일을 할라고 <u>하겠어?</u>

　　　　　　　　　→ 설마 그 일을 <u>할라고</u>

　　　다. 노래를 잘 부르기는 <u>뭘 잘 불러.</u>

　　　　　　　　　→ 노래를 <u>잘 부르기는</u>

　　　라. 정말 안 먹는다니까 <u>왜 자꾸 먹으라고 해?</u>

　　　　　　　　　→ 정말 <u>안 먹는다니까</u>

　보통 (15)과 같이 후행절이 삭제된 다음에 남는 연결어미나 조사를 포함하고 있는 복합형태들은 삭제된 후행절의 의미를 나타내는 것은 물론이고 삭제가 일어나기 전의 완전한 문장이 가지던 억양(끊어짐의 수행~억양)이 얹히게 된다. 그러나 (14마)와 (14바)의 예문들은 후행절이 삭제되더라도 원래의 억양을 그대로 가지게 된다.

    (16) 가. 설악산이 <u>좋다길래</u>...
         나. 준하가 설악산이 <u>싫다지만</u>...

(16가)와 (16나)의 '-다길래'와 '-다지만'이 후행절 없이 나타나는 경우가 있다고 해도 '-다길래'와 '-다지만'으로 삭제된 후행절의 의미를 예측할 수가 없다. 이 말은 삭제된 후행절로 예측되는 의미가 너무 다양하여 하나의 의미나 의미자질로 설명하기가 불가능하다는 것이다. 그렇기 때문에 (16)의 예문과 같은 경우는 후행절이 단순히 생략된 경우이고, (16)의 예문이 의미를 가지기 위해서는 단독상황이 아닌 대화문 등에 나타나야 한다. '-다길래', '-다지만'은 후행절이 생략되기 전과 똑같은 억양으로 나타나므로 후행문은 삭제된 것이 아니라 담화 상황에서 단순히 생략된 상태임을 알 수가 있다.

이와 같이 복합종결어미는 그 유형에 따라서 '-고 하-'가 삭제되거나 '단어경계'가 삭제되거나 후행절이 삭제됨으로써 복합종결어미화의 첫 번째 단계를 거치게 된다. 그러나 일부 복합종결어미들은 첫 번째 단계에서 후행절 삭제와 단어경계 삭제의 두 가지 과정을 거치기도 한다. 두 가지 과정을 거치게 되는 경우는 후행절 삭제에 이은 단어경계의 삭제 과정이 일어나는 경우이다. 이것은 관형사형 어미에 조사가 결합하여 이루어진 유형, 관형사형 어미와 체언곡용형이 결합하여 이루어진 유형에서 발견된다.

　(17) 가.　영화표가 없으니 다음에 <u>볼밖에</u>.
　　　　나.　이번에는 꼭 시험에 합격해야 <u>할텐데</u>.
　　　　다.　다른 영화를 <u>볼걸</u>.

(17가)의 '볼밖에'의 '-ㄹ밖에'는 관형사형 어미 '-ㄹ'과 조사 '밖에'가 결합하여 이루어진 것이고, (17나)의 '할텐데'의 '-ㄹ 텐데'는 관형사형 어미 '-ㄹ'에 체언곡용형 '텐데'가 결합하여 이루어진 것이고 (17다)의 '볼걸'의 '-ㄹ 걸'은 관형사형 어미 '-ㄹ'에 체언곡용형 '걸'이 결합하여 이루어진 것이다. 이들은 원래부터 문장의 종결어미로 쓰이던 것은 아니며, (17)의 복합형태들을 포함하고 있는 원래의 문장으로 되돌려 쓰면 다음과 같다.

　(18) 가.　영화표가 없으니 다음에 볼 밖에 <u>다른 도리가 없지</u>.
　　　　나.　이번에는 꼭 시험에 합격해야 할 텐데 <u>걱정이야</u>.
　　　　다.　다른 영화를 볼 것을 <u>괜히 이 영화를 봤어요</u>.

(18)의 예문에서 후행절이 삭제되고 남는 것은 '볼#밖에'와 '할#텐데', '볼#것을'이 된다. (18)의 '볼#밖에'는 단어경계가 삭제되어 '볼밖에'가 된다. (18나)의 '할#텐데'는 단어경계가 삭제되어 '할텐데'가 된다. (18다)의 '볼#것을'은 단어경계가 삭제되어 '볼것을'이 되고 이후 '것을'이 '걸'로 줄어들어 '볼걸'이 된다.

　이 과정을 다음과 같이 나타낼 수 있다.

(19) 가. 영화표가 없으니 다음에 볼 밖에 <u>다른 도리가 없지</u>.

나. 이번에는 꼭 시험에 합격해야 할 텐데 <u>걱정이야</u>.

다. 다른 영화를 볼 것을 <u>괜히 이 영화를 봤어요.</u>

1단계: 후행절 삭제

↓

가. 영화표가 없으니 다음에 <u>볼 밖에</u>

나. 이번에는 꼭 시험에 합격해야 <u>할 텐데</u>

다. 다른 영화를 <u>볼 것을</u>

2단계: 단어경계 삭제

↓

가. 영화표가 없으니 다음에 <u>볼밖에</u>

나. 이번에는 꼭 시험에 합격해야 <u>할텐데</u>

다. 다른 영화를 <u>볼것을/볼걸</u>

둘 이상의 형태소가 결합하여 복합종결어미가 될 때는 두 개의 단일 형태소가 결합하는 경우도 있지만 '-고 하-'나 단어경계의 삭제가 이루어진 후에 남은 둘 이상의 형태소가 결합하는 경우도 있다.

복합종결어미화의 제1단계는 삭제의 과정이며 삭제에는 '-고 하-' 삭제, 후행절 삭제, 단어경계 삭제의 세 가지가 있다. 대부분의 복합종결어미들은 세 가지 중에서 한 가지의 삭제과정을 거치지만 경우에 따라서는 후행절 삭제 이후에 또 다시 단어경계 삭제의 과정을 거치기도 한다는 사실을 확인하였다.

2.2. 융합

앞서 복합종결어미화의 첫 번째 단계로 융합과 후행절 삭제에 대해 살펴보았다. 융합이나 후행절 삭제는 복합종결어미화의 첫 번째 과정이라고 하였다. 그렇다면 앞에서 '-고 하-'나 후행절이 삭제된 형태들은 이후에 어떤 과정을 거쳐서 복합종결어미가 되는 것일까? 그 다음 과정은 바로 융합이다. 융합에는 삭제에 의한 융합이 있고, 인접형태소끼리의 융합이 있다.

2.2.1. 삭제에 의한 융합

둘 이상의 형태소가 결합하여 복합종결어미가 되기 위하여서는 융합의 과정을 거쳐야 한다. 삭제에 의한 융합의 과정을 거쳐 복합종결어미가 되는 유형에는 종결어미에 종결어미가 결합하는 유형, 종결어미에 연결어미가 결합하는 유형, 연결어미에 종결어미가 결합하는 유형, 연결어미에 연결어미가 결합하는 유형이 있다.

(20) 가. 나는 건강하게 잘 <u>있단다</u>.
    나. 너도 다음달에 <u>결혼한다면서</u>?
    다. 나는 안 <u>먹으련다</u>.
    라. 나도 중국에 가면 <u>좋으련만</u>.

(20)의 '-ㄴ단다', '-ㄴ다면서', '-으련다', '-으련만'은 각각 두 개의 형태소가 결합하여 이루어진 복합형태인데 이들은 단순히 두 개의 형태소가 결합하여 이루어진 복합형태가 아니다. (20)의 '-ㄴ단다', '-ㄴ다면서',

'-으련다', '-으련만'은 모두 그 중간에 삭제된 요소로 '-고 하-'를 가지고 있다.

> (21) 가. 나는 건강하게 잘 <u>있다고 한다</u>.
> 나. 너도 다음달에 <u>결혼한다고 하면서</u>?
> 다. 나는 안 <u>먹으려고 한다</u>.
> 라. 나도 중국에 가면 <u>좋으려고 하건만</u>.

'-단다'는 '-다고 한다'에서 '-고 하-'가 삭제되고 두 형태소 종결어미 '-다'와 종결어미 '-ㄴ다'가 긴밀하게 결합하여 복합종결어미가 된 것이다. '-ㄴ다면서' 역시 '-ㄴ다고 하면서'에서 '-고 하-'가 삭제되고 두 형태소 종결어미 '-ㄴ다'와 연결어미 '-면서'가 거리를 좁히면서 긴밀하게 결합하여 복합종결어미가 된 것이다. '-으련다' 역시 '-고 하-'가 삭제된 후 연결어미 '-으려'와 종결어미 '-ㄴ다'의 두 형태소가 거리를 좁히면서 긴밀하게 결합하여 복합종결어미가 된 것이다. '-으련만'도 역시 '-고 하-'가 삭제된 후 연결어미 '-으려'와 연결어미 '-언만'의 두 형태소가 거리를 좁히면서 긴밀하게 결합하여 복합종결어미가 된 것이다. 그리고 여기에서 말하는 '긴밀한 결합'은 융합이 된다.

2.2.2. 인접형태소끼리의 융합

둘 이상의 형태소가 결합하여 복합종결어미가 되는 과정에는 융합이 있고 그 융합에는 삭제에 의한 융합이 있고, 둘 이상의 형태소 결합과정에 삭제되는 요소가 없는 인접형태소끼리의 융합이 있다. 인접형태소끼리의 융합은 연속적으로 쓰이던 둘 이상의 형태소가 하나의 형태소처럼 쓰이는 것을 의미한다.

(22) 가. 설마, 학생이 담배를 <u>피울라고</u>.
　　　 나. 영수가 모임에 못 나온다고? 하긴 요즘 <u>바쁘니까는</u>.
　　　 다. 내가 <u>노래를 잘 부르기는</u>.

(22가)의 '피울라고'의 '-ㄹ라(하)고', '하-' 삭제로 다루어 (22나)의 '바쁘니까는'의 '-니까는', (22다)의 '노래를 잘 부르기는'의 '-기는'은 각각 종결어미에 조사, 연결어미에 조사, 명사형 어미에 조사가 결합하여 이루어진 유형이다.

(22가)의 '-ㄹ라고'는 후행절이 완전히 삭제되면서 연속적으로 쓰이던 '-ㄹ라'와 '고'가 하나의 형태소처럼 긴밀하게 결합하여 복합종결어미가 된 것이다. (22나)의 '-니까는'은 후행절이 삭제되면서 연속적으로 쓰이던 연결어미 '-니까'와 조사 '는'이 긴밀하게 결합하여 복합종결어미가 된 것이다. (22다)의 '-기는'은 후행절이 삭제되면서 연속적으로 쓰이던 명사형 어미 '-기'와 조사 '는'이 긴밀하게 결합하여 복합종결어미가 된 것이다.

이와 같이 선어말어미나 조사를 포함한 복합형태들은 결합하는 둘 이상의 형태소 사이에 어떤 삭제의 과정도 일어나지 않으나 연속적으로 쓰이다가 하나의 형태소처럼 문법화하는데, 이것을 복합종결어미화라고 할 수 있다. 이 복합종결어미화의 과정을 '인접형태소끼리의 융합'이라고 할 수 있다.[34)]

2.3. 새로운 의미의 획득

둘 이상의 형태소가 결합하여 복합종결어미가 되기 위하여서는 삭제, 융합 그리고 새로운 의미를 획득하는 과정이 포함되어야 한다. 그리고 삭제와 융합이 이루어지더라도 새로운 의미를 획득하지 못하면 그것은 단순한 복합형태일 뿐 복합종결어미라고 할 수가 없다.

(23) 가. 이 집 단팥죽이 맛이 <u>좋다는구나</u>.
　　　 나. 나는 언제나 이 집 단팥죽만 <u>먹는단다</u>.

(23가)의 '좋다는구나'의 '-다는구나'와 (23나)의 '먹는단다'의 '-는단다'는 모두 두 개의 형태소 즉, 종결어미에 종결어미가 결합하여 이루어진 복합형태이다. 그리고 (23가)의 '-다는구나'와 (23나)의 '-는단다'는 모두 '-고 하-'가 삭제되고 융합에 의해 이루어진 복합형태이다. 그러나 (23가)와 (23나)를 융합 이전의 상태로 되돌려보면 다음과 같은 차이점을 발견할 수 있다.

(24) 가. 이 집 단팥죽이 맛이 <u>좋다고 하는구나</u>.
　　　 나. 나는 언제나 이 집 단팥죽만 *<u>먹는다고 한다</u>.

'-다는구나'는 '-다고 하는구나'로 되돌려 쓸 수 있는 반면 '-는단다'는 '-는다고 한다'로 되돌려 쓸 수 없다. 뿐만 아니라 '-는단다'는 다른 사람의 말을 전달해주는 의미를 나타내는 것이 아니라 다른 사람에게 자신

---

34) 앞에서 인접형태소의 융합을 연속형이라고 정의하였다.

의 일을 친근하게 설명하는 의미를 나타낸다. 즉, '-는단다'는 새로운 의미를 획득함으로써 복합종결어미가 되는 것이다. 새로운 의미를 획득한 '-는단다'는 복합종결어미가 되고 새로운 의미를 획득하지 못한 '-는다는구나'는 복합종결어미화했다고 할 수 없는 것이다.

  '의미의 획득' 과정은 복합종결어미화의 마지막 단계에 해당하며 모든 복합종결어미의 유형에서 나타난다.

  (25) 가. 나는 중국요리를 즐겨 <u>먹는다네</u>.
      나. 왜 안 가? 가고 <u>싶다면서</u>?
      다. 나는 집에서 잠이나 <u>자련다</u>.
      라. 걸어서 금강산까지 가면 <u>좋으련만</u>.

(25가)의 '먹는다네'의 '-는다네'는 '-는다고 하네'의 융합으로 이루어진 복합형태이며 1인칭 주어와 쓰이면서 친근한 설명의 의미를 획득하면서 복합종결어미가 된다. (25나)의 '싶다면서'의 '-다면서'는 '-다고 하면서'에서 '-고 하-'가 삭제된 후 융합으로 이루어진 복합형태이며 상대방이 이미 한 말과 다른 행동에 대해 따지거나 항의하는 의미를 획득하면서 복합종결어미가 된다. (25다)의 '자련다'의 '-련다'는 '-려고 한다'가 융합에 의해 이루어진 복합형태이며 1인칭 주어와 쓰이면서 주어의 의지를 강조하는 의미를 획득하게 된다. (25라)의 '좋으련만'의 '-으련만'은 '으려고 하건만'이 융합에 의해 이루어진 복합형태이며 1인칭 주어와 쓰여 이루기 어려운 일에 대한 소망을 나타내거나, 2·3인칭 주어와 쓰여 아쉬움의 의미를 나타내는데, 이러한 의미를 획득함으로써 복

합종결어미가 된다.

이상에서 삭제에 의한 융합 이후 새로운 의미 획득에 의해 복합종결어미가 되는 유형을 살펴보았다. 복합종결어미 중에는 인접형태소의 융합 이후 새로운 의미획득에 의해 복합종결어미가 되는 유형도 있다.

(26) 가. 설마, 하늘이 <u>무너질라고</u>.
　　　나. 내가 <u>노래를 잘 부르기는</u>.

(26가)의 '-ㄹ라고'는 종결어미 '-ㄹ라'에 조사 '고'가 결합하여 이루어진 복합형태이며 후행절이 삭제되면서 인접형태소 '-ㄹ라'와 '고'가 융합하여 삭제된 후행절의 의미까지 나타내게 된다. 삭제된 후행절의 의미를 나타낸다는 말은 복합형태 '-ㄹ라고'가 후행절의 의미를 새로운 의미로 획득한다는 것을 의미하며, 따라서 '-ㄹ라고'는 복합종결어미가 된다. (26나)의 '부르기는'의 '-기는'은 명사형 어미 '-기'와 조사 '는'이 결합하여 이루어진 복합형태이며 인접형태소 '-기'와 '는'이 융합한 이후 삭제된 후행절의 의미를 획득하여 복합종결어미가 된다. '-기는'은 삭제된 후행절의 의미인 부정의 의미 외에 겸손함의 의미까지 추가하여 나타내게 된다.

지금까지 살펴본 각 유형별 복합종결어미화의 과정을 정리하면 다음과 같다.

복합종결어미		복합종결어미화 과정					
		1단계			2단계		3단계
		삭제			융합		
선행요소	후행요소	'-고 하' 삭제	단어 경계 삭제	후행절 삭제	삭제 후 융합	인접 형태소 융합	새로운 의미 획득
1 종결어미	**종결어미**	O			O		O
2 연결어미	**종결어미**	O			O		O
3 종결어미	**연결어미**	O		O	O		O
4 연결어미	**연결어미**	O		O	O		O
5 종결어미	**조사**			O		O	O
6 연결어미	**조사**			O		O	O
7 관형사형 어미	**조사**		O	O	O		O
8 명사형 어미	**조사**			O		O	O

[표 31] 복합종결어미화의 과정

복합종결어미화 과정을 도표로 제시하면 다음과 같다.

	제1단계 삭제	제2단계 융합	제3단계 새로운 의미 획득
1. 착하다고#합니다 [[착하대고#합니대]	→착하다-ㅂ니다 [[착하대[-ㅂ니대]	→착하답니다 [착하다-ㅂ니대]	→착하답니다 [착하-답니대]
2. 먹으려고#한다 [[먹으례]고#한대]	→먹으려-ㄴ다 [[먹으례][-ㄴ대]	→먹으련다 [먹으려-ㄴ대]	→먹으련다 [먹으련대]
3. 모른다고#하니까 [[모른대고#하니깨]	→모른다-니까 [[모른대[-니깨]	→모른다니까 [모른다-니깨]	→모른다니까 [모르-ㄴ다니깨]
4. 좋으려고#하건만+후행절 [[좋으례]고#하건맨+후행절	→[[좋으례][-건맨]	→[좋으려-언맨]	→[좋-으련맨]
5. 다고+후행절 [[-대-괴+후행절	→[[-대-괴	→[[-다-괴]	→[-다괴]
6. 니까는+후행절 [[-니깨-는]+후행절	→[[-니깨-는]	→[[-니까는]]	→[-니까는]
7. 을밖에+후행절 [을#수#밖에]+후행절	→[[-을]-밖에	→[-을-밖에	→[-을밖에
8. 기는+후행동사 [[-기]-는]+후행동사	→[[-기]-는]	→[-가-는]	→[-기는]

③ 복합종결어미의 생성원인

두 개 이상의 형태소가 삭제, 융합 그리고 새로운 의미를 획득하는 과정을 거쳐 복합종결어미가 되는 사실을 앞에서 확인하였다. 그렇다면 이렇게 많은 복합종결어미들이 생겨나는 원인은 무엇일까?

복합종결어미의 생성원인에는 여러 가지가 있겠지만 표현의 욕구와 문법체계의 간소화 경향과 언어 경제성의 원리를 주요 원인으로 꼽을 수 있다.

3.1. 문법체계의 간소화

복합종결어미의 유형에는 여러 가지가 있음을 앞(Ⅳ장)에서 확인한 바 있다. 복합종결어미의 유형에는 단일형태와 단일형태가 결합하여 이루어진 유형도 있고, 복합형태를 포함하여 이루어진 유형도 있다.

단일형태끼리 결합하여 이루어진 복합종결어미에는 종결어미에 종결어미가 결합하는 유형, 종결어미에 연결어미가 결합하는 유형, 종결어미에 조사가 결합하는 유형, 연결어미에 종결어미가 결합하는 유형, 연결어미에 연결어미가 결합하는 유형, 연결어미에 조사가 결합하는 유형, 전성어미에 종결어미가 결합하는 유형, 전성어미에 체언곡용형이 결합하는 유형 8가지가 있다. 복합형태를 포함하는 복합종결어미에는 종결어미에 복합형태가 결합하는 유형, 복합형태에 종결어미가 결합하는 유형, 복합형태에 연결어미가 결합하는 유형, 복합형태에 조사가 결합하는 유형 4가지가 있다.

복합종결어미는 결합하는 형태소에 따라 많게는 12가지로 분류가 된다. 이 사실을 통해 종결어미체계가 매우 복잡해진다는 것을 알 수가 있다. 이 사실은 단순히 종결어미체계가 복잡해지는 것만을 의미하는 것이 아니라 한편으로는 한국어의 어미 체계가 간소화된다는 것을 의미하는 것이기도 하다. 한국어의 어미는 크게 어말어미와 선어말어미로 나뉘는데, 어말어미는 종결어미, 연결어미, 전성어미로 나뉜다. 선어말어미도 그 의미에 따라 다양하게 세분화된다. 고영근(1989)은 선어말어미 중에는 심한 동요를 거치다가 현대국어에서는 사라진 것도 있고, 한정적으로 쓰이는 것도 있다고 지적하였다. 고영근(1989)에서 지적한 바와 같이 선어말어미는 그 후에도 심한 동요를 보이며 사라지거나 종결어미와 결합하여 종결어미화한 경우가 많은데 이 책에서는 이미 선어말어미가 종결어미화된 것으로 보았다. 결과적으로 한국어의 어미 체계는 간소화되고 있는 것이며, 한국어의 어미 체계가 간소화되는 현상은 종결어미, 연결어미, 조사의 복합종결어미화를 통해서 증명될 수 있다.

3.1.1. 종결어미의 복합종결어미화

종결어미가 포함된 복합종결어미 유형은 모두 4가지로 종결어미와 종결어미가 결합하는 유형, 종결어미에 연결어미가 결합하는 유형, 종결어미에 조사가 결합하는 유형, 연결어미에 종결어미가 결합하는 유형이 있다. 이 중에는 종결어미가 복합종결어미의 선행요소로 쓰이는 경우도 있고, 종결어미가 후행요소로 쓰이는 경우도 있다.

한국어의 교착어적인 특성을 잘 보여주고 종결어미의 복합종결어미화를 잘 보여주는 유형은 종결어미가 선행요소로 쓰이는 경우이다. 종결어미를 선행요소로 하여 이루어진 복합종결어미에는 종결어미에 종결어미가 결합하는 경우와 종결어미에 연결어미가 결합하여 이루어진 유형, 종결어미에 조사가 결합하여 이루어진 유형의 3가지가 있다.

(27) 가. 나는 건강하게 잘 <u>있단다</u>.
　　　나. 너도 다음달에 <u>결혼한다면서</u>?
　　　다. 설마, 학생이 담배를 <u>피울라고</u>.

(27)의 예문에서 알 수 있는 것처럼 종결어미가 복합종결어미가 되기 위해서는 종결어미에 또 다른 종결어미, 연결어미, 조사가 결합하여야 한다. 그리고 종결어미에 연결어미나 조사가 결합해 복합종결어미가 되는 것이므로 종결어미에 후행하는 연결어미나 조사도 종결기능을 획득하게 된다.

3.1.2. 연결어미의 복합종결어미화

연결어미가 포함된 복합종결어미 유형은 모두 4가지로 종결어미에 연결어미가 결합하는 유형, 연결어미와 종결어미가 결합하는 유형, 연결어미에 연결어미가 결합하는 유형, 연결어미에 조사가 결합하는 유형이 이에 해당된다. 이 중에는 연결어미가 복합종결어미의 선행요소로 쓰이는 경우도 있고, 연결어미가 복합종결어미의 후행요소로 쓰이는 경우도 있다.

한국어의 교착어적인 특성을 잘 보여주고 연결어미의 복합종결어미화를 잘 보여주는 유형은 연결어미가 선행요소로 쓰이는 경우이다. 연결어미가 포함된 복합종결어미 유형 중에서 연결어미가 선행요소로 쓰이는 경우는 연결어미에 종결어미가 결합하는 유형, 연결어미에 연결어미가 결합하는 유형, 연결어미에 조사가 결합하는 유형의 3가지이다.

(28) 가. 나는 집에서 <u>쉬련다</u>.
　　 나. 어서 통일이 되면 <u>좋으련만</u>.
　　 다. 영수는 못 온다고? 하긴 요즘 <u>바쁘니까는</u>.

(28)의 예문에서 알 수 있는 것처럼 연결어미는 연결어미 뒤에 종결어미, 연결어미, 조사가 결합하여 복합종결어미가 된다. 연결어미가 복합종결어미가 되기 위해서는 연결어미에 다른 문법 형태소 즉, 종결어미나, 연결어미, 조사가 결합하여야 한다. 연결어미에 후행하는 요소가 종결어미인 경우는 관계가 없지만 종결어미가 아닌 연결어미나 조사가 결합하여 복합종결어미가 되기 위해서는 연결어미나 조사가 문장의 종결기능을 획득해야 한다.

3.1.3. 조사의 복합종결어미화

조사가 포함된 복합종결어미 유형은 모두 4가지로 종결어미에 조사가 결합하는 유형, 연결어미에 조사가 결합하는 유형, 명사형 어미에 조사가 결합하는 유형, 관형사형 어미에 조사가 결합하는 유형의 4가지이다. 조사를 포함한 복합종결어미 유형은 조사가 선행하는 경우는 없으며, 반드시 후행요소로만 쓰인다.

(29) 가. 내가 얼마나 노래를 잘 <u>부른다고</u>.

　　　나. 휴우~, 난 또 내가 시험에서 <u>떨어졌다고</u>.

　　　다. 다음에 보자고? 그래, 요즘 네가 <u>바쁘니까는</u>.

　　　라. 내가 <u>예쁘기는</u>.

　　　마. 네가 <u>건강하기를</u>.

　　　바. 시간이 없다고? 그럼 내가 <u>기다릴밖에</u>.

(29가)의 '-ㄴ다고'는 종결어미와 조사가 결합하여 이루어진 복합종결어미이다. '-ㄴ다고'는 종결어미 '-ㄴ다'에 조사 '고'가 연속적으로 결합하여 이루어진 자랑의 의미를 나타내는 복합종결어미이다. (29나)의 '-다고'는 종결어미와 조사가 결합하여 이루어진 복합종결어미이다. '-다고'는 종결어미 '-다'와 조사 '고'가 연속적으로 결합하여 이루어진 안도나 안심의 의미를 나타내는 복합종결어미이다. (29다)의 '-니까는'은 연결어미와 조사가 결합하여 이루어진 복합종결어미이다. '-니까는'은 '-ㄴ다고', '-다고'와 마찬가지로 연결어미 '-니까'와 조사 '는'이 연속적으로 결합하여 이루어진 복합종결어미이며, 어떤 이유에 대한 자신의 생각을 강조함의 의미를 나타낸다. (29라)의 '-기는'은 명사형 어미 '-기'와 조사 '는'이 연속적으로 결합하여 이루어진 복합종결어미로 겸손함의 의미를 나타낸다. (29마)의 '-기를'은 명사형 어미 '-기'에 조사 '를'이 연속적으로 결합하여 이루어진 복합종결어미이다. '-기를'은 기원이나 소망을 나타낸다.

이와 같이 복합종결어미 중에서 후행요소를 조사로 하는 유형은 융합의 과정 없이 연속적인 결합에 의해 이루어졌음을 알 수가 있다. 그러나 조사가 후행하는 복합종결어미의 경우 항상 연속의 과정에 의해 생성되는 것은 아니다. (29바)의 '-ㄹ밖에'는 표면상으로 보면 관형사형 어미 '-ㄹ'에 조사 '밖에'가 결합한 것으로 보이지만 이것은 융합에 의해 이루어진 것이다.

이상의 논의에서 알 수 있는 사실은 한국어의 어미 체계가 점점 간소화되어 간다는 것이다. 즉, 한국어의 종결어미 체계가 복잡해지는 반면 어미구조체는 점점 간소화된다.

3.2. 경제성의 원리

박갑수(2000)에서는 표현 방식 작용의 원리를 경제성의 원리, 공손성의 원리, 결정 이양의 원리라고 지적하면서 말하는 사람들은 표현 의도를 직접적으로 나타내는 표현을 택하지 않고 그 표현의 명시적인 의미가 표현 의도와는 직접적인 관계가 없는 표현을 흔히 사용한다고 하였다. 그것은 인간이 이성적인 동물이며 그들의 행위는 의식적, 무의식적으로 목적 달성에의 합리성을 추구한다고 하였다. 이와 같이 말하는 사람의 표현 방식에 크게 영향을 미치는 요인의 하나는 경제성의 원리라고 할 수가 있다.

같은 의미를 가지는 문법표현이 있는 경우 표현의 경제성을 위해 짧은 문장을 선호하게 된다.

(30) 가. 영수가 다음 달에 군대에 <u>간다고 한다.</u>

　　 나. 영수가 다음 달에 군대에 <u>간단다.</u>

　　 다. 승희는 내일 뭐 <u>한다고 하니?</u>

　　 라. 승희는 내일 뭐 <u>한다니?</u>

(30가)와 (30나)는 다른 사람의 말을 듣고 전달하는 의미를 나타낸다. 이때 '-ㄴ다고 한다'는 '-ㄴ단다'와 의미의 차이 없이 교체될 수 있다. (30다)와 (30라)는 다른 사람이 한 말이 무엇인지 물어보는 의미를 나타낸다. '-ㄴ다고 하니'는 '-ㄴ다니'와 의미의 차이 없이 교체될 수 있다. 이처럼 같은 의미를 가지는 문법표현이 있을 때 말하는 사람들은 특히 구어에서 표현의 경제성을 위해 긴 표현보다는 짧은 표현을 선호하게 된다.

복합종결어미에서 나타나는 경제성의 원리는 융합형의 증가와 후행절 삭제로 인한 문장의 간소화에서 발견된다.

3.2.1. 융합형의 증가

이지양(1998)은 융합을 연결형에서 완전한 단어에 음절수 줄이기가 일어나 의존요소로 재구조화되는 현상이라고 정의하였다. 결과적으로 융합이 일어나면 복잡하고 긴 형태가 단순하고 짧은 형태로 변화한다는 것을 의미한다. 한국어에서 복합종결어미가 늘어나고 있다는 것은 언어의 경제성이 작용한 결과라고 할 수가 있다.

복합종결어미에는 융합의 과정을 거쳐서 이루어진 유형이 많이 있다. 그 대표적인 유형에는 종결어미에 종결어미가 결합하는 유형, 종결

어미에 연결어미가 결합하는 유형, 연결어미에 종결어미가 결합하는
유형, 연결어미에 연결어미가 결합하는 유형, 관형사형 어미에 조사가
결합하는 유형이 있다.

    (31) 가. 나는 건강하게 잘 <u>있단다</u>.
         나. 빨리 <u>가자니까</u>.
         다. 나는 집에서 잠이나 <u>자련다</u>.
         라. 비라도 오면 <u>좋으련만</u>.
         마. 담당자가 없으니 <u>기다릴밖에</u>.

(31가)의 '있단다'는 '있다고 한다'의 융합형이고, (31나)의 '가자니까'는
'가자고 하니까'의 융합형이다. (31다)의 '자련다'는 '자려고 한다'의 융
합형이고, (31라)의 '좋으련만'은 '좋으려고 하건만'의 융합형이다. (31
마)의 '기다릴밖에'는 '기다릴 수밖에 없다'에서 단어경계가 삭제되고
융합에 의해 이루어진 형태가 된다. (31)의 '있단다', '가자니까', '자련
다', '좋으련만', '기다릴밖에'는 긴 형태에서 짧은 형태로 바뀌었을 뿐만
아니라 짧은 형태로 바뀌면서 의미도 달라졌기 때문에 다시 긴 형태로
바꿔 쓸 수도 없다.
    (31)의 예문에서 융합에 의해 이루어진 복합종결어미를 확인하였다.
앞에서 둘 이상의 형태소가 결합하여 복합종결어미가 되기 위해서는
융합이나 연속의 과정을 거쳐야 한다는 사실을 확인하였다. 다음은 연
속에 의해 이루어진 복합종결어미의 예이다.

    (32) 가. 나는 안 <u>간다고</u>.

　나. 글쎄, 사람 일은 알 수 <u>없으니까는</u>.
　다. 요리를 잘 <u>하기는</u>. 어쨌든 칭찬해줘서 고맙다.

연속에 의해 이루어진 복합종결어미에는 (32가)와 같이 종결어미에 조사가 결합하는 유형, (32나)와 같이 연결어미에 조사가 결합하는 유형, (32다)와 같이 명사형 어미에 조사가 결합하는 유형이 있다. 연속에 의해 이루어진 복합종결어미의 유형에서 나타나는 특징은 융합에 의한 복합종결어미와 달리 후행요소가 조사인 경우가 대부분이라는 것이다.

　조사는 아직까지 한국어에서 독립적인 의미와 기능을 가지고 있지만 일부 조사가 종결기능에 관여하면서 조사가 아니라 복합종결어미를 구성하는 하나의 요소가 되고 있다는 것은 주목할 만한 사실이다.

　복합종결어미의 유형 중에서 연속에 의해 이루어진 유형은 크게 보면 인접한 형태소의 융합이라고 할 수 있다. 현대국어에서 종결어미가 늘어나는 이유는 언어의 경제성 때문이며 이것은 복합종결어미가 만들어지는 기제인 융합형의 문법형태가 많이 존재한다는 사실로 증명할 수 있다.

3.2.2. 후행절 삭제

　한국어의 복합종결어미 중에는 후행절 삭제 후 이루어진 유형도 많이 있다. 이런 과정을 거쳐 이루어진 복합종결어미에는 후행요소를 연결어미나 조사 등 비종결어미로 가지는 유형들이 존재한다. 이 유형에는 종결어미에 연결어미가 결합하는 유형, 연결어미에 연결어미가 결합하는 유형, 종결어미에 조사가 결합하는 유형, 연결어미에 조사가 결합하는 유형, 전성어미에 조사가 결합하는 유형 등이 있다.

(33) 가. 안 먹는다고? <u>배고프다면서</u>?
　　 나. 나도 친구를 만나면 <u>좋으련만</u>.
　　 다. 나는 또 네가 <u>다쳤다고</u>.
　　 라. 성필이가 1등을 했다고? 하긴 열심히 <u>했으니까는</u>.
　　 마. 시간이 없으니 택시를 <u>탈밖에</u>.
　　 바. <u>건강하기를</u>.

(33가)의 '배고프다면서'의 '-다면서'는 종결어미와 연결어미가 결합하여 이루어진 복합종결어미이다. (33나)의 '좋으련만'의 '-으련만'은 연결어미와 연결어미가 결합하여 이루어진 복합종결어미이다. (33다)의 '다쳤다고'의 '-다고'는 종결어미에 조사가 결합하여 이루어진 복합종결어미이다. (33라)의 '했으니까는'의 '-으니까는'은 연결어미에 조사가 결합하여 이루어진 복합종결어미이다. (33마)의 '탈밖에'의 '-ㄹ밖에'는 관형사형 어미에 조사가 결합하여 이루어진 복합종결어미이다. (33바)의 '건강하기를'의 '-기를'은 명사형 어미에 조사가 결합하여 이루어진 복합종결어미이다.

(33)의 예문에서 복합종결어미의 후행요소인 연결어미나 조사 뒤에는 (34)에서와 같이 삭제된 문장이나 어구가 있다.

(34) 가. 안 먹는다고? 배고프다면서 <u>왜 안 먹는다는 거야</u>?
　　 나. 나도 친구를 만나면 좋으련만 <u>도저히 만날 수가 없을 것 같아</u>.
　　 다. 나는 또 네가 다쳤다고 <u>생각하고 얼마나 놀랐는지 몰라</u>.

　　라. 성필이가 1등을 했다고?
　　　　하긴 열심히 했으니까는 <u>1등을 하는 게 당연하지</u>.
　　마. 시간이 없으니 택시를 탈밖에 <u>다른 방법이 없지</u>.
　　바. 건강하기를 <u>바란다</u>.

(34)의 예문에서처럼 삭제된 후행요소들은 선행절의 마지막에 위치하고 있는 조사나 연결어미가 그 기능을 하게 된다. 그리고 삭제된 후행요소들은 그 의미를 충분히 예측할 수 있으므로 삭제되는 것이다. 예측 가능한 후행절을 반복하여 쓰는 것은 언어의 경제성에 위배된다. 따라서 예측 가능한 의미의 후행절을 삭제시키는 것은 언어의 경제성에 의한 것이다. 의미의 예측 가능성에 의해 후행절을 삭제시키는 것은 구어 상황에서는 점점 증가하는 현상이고 그런 현상에 의해 복합종결어미가 생성되는 것이라고 할 수 있다. 따라서 복합종결어미가 생성되고 그 수가 많아진다는 것은 언어의 경제성을 반영하는 증거라고 할 수 있다.

제7장.
결론

한국어 복합종결어미

종결어미는 한국어의 교착어적 특성을 잘 보여주는 문법요소이다. 한국어는 교착어적인 특성을 가지므로 하나의 형태소에 다른 형태소가 결합하여 새로운 형태소로 생성되는 경우가 많이 있으며, 본 책에서 논의의 대상인 복합종결어미가 바로 그렇게 생성된 문법요소라고 할 수 있다.

본 책에서는 현대 한국어에서 쓰이고 있는 종결어미 특히 복합형태로 이루어진 종결어미에 관하여 그 종결어미가 무엇이며, 그것이 어떻게 구성되어 있으며, 어떤 의미를 가지고 쓰이며, 어떤 통사적인 특성을 가지고 있는지에 대해 살펴보는 한편 현대 한국어의 종결어미의 체계가 변화하는 원인과 현대 한국어의 종결어미가 어떤 과정을 거쳐서 복합종결어미가 되는지에 대해 집중적으로 논의하였다. 논의된 내용을 정리해보면 다음과 같다.

복합종결어미의 개념을 정립하기 위해서는 판별기준을 세워야 했다. 제2장에서는 복합종결어미의 판별기준을 세워 복합종결어미의 개념을 정리하였다. 복합종결어미를 다른 복합형태들과 구별해 내기 위해서는 더 강력하고 확실한 기준이 요구된다. 여기에 적용된 기준은 분석가능성, 분리 가능성, 환원성이며 이 세 가지 기준은 형태·통사론적 기준에 해당된다. 복합종결어미를 구분해 내는 의미론적인 기준도 있는데, 이 기준은 연결어미나 조사를 후행요소로 하는 복합종결어미들을 다른 복합형태들과 구별해내는 중요한 판별기준이 된다는 사실을 이미 확인하였다. 의미론적 기준에는 의미의 예측 가능성과 새로운 의미의 획득이 있다. 따라서 복합형태들은 이런 판별기준을 만족시켜야만 복합종결어미가 될 수 있다. 판별기준을 표로 나타내면 다음과 같다.

복합형태		형태·통사론적 기준			의미론적 기준	
		분석 가능성	환원성	분리 가능성	의미의 예측 가능성	새 의미 획득
융합형	단순융합형	O	O	-	-	X
	진전된 융합형	O	X	-	O	O
연속형	단순연속형	O	-	O	-	X
	진전된 연속형	O	-	X	O	O

[표 32] 복합종결어미의 판별기준

위의 판별기준을 만족시키는 복합종결어미에는 그것을 구성하는 구성요소에 따라 여러 유형으로 나눌 수 있음을 Ⅲ장에서 확인하였다. 복합종결어미의 유형은 한국어의 교착어적인 특성을 잘 보여준다. 복합종결어미의 유형은 단일형태끼리 결합하는 유형과 복합형태를 포함하는 유형의 2가지로 나눌 수 있었다. 그리고 복합종결어미의 유형은 선행요소를 종결어미로 하는 유형, 연결어미로 하는 유형, 전성어미로 하는 유형으로 나눌 수가 있었다. 복합종결어미의 유형은 기존의 복합형태를 다룬 연구에서와 마찬가지로 종결어미에 종결어미가 결합하는 유형, 종결어미에 연결어미가 결합하는 유형이 많았으며 기존 연구에서 발견하지 못한 조사를 포함하는 유형이나 체언곡용형을 포함하는 유형을 발견해 낸 것은 성과라고 할 수 있다. 이 책 제3장에서는 복합형태를 유형별로 나누어 기술하는 과정에서 목록을 작성하였는데, 그 목록에는 복합종결어미 목록만 제시한 것이 아니라 복합종결어미에서 이미 더 진전된 형태로 단일화한 복합형태를 제시하였으며, 판별기준에 의해 복합종결어미로 볼 수 없는 단순복합형태들의 목록도 제시하여 복합종결어미화의 과정을 알 수 있게 하였다.

　이런 과정을 통해 다음과 같은 복합종결어미의 유형과 목록을 얻을 수가 있다.

유 형			선행요소	후행요소	진전형(복합종결어미)
복합종결어미	단일형	융합형	1	종결어미	종결어미	는다니, 는다나, 는다네, 는다오, 는다지, 는단다, 는대, 는답니다, 는답니까 는다더냐 더라지
			2		연결어미	는다면서, 는다며, 는다니까, 는다니2, 더라니, 더라니까, 더라면서, 더라며
			3	연결어미	종결어미	으려나, 아/어/여야지, 으련다, 으렵니다
			4		연결	으련마는, 으련만
			5		용언활용형	다마다, 고말고
			6	관형사형 어미	체언곡용형	을테냐, 을테야, 을테다, 을테니, 을테니까, 을텐데, 은걸, 는걸, 을걸, 던걸
			7		조사	을밖에
		연속형	8	종결어미	조사	는다고, 을라고, 더라고, 더냐고, 더니마는, 더니만
			9	연결어미	조사	으니까는, 으니깐, 으려고
			10	명사형 어미	조사	기는, 긴, 기를, 길
	복합형	융합형	11	복합종결	조사	는다니까는, 는다니깐, 는다는데도
		연속형	12	복합종결	조사	을테니까는

[표 33] 복합종결어미의 유형

제4장에서는 각 유형별 복합종결어미가 어떤 의미를 나타내는지 고찰하였다. 복합종결어미의 목록 중에는 이미 종결어미로 인정받은 것도 있고 그 사전적인 의미를 제4장에서 다루는 것이 무의미하게 여겨질지도 모르겠지만 아직까지 종결어미로 인정받지 못하는 형태들에 대한 의미를 밝히는 것이 필요하기에 하나의 장으로 구성하였다. 의미 기능을 목록별로 다루었으므로 그 양이 방대해진 것은 사실이다.

제5장에서는 복합종결어미가 전체적으로 가지고 있는 통사적인 특성에 대해 논의하였다. 복합종결어미는 서술문에 많이 나타난다는 특징, 서술문에 쓰일 때도 단순한 서술이라기보다는 말하는 사람의 명제에 대한 주관적인 감정, 심적상태, 즉 양태성을 나타낸다는 사실을 알 수가 있었다. 따라서 새로 생겨나는 형태소인 복합종결어미는 1인칭 주어와 호응하는 경우가 많이 있었다. 또한 종결어미의 고유 역할로 인정받아 왔던 높임법의 등급에서 두드러진 특징을 발견할 수 있었는데 그것은 새로 생겨나는 복합종결어미들은 대부분 비격식체인 해체에 많이 나타난다는 것이다. 해체는 또 '-요'와 결합할 수 있는 경우가 거의 대부분이었으며 이것은 새로 생겨난 복합종결어미의 높임의 등급은 체계가 비격식체인 해체와 해요체로 구분되면서 높임의 등급이 간소화된다는 것을 의미하는 것이다. 높임의 등급이 점점 간소화하여 해체와 해요체로 굳어질 것이라는 주장은 이기문(1970)에서 이미 예측한 것이었으며, 복합종결어미는 그 예측이 사실로 드러나고 있다는 것을 증명해주는 것이라고 할 수 있다.

제6장에서는 복합종결어미화의 기제와 복합종결어미화의 과정, 복합종결어미의 생성원인에 대한 고찰이 이루어졌다. 제6장에서 복합종

결어미가 되기 위해서는 융합과 삭제라는 기제가 작용함을 확인하였고, 복합종결어미화의 과정은 3단계－1단계 삭제, 2단계 삭제 후 융합, 3단계 새로운 의미획득－가 있다는 사실을 확인하였다. 삭제에는 '-고 하-' 삭제, 단어의 경계의 삭제, 후행절 삭제가 있다. 융합에는 삭제에 의한 융합이 있고, 인접한 형태소 융합이 있다. 삭제와 융합이 일어난 복합형태가 복합종결어미가 되기 위해서는 새로운 의미의 획득 과정을 거쳐야 한다. 삭제가 복합종결어미화의 첫 번째 단계에 해당한다면 새로운 의미의 획득은 복합종결어미화의 마지막 단계에 해당한다고 할 수 있다. 이 마지막 단계의 과정을 거치지 않은 복합형태는 단순복합형태로 환원성을 가지게 된다.

복합종결어미가 생성되는 원인으로는 언어의 경제성을 들 수 있었다. 복합종결어미에는 융합에 의해 이루어진 유형이 많이 있고, 후행절이 삭제됨으로써 생성되는 유형도 많이 있었다. 이런 융합이나 후행절 삭제도 언어의 경제성에서 비롯되는 현상이라고 할 수가 있다.

현대 한국어의 여러 가지 특징 중 종결어미에 나타나는 특징은 종결어미가 아닌 비종결어미의 종결어미화이며, 또 종결어미의 복합화 현상이라고 할 수 있다. 이 책에서는 종결어미의 복합화 현상을 다루면서 판별기준을 세워 그 판별기준에 부합하는 복합형태들을 복합종결어미라고 정의하였다. 현대사회는 점점 복잡해지고 다양해지고 모든 것이 빠르게 돌아가는 세상, 또 자기중심의 세상으로 바뀌고 있다. 사회의 변화에 따라 개인의 표현욕구도 점점 다양해지고 모든 것의 속도가 빨라지고 있다. 따라서 어느 한쪽에서는 다양하고 변화하는 욕구에 부응하여 새로운 표현을 만들어내는 반면 어느 한쪽에서는 불필요하고 반복되거나 중복되는 표현들을 간소화시키는 움직임이 있다. 이런 욕구와 기대에 부응하는 것이 바로 복합종결어미라고 할 수 있다. 복합종결어미가 발달한다는 것은 현대 한국어의 어미 체계가 간소화되고 있다는 사실을 보여주며, 복합종결어미가 서술문에 주로 나타난다는 것은 듣는 사람 중심에서 말하는 사람 중심의 언어로 현대 한국어가 변화하고 있다는 사실을 보여주며, 복합종결어미가 높임의 등급상 비격식체인 해체에 주로 쓰인다는 것은 한국어의 특징 중의 하나인 체계적인 높임의 등급이 간소해진다는 것을 의미하며 앞으로 한국어 높임의 체계는 적어도 비격식체인 해체와 해요체로 간소화할 것이라는 예측을 가능하게 해준다. 이런 여러 가지 이유에서 앞으로 복합종결어미는 그 수가 더욱 늘어날 것으로 보이며, 한국어 높임의 등급이나 어미의 체계는 간소화되는 반면 복합종결어미 체계는 상대적으로 복잡해질 것으로 예상되므로 복합종결어미 사전을 만드는 것도 필요한 작업이라고 생각한다.

본 연구에서 깊이 있게 다루지 못한 복합종결어미의 생성 원인에 대한 연구는 앞으로도 계속 이루어져야 할 것이며, 이러한 현상의 중심에 있는 형태소 각각에 대한 통시적인 변화도 함께 이루어져야 한다고 생각한다. 이러한 연구는 이후 연구과제로 남겨 두도록 한다.

참고 문헌

【 논저 】

강소영(2004), 명사구 보문 구성의 문법화, 한국문화사.

고영근(1974), "현대 국어의 종결어미에 대한 구조적 연구", 어학연구 10~1, 서울대
　　　　학교 어학연구소.

고영근·구본관(2008), 우리말 문법론, 집문당.

고영근·남기심(1985), 표준국어문법론, 탑출판사.

고영근(1986), "서법과 양태의 상관관계", 국어학 신연구, 탑출판사.

고영근(1989), 국어형태론 연구, 서울대학교 출판부.

고영근(1990), 표준중세국어문법론, 탑출판사.

고영근(1995), 단어·문장·텍스트, 한국문화사.

고영근(1998), 중세국어 시상과 서법, 탑출판사.

고영근(2004), 한국어의 시제 서법 동작상, 태학사.

권재일(1992), 한국어 통사론, 민음사.

권재일(1998), "문법변화와 문법화", 방언학과 국어학, 태학사.

김기혁(1995), 국어 문법 연구:형태·통어론, 박이정.

김민수(1971), 국어문법론, 일조각.

김승곤(1983), "현대 국어 존대법 연구", 문호8, 건국대학교.

김승곤(1989), 국어형태론 연구, 서울대학교 출판부.

김종택(1982), 국어화용론, 형설출판사.

김지은(1998), 우리말 양태 용언 구문 연구, 한국문화사.

감태엽(1992), "종결어미의 화계와 부름말", 대구어문총론10, 대구어문학회.

김태엽(1998), "국어 비종결어미의 종결어미화", 언어학22, 한국언어학회.

김태엽(1998), "국어종결어미의 형태론적 해석", 현대문법 연구13, 현대문법학회.

김태엽(1998), "국어통용종결어미에 대하여", 현대문법 연구18, 현대문법학회.

김태엽(2000), "국어 종결어미화의 문법화 양상", 어문연구33, 어문연구학회.

김태엽(2001), 국어종결어미의 문법, 국학자료원.

김홍범(1987), "'-다면서', '-다니', '-다고'의 구조와 의미", 말 12, 연세대학교 한국어
　　　　학당.

남기심(1973), 국어 완형보문법 연구, 탑출판사.

박병선(2000), "현대국어 양태표현의 변천", 현대국어의 형성과 변천2, 박이정.

박재연(1998), "현대국어 반말체 종결어미 연구", 국어연구152, 국어연구회.

박재연(2004), 한국어 양태 어미 연구, 서울대학교 대학원 박사학위 논문.

박재연(2006), 한국어 양태 어미 연구, 태학사.

서정수(1990), 국어 문법의 연구, 한국문화사.

서태룡(1988), 국어활용어미의 형태와 의미, 탑출판사.

손세모돌(1991), "국어보조동사에 대한 연구", 한양대학교 박사학위논문.

신은경(2000), "현대국어 시제의 체계와 형태 발달", 현대국어의 형성과 변천2, 박이정.

신현숙(1986), 의미 분석의 방법과 실제, 한신문화사.

심재기(1982), 국어어휘론, 집문당.

안명철(1990), "국어의 융합현상", 국어국문학 103호.

안명철(1998), "동사구 내포문", 국어문법과 자료, 태학사.

안명철(1999), "국어의 보문의 개념과 체계", 국어학33집, 국어학회.

안병희·이광호(1990), 중세국어문법론, 학연사.

안주호(1996), "한국어 명사의 문법화 현상 연구", 연세대학교 박사학위논문.

엄정호(1986), "추측과 원망", 국어학신연구(약천김민수교수화갑기념), 탑출판사.

염광호(1998), 종결어미의 통시적 고찰, 박이정.

유동석(1990), "국어 상대높임법과 호격어의 상관성에 대하여", 주시경 학보6, 주시경연구소

유동석(1991), "중세국어 객체높임법에 대한 통사론적 접근", 국어학의 새로운 인식과 전개, 민음사.

유송영(1994), "국어 청자대우법에서의 힘과 유대", 국어학24, 국어학회.

이규호(2001), "한국어 복합조사의 판별기준과 구성연구", 한국외국어대학교 대학원 박사학위 논문.

이경우(1990), "최근세 국어에 나타난 경어법 연구", 이화여자대학교 대학원 박사학위 논문.

이기문(1972), 국어사개설, 민중서관.

이동혁(2000), "현대 국어 연결어미의 형성", 현대국어의 형성과 변천1, 박이정.

이맹성(1975), "한국어 존대어미와 대인관계 요소의 상관관계에 관한 연구", 인문과학33~34, 연세대학교 인문과학연구소.

이상복(1976), '~요'에 대한 연구, 연세어문학7, 연세대학교.

이성하(1998), 문법화의 이해, 한국문화사.

이승욱(1980), "종결어미의 통합관계", 난정 남광우박사 회갑기념논총, 일조각.

이승재(1992), "융합형의 형태분석과 형태의 화석", 주시경 학보10, 주시경연구소.

이영경(1992), "17세기 국어의 종결어미에 대한 연구", 국어연구108.

이영경(1995), "국어 문법화의 한 유형", 국어학논집2, 서울대학교 국어국문학과편.

이유기(2000), "현대국어의 문체법", 한국어문학연구 36집, 한국어문학연구회.

이은경(1996), "국어 연결어미 연구", 서울대학교 대학원 박사학위논문.

이익섭·임홍빈(1983), 국어문법론, 학연사.

이정복(1994), "제3자 경어법 사용에 나타난 참여자 효과", 국어학2, 국어학회.

이정복(1995), "국어 경어법 사용의 전략적 특성", 서울대학교 박사학위 논문.

이지양(1990), "서법", 국어연구 어디까지 왔나, 동아출판사.

이지양(1996), "인용구문의 융합", 인문과학연구 1호.

이지양(1998), 국어의 융합현상, 국어학총서22. 국어학회.

이태영(1988), 국어 동사의 문법화 연구, 한신문화사.

이필영(1993), 국어 인용구문 연구, 탑출판사.

이현희(1982), "국어의 의문법에 대한 통시적 연구", 국어연구52, 국어연구회.

이현희(1982), "국어종결어미의 발달에 대한 관견", 국어학11, 국어학회.

이현희(1989), "국어의 문법사 연구 30년(1959~1989)", 국어학19, 국어학회.

이희승(1955), 국어학개설, 민중서관.

이희자·이종희(1999), "사전식 텍스트 분석적 국어 어미의 연구", 한국문화사.

임지룡(1993), 국어 의미론, 탑출판사.

임홍빈(1984), "문장 종결의 논리와 수행~억양", 말9, 연세대학교 한국어학당.

장경희(1982), 현대 국어의 양태범주 연구, 탑출판사.

장윤희(1991), "중세 국어의 조건 접속어미에 대한 연구", 국어연구104, 국어연구회.

장윤희(2002), 중세국어 종결어미 연구, 국어학총서41, 탑출판사.

장석진(1985), 화용론 연구, 탑출판사.

정재영(1996), 의존명사 'ᄃᆞ'의 문법화, 태학사.

최동주(1994), "현대국어의 선어말 {-더-}의 의미에 대하여 : 마침법의 경우", 어학연
구30-1, 서울대학교 어학연구소, 41-73.

최현배(1971), 우리말본, 정음사.

한　길(1986), "현대국어 반말에 관한 연구", 연세대학교 대학원 박사학위 논문.

한　길(1987), "종결접미사의 기능", 벽서 박승순 박사회갑기념논총, 강원대학교 출

판부.

한　길(1991), 국어종결어미 연구, 강원대학교 출판부.

한동완(1986), "현재시제 선어말 '-느-'의 형채소 정립을 위하여", 서강어문5, 서강대학교.

한동완(1986), "청자경어법의 형태원리", 말13, 연세대학교 한국어학당.

허경행(2004), "복합종결어미의 개념", 한국어문학연구20집, 한국외대 한국어문학연구회.

허　웅(1975), 우리 옛말본, 샘문화사.

허　웅(1989), 16세기 우리 옛말본, 샘문화사.

허　웅(1995), 20세기 우리말의 형태론, 샘문화사.

홍종선(1994), "개화기교과서의 문장과 종결어미", 한국학연구6. 고려대

황국정(2000), "현대국어 선어말어미의 형태기능변화", 현대국어의 형성과 변천1, 박이정.

Bauer, L.(1983), *English Word Formation*, Cambridge Univ. Press.

Bybee, J. L.(1985), *Morphology*, John Benjamins Publishing Company.

Lyons, J.(1977), *Semantics*, Cambridge Univ. Press.

【 사전류 】

국립국어연구원 편(1999), 표준국어대사전, 두산동아.

연세대학교 언어정보개발연구원 편(1998), 연세한국어사전, 두산동아.

남광우 편저(1997), 교학 고어사전, 교학사

유창돈(1994), 이조어사전, 10판, 연세대학교 출판부.

이희자·이종희(2001), 한국어 학습용 어미·조사 사전, 한국문화사.

한글학회(1994), 우리말 큰사전, 3판, 어문각.

부 록

 복합종결어미 사전

1. -고말고

1 복합 : 고+말고/융합/연결+용언활용형

💡 의미 : 어떤 사실에 대해 그것이 '틀림없음'을 강조하여 말하는 의미
를 표시한다.

① 승희: 주말에 영화 보러 같이 갈 거지?
　준하: 그럼, <u>가고말고</u>.
② 승희: 길에 쓰레기를 버리면 나쁘겠지?
　준하: 나빠, <u>나쁘고말고</u>.

①의 '가고말고'는 '가고 안 가고 생각할 것 없이 물론 간다'는 의미를
나타내고, ②의 '나쁘고말고'는 '나쁘고 안 나쁘고 따질 것 없이 무조건
나쁘다'는 의미를 나타낸다. ①, ②는 모두 '간다', '나쁘다'를 강조하여
말한다.

2. -기는

1 단순 :

① 승희가 요리를 잘하<u>기는</u> 해요.

2 복합 : 기+는/연속형/명사형 어미+조사

💡 의미 : 상대방의 의견을 부정하거나 가볍게 반박하거나 겸손함을 표
현한다.

① 준하: 요리를 정말 잘하는구나.
　　승희: 요리를 잘하<u>기는</u>. 그냥 남들하는 만큼 했을 뿐인데, 뭐.
② 영수: 영희가 요즘은 공부를 열심히 한다면서?
　　수지: 열심히 <u>하기는</u>. 요즘 영희가 공부하는 것을 한 번도 못 봤어.
③ 승희: 준하, 너! 정말, 노래를 잘 부르네!
　　준하: 아이고, 잘 <u>부르기는</u>.
④ 친구1: 아이가 참 예쁘네.
　　친구2: <u>예쁘기는</u>. 예쁘게 봐 줘서 그렇지.

①과 ②의 '-기는'은 상대방의 말을 부정하거나 반박함을 의미한다. '-
기는'은 상대방의 말을 부정하는 의미가 있으므로 ③, ④와 같이 칭찬
의 말을 부정함으로써 겸손함을 나타내기도 한다.

3. -기를

1 단순 :

① 승희가 <u>요리하기를</u> 좋아해요.

2 복합 : 기+를/연속/명사형 어미+조사

💡 의미 : '-기를'은 무엇을 바라거나 기원하는 의미를 나타낸다.

① 앞으로도 계속 <u>발전하시기를</u>.
② 대대로 <u>행복하시기를</u>.
③ 빨리 <u>낫기를</u>.

①, ②, ③은 각각 '발전', '행복', '빨리 낫는 것'을 바라고 기원하는 의미를 나타내게 된다.

참고〉 '-기를' 뒤에 '바랍니다', '빕니다', '기원합니다' 등 기원이나 바람을 나타내는 서술어가 나타난다.

4. -긴

1 단순 : '-기는'의 축약형.
2 복합 : '-기는'의 축약형.

참고〉 '-긴'은 '-기는'의 줄어든 형태로 '-기는'과 같은 의미 기능을 가진다.

5. '-길'

1 단순 : '-기를'의 축약형.
2 복합 : '-기를'의 축약형.

참고〉 복합종결어미 '-길'은 '-기를'이 줄어든 형태로 '-기를'과 같은 의미 기능을 가진다.

6. -는걸

1 복합 : 는+걸(것을)/융합/관형사형 어미+체언곡용형

☞ 의미 : 감탄, 반박, 후회의 의미를 나타낸다.

'-는걸'은 관형사형 어미 '-는'과 '것을'이 결합하여 이루어진 복합종결어미이다.

① 성필이가 축구를 <u>잘하는걸</u>.
② 학생: 학생들이 공부를 못하죠?
   선생님: 웬걸. 생각보다 <u>잘하는걸</u>.
③ 또 실수를 했네. 이렇게 하면 <u>안 되는걸</u>.

①의 '-는걸'은 새롭게 알게 된 사실을 감탄하여 말하는 의미를 나타낸다. ②의 '잘하는걸'은 새롭게 알게 된 사실을 바탕으로 다른 사람의 말을 가볍게 반박하는 의미를 나타낸다. ③의 '-는걸'은 '안 되는 일을 한 것에 대해 후회하는' 느낌을 나타낸다.

7. -는다고

1 복합 : 는다+고/연속/종결+조사

☞ 의미 : 자신의 생각을 강조하여 말하는 의미 이외에 자랑이나 안도의 느낌을 나타내는 종결어미로 쓰인다.

① 나는 몰라. <u>모른다고</u>.

② 내가 노래를 얼마나 잘 <u>부른다고</u>.
③ 휴우, 나는 또 네가 <u>다쳤다고.</u>

①의 '모른다고'는 '모른다고 말했어', '모른다고 이야기했어'에서 '말했어' 또는 '이야기했어'가 생략된 것으로 자신의 말을 짜증스럽게 강조 또는 반복하는 의미를 나타낸다. ②는 자신이 노래를 잘 부른다는 사실을 자랑하듯이 말함을 나타낸다. ③은 상대방이 다쳤을 것이라고 생각하고 있었는데 그것이 사실이 아님을 알고 안심하여 말함을 나타낸다.

참고〉 자랑이나 안도의 느낌을 나타내는 종결어미로 쓰일 때 '-는다고' 뒤에 '말했어' 등의 동사가 함께 쓰이면 매우 어색한 문장이 된다.

① *내가 얼마나 노래를 잘 <u>부른다고 말했어</u>.
② *우리 학교가 얼마나 <u>크다고 말했어</u>.

8. -는다나

1 단순: '-는다고 하나'의 줄어든 형태

① 요즘 그 사람은 돈 좀 <u>번다나</u>?

①의 '번다나'는 '번다고 하나'가 줄어든 것으로 '요즘 그 사람이 돈을 좀 버는지 궁금해 하며 질문함'을 나타낸다.

2 복합: 는다+나/융합형/종결+종결

💡 의미 : 인용되는 내용이 못마땅하거나 관심이 없음, 또는 대응하기가
　　　　 귀찮음의 의미를 나타낸다.

　　① 영수가 유학을 <u>간다나</u>.
　　② 마늘이 몸에 <u>좋다나</u>.

①의 '간다나'는 영수가 유학을 가는 사실에 대해 별로 관심이 없거나 귀찮다는 투로 말함을 나타낸다. ②는 '마늘이 몸에 좋다는 사실'에 대해 무관심하게 말함을 나타낸다.

참고〉 무관심함을 나타낼 때는 주로 뒤에 '뭐라나', '어쩐다나' 등의 표
　　　 현이 따라오는 경우가 많다.

　　① 영수가 유학을 <u>간다나 뭐라나</u>.
　　② 마늘이 몸에 <u>좋다나 뭐라나</u>.

☞ 관련형태 : -나나, -자나, -라나

9. -는다네

1 단순 : '-는다고 하네'의 줄어든 형태

　　① 연락받았나? 이번 주말에 중요한 회의를 <u>한다네</u>.

①의 '한다네'는 '한다고 하네'가 줄어든 것으로 '중요한 회의를 한다'는 것을 듣고 이야기해 줌을 나타낸다.

2 복합 : 는다+네/융합형/종결+종결

의미 : 알고 있는 사실을 친근하게 또는 자랑하듯이 말함의 의미를 나타낸다.

① 나는 잘 <u>지낸다네</u>.
② 이곳에는 봄마다 아름다운 꽃이 <u>핀다네</u>.
③ 우리 아이가 공부를 참 <u>잘한다네.</u>

①의 '잘 지낸다네'는 자신이 알고 있는 사실을 친근하게 설명함을 나타낸다. ②의 '핀다네'는 '아름다운 꽃이 핀다는 것'을 친근하게 자랑하듯이 말함을 나타낸다. ③은 상대방에게 아이가 공부를 잘 한다는 것을 친근하게 자랑하듯이 말함을 나타낸다.

☞ 관련형태 : -냐네, -자네, -라네

10. -는다는데도

1 단순 : '-는다고 하는데도'의 줄어든 표현

① 영수가 공항에 <u>간다는데도</u> 준하는 아니라고 하더라.

①의 '간다는데도'는 '간다고 하는데도'가 줄어든 것이다. (60가)의 '간다는데도'는 문장 속에서 연결어미의 기능을 한다.

2 복합 : 는다는데+도/연속/복합+조사
💡 의미 : 말하는 사람이 자신의 말을 강조하여 말함을 나타낸다.

① (나는) 내일이 아니라 모레 공항에 <u>간다는데도</u>.
② 내일은 <u>바쁘다는데도</u>.
③ 나는 그 곳에 안 <u>간다는데도</u>.

①의 '간다는데도'는 말하는 사람이 자신의 말을 강조하여 말함을 나타낸다. ②는 '내일 바쁘다'는 것을 강하게 주장함을 나타내며, ③은 '안 간다'는 것을 강하게 주장함을 나타낸다.

11. -는다니1

1 단순 : '-는다고 하니'의 줄어든 형태

① 영수는 언제 유학을 <u>간다니?</u>

'간다니'는 '간다고 하니'가 줄어든 것으로 영수가 언제 유학을 간다고 하는지 질문함을 나타낸다.

2 복합 : 는다+니/융합형/종결+종결

💡 의미 : 어떤 일에 대한 놀람이나 못마땅함 등의 의미를 나타낸다. 특징은, 1인칭 주어뿐만 아니라 2,3인칭 주어와도 쓰이는 것이다.

① 나는 이러다가 언제 유학을 <u>간다니</u>?
② 영수는 왜 항상 <u>늦는다니</u>?
③ 너는 왜 이렇게 말을 못 <u>알아듣는다니</u>?

①은 '자신이 유학을 갈 수 없음에 대해 못마땅함' 나타내며 의문의 형식을 나타내고 있지만 사실상 의문문이 아니다. ②는 '영수가 왜 늦는지 물어보는 것'이 아니라 '영수가 항상 늦는 것에 대해 못마땅함'을 나타낸다. ③은 상대방에게 왜 말을 못 알아듣느냐고 물어보는 것이 아니라 '상대방이 자신의 말을 못 알아듣는 것'에 대해 못마땅함을 나타낸다.

12. -는다니2

1 단순 : '-는다고 하다니'의 줄어든 형태

① 어린아이가 어른에게 밥을 <u>먹는다니</u> 버릇없는 아이로군.

①은 '먹는다니'는 '먹는다고 하다니'가 줄어든 것으로 '버릇없는 아이'라고 판단하는 근거가 되며, 이때의 '-는다니'는 연결기능을 한다.

2 복합 : 는다+니/융합/종결+연결

🔆 의미 : 어떤 사실에 대해 감탄 또는 놀람이나 분개함을 나타낸다.

① 한 번 들은 것을 잊지 <u>않는다니</u>!
② 그렇게 많이 먹고 또 <u>먹는다니</u>!
③ 눈앞에서 또 거짓말을 <u>한다니</u>!

①은 한번 듣고 기억하는 사실에 대해 놀라며 감탄하는 의미를 나타낸다. ②는 많이 먹은 사람이 또 먹는 것에 대해 놀람을 나타낸다. ③은 눈앞에서 거짓말을 하는 것에 대해 놀람과 분개함을 나타낸다.

13. -는다니까

1 단순 : '-는다고 하니까'의 줄어든 형태

① 안 <u>먹는다니까</u> 왜 자꾸 먹으라고 해?

①의 '먹는다니까'는 '왜 자꾸 먹으라고 하느냐'는 후행절의 이유가 되며 이때 '-는다니까'는 연결기능을 한다.

2 복합 : 는다+니까/융합/종결+연결

🔆 의미 : 어떤 사실을 강조하여 말하거나 짜증의 의미를 나타낸다.

① 싫어. 난 안가. 안 <u>간다니까</u>.
② 글쎄, 나는 싫어. <u>싫다니까</u>.

③ 몰라. 못 들었어. 못 들었다니까.
④ 저 사람은 속을 알 수가 없다니까.
⑤ 도대체 왜 저러는지 모르겠다니까.

①의 '안 간다니까'는 '안 간다'는 자신의 생각을 강조하여 말함을 나타내고 조금 짜증스럽게 말하는 의미도 나타낸다. ②는 '짜증스럽게 싫다는 주장을 함'을 나타내고 ③은 '못 들었다'는 사실을 강조하여 말하는데 역시 짜증이 섞인 말임을 알 수가 있다. '-는다니까'는 ④, ⑤에서처럼 혼잣말로 쓰여 이해할 수 없는 일에 대해 부정적으로 말하는 의미를 나타내기도 한다.

14. -는다니까는

1 단순 : '-는다고 하니까는'의 줄어든 형태

① 내가 내일 공항에 간다니까는 영수가 자기도 같이 가자고 하더라.

①의 '간다니까는'은 '간다고 하니까는'이 줄어든 것으로 영수가 같이 가자고 하는 이유를 나타낸다. 여기에서 '간다니까는'은 문장 속에서 연결어미의 기능을 한다.

2 복합 : 는다니까+는/연속/복합+조사
♀ 의미 : 어떤 사실을 강조하여 말하거나 짜증 섞인 표현에 쓰인다.

① 나는 내일이 아니라 모레 공항에 <u>간다니까는</u>.
② 사람들이 예의를 <u>모른다니까는</u>.
③ 나는 안 <u>간다니까는</u>.

①의 '간다니까는'은 자신의 말을 강조하여 말함을 나타낸다. ②는 '사람들이 예의를 모른다'고 하는 강한 주장, 못마땅함, 비난 등의 의미를 나타내며, ③은 '안 간다'고 하는 강한 주장을 나타낸다.

15. -는다니깐

1 복합: '-는다니까는'의 축약형

16. -는다더냐

1 단순: '-는다고 하더냐'의 줄어든 형태.

① 영수가 언제 유학을 <u>간다더냐</u>?

2 복합: 는다+더냐/융합/종결+종결
의미: 있을 수 없는 사실이라는 의미를 강하게 나타내거나 상대방을 비난하는 의미를 나타낸다.

① 누가 그런 곳에 <u>간다더냐</u>?
② 그런 음식을 어떻게 <u>먹는다더냐</u>?↘
③ 이런 비싼 선물을 어떻게 <u>받는다더냐</u>?↘

①은 '그런 곳에 갈 수 없음' 또는 '그런 곳에 가는 사람이 없음'을 강하게 주장함을 나타낸다. ②는 '그런 음식을 못 먹는다'는 강한 주장을 나타내며, ③은 '비싼 선물을 받을 수 없다'는 강한 주장을 나타낸다.

17. -는다며

1 단순 : '-는다며'는 '-는다면서'의 축약형이다.
2 복합 : '-는다며'는 '-는다면서'의 축약형이다.

18. -는다면서

1 단순 : '-는다고 하면서'의 줄어든 형태

① <u>안 먹는다면서</u> 왜 먹어?

①의 '먹는다면서'는 '먹는다고 하면서'가 줄어든 것으로 '왜 먹느냐'고 따짐의 근거가 되며, '먹는다면서'의 '-는다면서'는 연결 기능을 한다.

2 복합 : 는다+면서/융합/종결+연결
의미 : 인용되는 사실에 대해 따짐이나 빈정거림의 의미를 덧붙여 나타낸다.

① <u>안 먹는다면서</u>?
② 들었니? 내일 비가 <u>온다면서</u>?
③ 이 영화가 재미없다고? 네가 같이 <u>보자면서</u>?

①은 '안 먹는다고 했으면서 왜 먹느냐'고 따지는 의미를 나타낸다. ②
는 '내일 비가 온다는 이야기를 듣고 확인하여 말함'을 나타낸다. ③은
'네가 같이 보자고 해서 영화를 봤는데 왜 재미없다고 투덜거리냐'면서
따져 물음을 나타낸다.

19. -는다오

1 단순 : '-는다고 하오'의 줄어든 형태.

　① 우리 먼저 시작합시다. 그 친구는 조금 <u>늦는다오</u>.

'늦는다오'는 '늦는다고 하오'가 줄어든 것으로 '친구가 조금 늦는다'는
이야기를 듣고 전하여 말함을 나타낸다.

2 복합 : 는다+오/융합/종결+종결
　의미 : 자신이 알고 있는 사실에 대해 친근하게 말하거나 자랑함의
　　　　　의미를 나타낸다.

　① 나는 시간이 있을 때마다 책을 즐겨 <u>읽는다오</u>.
　② 이 아이가 참 말을 <u>잘한다오</u>.
　③ 우리 집사람은 음식 솜씨가 참 <u>좋다오</u>.

①의 '읽는다오'는 자신이 책을 즐겨 읽음을 친근하게 말하거나 자랑하
여 말함을 나타내는 문장이다. ②는 아이가 '말을 잘한다는 것'을 친근

하게 자랑하듯이 말함을 나타낸다. ③은 상대방에게 집사람이 요리를 잘 한다는 것을 친근하게 자랑하듯이 말함을 나타낸다.

20. -는다지

1 단순 : '-는다고 하지'의 줄어든 형태

① 영수가 다음 달에 유학을 <u>간다지</u>.

①의 '간다지'는 '간다고 하지'가 줄어든 것으로 '영수가 다음 달에 유학을 간다'는 이야기를 듣고 확인하여 말함을 나타낸다.

2 복합 : 는다+지/융합/종결+종결
♀ 의미 : 어떤 사실에 대해 의아함 또는 못마땅함의 의미를 나타낸다.

① 쟤는 공부는 안하고 왜 또 <u>저런다지</u>.
② 이 아이가 왜 또 <u>운다지</u>?
③ 이 많은 숙제를 언제 다 <u>한다지</u>?

①의 '저런다지'는 듣는 사람이 공부를 안 하는 것에 대해 못마땅하게 생각함을 나타낸다. ②는 '아이가 우는 것이 이상하다'는 의미로 말하는 것임을 나타낸다. ③은 '이 많은 숙제를 다 할 수 없을 것 같다'는 의미를 나타낸다. 따라서 1인칭이 아닌 다른 주어와 함께 쓰일 때도 못마땅함 등의 의미를 나타내고 있다.

21. -는단다

1 단순 : '-는다고 한다'의 줄어든 형태.

　① 영수가 다음 달에 유학을 <u>간단다</u>.

①의 '간단다'는 '간다고 한다'가 줄어든 것으로 '영수가 다음 달에 유학을 간다'는 이야기를 듣고 전하여 말함을 나타낸다.

2 복합 : 는다+는다/융합형/종결+종결
♀ 의미 : 알고 있는 사실을 다른 사람에게 전해 주는 것이 아니라 자신이 알고 있는 사실에 대해 친근하게 말하거나 자랑함의 의미를 나타낸다.

　① 나는 잡곡밥을 즐겨 <u>먹는단다</u>.
　② 이 아이가 참 말을 <u>잘한단다</u>.
　③ 우리 오빠는 노래를 잘 <u>부른단다</u>.

①의 '먹는단다'는 자신이 잡곡밥을 즐겨 먹는다는 사실을 친근하게 말하거나 자랑하여 말함을 나타내고 있다. ②는 '아이가 말을 잘한다는 것'을 친근하게 자랑하듯이 말함을 나타낸다. ③은 상대방에게 오빠가 노래를 잘 부른다는 것을 친근하게 자랑하듯이 말함을 나타낸다.

22. -는답니까

1 단순 : '-는다고 합니까'의 줄어든 형태.

　① 영수가 다음 달에 유학을 <u>간답니까</u>?

　①의 '간답니까'는 '간다고 합니까'가 줄어든 것으로 '영수가 다음 달에 유학을 간다'는 이야기를 듣고 확인하여 질문함을 나타낸다.

2 복합 : 는다+ㅂ니까/융합형/종결+종결
　의미 : 어떤 사실에 대해 못마땅함 등의 의미를 나타낸다.
　　　　특징은, 주어가 1인칭이 아닐 때에도 쓸 수 있다는 것이다.

　① 이 많은 음식을 누가 다 <u>먹는답니까</u>?
　② 왜 나한테 화를 <u>낸답니까</u>?
　③ 이 숙제를 언제 다 <u>한답니까</u>?

①은 '음식이 너무 많음'을 못마땅하게 생각함을 나타낸다. ②는 '왜 화를 내는지 모르겠다'는 의미로 말하는 것을 나타낸다. ③은 '이 숙제를 다 할 수 없을 것 같다'는 의미를 나타낸다. 따라서 1인칭이 아닌 다른 주어와 함께 쓰일 때도 복합종결어미로 사용되고 있다.

23. -는답니다

1 단순 : '-는다고 합니다'의 줄어든 형태

① 영수가 다음 달에 유학을 <u>간답니다.</u>

①의 '간답니다'는 '간다고 합니다'가 줄어든 것으로 '영수가 다음 달에 유학을 간다'는 이야기를 듣고 확인하여 말함을 나타낸다.

1 복합 : 는다+ㅂ니다/융합/종결+종결

의미 : 어떤 사실에 대해 친근하게 말함을 나타낸다.

① 나는 평소에 매운 음식을 많이 <u>먹는답니다.</u>
② 우리 학교는 다음 달에 제주도로 수학여행을 <u>간답니다.</u>
③ 마이클은 미국사람인데 김치를 아주 잘 <u>만든답니다.</u>

①은 자기가 평소에 매운 음식을 많이 먹는다고 친근하게 말함을 나타낸다. ②는 '우리 학교가 수학여행을 간다는 것'을 친근하게 설명함을 나타낸다. ③은 '마이클이 미국사람이지만 김치를 잘 만든다는 것'을 칭찬하면서 자랑하듯이 말함을 나타낸다.

24. -다마다

1 복합 : 다+마다/융합/연결+용언활용형

의미 : 어떤 사실에 대해 그것이 틀림없음을 강조하여 말하는 복합종결어미이다.

① 승희: 주말에 영화 보러 가는 거 좋아?
　　준하: 좋아, <u>좋다마다.</u>

② 승희: 길에 쓰레기를 버리면 나쁘겠지?
　준하: <u>나쁘다마다.</u>

①의 '좋다마다'는 '좋다고 나쁘다고 말할 것 없이 물론 좋다'는 의미를 나타내고 ②의 '나쁘다마다'는 '나쁘다고 좋다고 따질 것 없이 무조건 나쁘다'는 의미를 나타낸다. ①, ②의 '좋다마다', '나쁘다마다'는 '좋다', '나쁘다'를 강조하여 말한다.

25. -더냐고

1 단순: 간접인용

① 어머니께서 고향에는 별일이 <u>없더냐고</u> 물으셨다.

2 복합: 더냐+고/연속/종결+조사

💡 의미: 과거와 대조되는 사실을 강조하여 말함을 나타낸다.

① 요즘 세상에 누가 그런 행동을 <u>하더냐고?</u>
② 세상에 실수 안 하는 사람이 어디 <u>있더냐고?</u>
③ 누가 칭찬받는 것을 <u>싫어하더냐고?</u>

①의 '하더냐고'는 요즘 세상에 그런 행동을 하는 사람은 없다는 뜻을 나타내는 종결어미이다. ②는 '세상에서 실수를 안 하는 사람은 없다'는 것을 강조하여 말함을 나타내고, ③은 '칭찬받는 것을 싫어하는 사람은 없다'는 것을 강조하여 말함을 나타낸다.

26. -더니마는

1 복합: 더니+마는/연속/종결+조사

✎ 의미: 주로 혼잣말에 쓰여 어떤 상황에 대한 이유로 과거에 직접 경험하여 알게 된 일을 회상하여 나타낸다.

① 결국 배탈이 났구나. 어제 밤에 그렇게 많이 <u>먹더니마는</u>.
② 어제까지는 <u>덥더니마는</u>.
③ 전에는 요리를 <u>잘하더니마는</u>.

①은 '많이 먹는 것을 보고 배탈이 날 줄 알았다'는 의미를 나타내고 ②는 '어제까지는 추웠는데 지금은 춥지 않다'는 의미이며, ③은 '전에는 요리를 잘했지만 지금은 요리를 못한다'는 의미를 나타낸다.

27. -더니만

1 복합: '-더니만'은 '-더니마는'의 축약형이다.

28. -더라고

1 단순: 간접인용

① 어머니께서 고향에는 별일이 <u>없더라고</u> 말씀하셨다.
② 승희: 고향에는 별일 없대?
   준하: 응, 어머니께서 그러시는데 별일 <u>없더라고</u>.

'-더라고'는 간접인용절에 쓰여 다른 사람의 말을 전하여 말할 때 쓰인다. ②에서처럼 문장 끝에 '-더라고'가 위치한다고 하더라도 종결어미가 되는 것은 아니다.

2 복합 : 더라+고/연속/종결+조사

💡 의미 : 복합종결어미 '-더라고'는 어떤 사실을 친근하게 설명해주거나 감탄의 의미를 표시한다.

① 금강산이 정말 <u>아름답더라고</u>.
② 평양냉면이 맛있기는 <u>맛있더라고</u>.
③ 정말 제주도는 <u>가볼 만하더라고</u>.

①의 '아름답더라고'는 금강산이 아름다운 것을 보고 그것을 회상하여 감탄하여 말함을 나타낸다. ②는 평양냉면이 맛있다는 것을 감탄하여 말함을 나타내고 ③는 '제주도가 정말 가볼 만하다'는 것을 감탄조로 이야기하는 것이다.

29. -더라니

1 단순 : '-더라고 하니'의 줄어든 형태

① 공원에 사람들이 <u>많더라니</u> 우리도 한번 나가봅시다.

①의 '많더라니'는 '많더라고 하니'가 줄어든 것으로 '공원에 사람들이 많더라고 하니까 한번 나가보자'는 의미를 나타낸다. 이때 '-더라니'는

문장을 연결해 주는 기능을 한다.

2 복합 : 더라+니/융합/종결+연결

♀ 의미 : 과거의 행동에 대한 놀람, 감탄, 분개 따위의 감정을 나타낸
다. 즉, 말하는 사람이 어떤 일을 보거나 들으면서 예측한
결과가 사실로 나타났음을 의미한다.

① 평소에 입이 <u>가볍더라니.</u> 결국 비밀을 이야기하고 말았군.
② 건물이 무너져서 사람들이 다쳤다고? 어쩐지 그 건물이 <u>위험하더라니.</u>
③ 그 식당에 항상 사람이 많다고? 음식이 <u>맛있더라니.</u>

①은 '평소에 입이 가벼운 사람이 비밀을 이야기할 것 같았는데 결국
그 일이 벌어졌음'을 나타내고, ②는 '건물이 위험해서 사람들이 다칠
것이라고 예측하고 있었는데 그 일이 발생했음'을 나타내고, ③은 '음식
이 맛있어서 그 식당에 사람이 많을 것을 예측하고 있었는데 사실 그렇
게 되었음'을 나타낸다.

30. -더라니까

1 단순 : '-더라고 하니까'의 줄어든 형태

① 준하가 달리기를 <u>잘하더라니까</u> 이제는 걱정하지 마세요.

①의 '잘하더라니까'는 '잘하더라고 하니까'가 줄어든 것으로 '이제 걱정

하지 마세요'라고 말하는 이유가 되며 문장 속에서 연결기능을 담당한다.

2 복합 : 더라+니까/융합형/종결+연결

☀ 의미 : 말하는 사람이 어떤 일을 보거나 들으면서 그 일이 원인이
되어 마땅히 어떠어떠한 결과가 따르리라고 예측했는데, 그
예측대로 되었음을 의미한다.
특징은, 주로 혼잣말처럼 쓰인다는 것이다.

① 그 식당이 망했어? 그 집 음식이 너무 비싸더라니까.
② 그 사람이 사기꾼이었다고? 어쩐지 지나치게 친절하더라니까.
③ 역시, 축구는 성필이가 잘하더라니까.

①은 '음식이 너무 비싸서 그 음식점이 망할 줄 알고 있었다'는 의미를
나타내고 ②는 '지나치게 친절한 사람을 의심하고 있었는데 예측했던
대로 사기꾼이었음'을 나타낸다. ③에서는 '축구를 성필이가 잘한다는
사실을 말하는 사람은 이미 알고 있었고, 이 문장에서는 나타나지 않지
만 이 문장의 내용으로 미루어보아 성필이가 축구대회에서 1등을 하거
나 우승을 하는데 주역이 되었다'는 정도의 내용을 쉽게 예측할 수가
있다.

31. -더라며

1 단순 : '-더라며'는 '-더라면서'의 축약형이다.
2 복합 : '-더라며'는 '-더라면서'의 축약형이다.

32. -더라면서

1 단순 : '-더라고 하면서'의 줄어든 형태

　① 준하가 이 책이 <u>재미있더라면서</u> 나에게도 읽어 보라고 하더라.

①의 '재미있더라면서'는 '재미있더라고 하면서'가 줄어든 것으로 읽어 보라고 권유하는 근거가 되는데, 문장 속에서 연결기능을 담당한다.

2 복합 : 더라+면서/융합/종결+연결

💡 의미 : 말하는 사람이 들어서 알고 있는 사실을 다른 사람에게 확인 하여 물어봄을 나타낸다.

　① 그 영화가 <u>재미있더라면서</u>?
　② 설악산에 눈이 많이 <u>왔더라면서</u>?
　③ 성필이가 축구를 잘하<u>더라면서</u>?
　④ 이게 뭐야, 이 영화 하나도 재미없잖아. <u>재미있더라면서</u>?
　⑤ 아직 승희가 밥을 다 안 먹었네. 아까 다 <u>먹었더라면서?</u>

①은 '영화가 재미있다'는 이야기를 듣고 사실을 확인하기 위해 질문하는 것이고 ②는 '설악산에 눈이 많이 왔다'는 이야기를 듣고 그 사실을 확인하기 위해 질문하는 것이다. ③은 '성필이가 축구를 잘한다'는 이야기를 듣고 그것을 확인하기 위해 질문하는 것이다. 또 ④, ⑤에서처럼 본인이 들은 것과 다른 사실을 발견하고 그 이야기를 한 사람에게 따지거나 빈정거리는 의미로도 쓰인다. ④는 '영화가 재미없다는 것'을

알고 그 영화가 재미있다고 한 사람에게 따지는 것이다. ⑤는 승희가 밥을 다 안 먹었는데 왜 다 먹었다고 했는지 비난과 따지는 말투로 이야기함을 나타낸다.

33. -더라지

1 단순 : '-더라고 하지'의 줄어든 형태

① 뭐라고 하디? 영수가 학교에 <u>가더라지</u>?

2 복합 : 더라+지/융합/종결+종결

♀ 의미 : 다른 사람에게 들어서 알고 있는 사실에 관심이 없거나, 약간 비난하는 투로 이야기하거나 못마땅하다는 의미를 나타낸다.

① 공부 안하고 또 놀러 <u>가더라지</u>.
② 설악산이 <u>좋더라지</u>, 뭐.
③ 그 사람들 어제도 또 <u>싸우더라지.</u>

①은 '놀러 가는 것'을 비난하듯이 말하는 의미를 나타내며, ②는 들은 사실에 대해 별로 관심이 없는 태도로 이야기함을 나타낸다. ③의 '싸우더라지'도 역시 싸우는 사실에 대해 관심이 없거나 비난하는 태도로 이야기함을 나타낸다.

34. -던걸

1 복합 : 던+걸(것을)/융합/관형사형 어미+체언곡용형

의미 : 혼잣말처럼 쓰여, 화자가 과거에 경험하여 알게 된 사실이
상대편이 이미 알고 있는 바나 기대와는 다른 것임을 나타낸다.

① 제주도가 생각보다 <u>춥던걸</u>.
② 승희: 성필이가 그림은 못 그리죠?
　　준하: 웬걸. 그림도 아주 잘 <u>그리던걸.</u>
③ 승희: 제주도 갔다왔다면서? 어땠어?
　　준하: 정말 경치가 <u>아름답던걸</u>.
④ 준하: 이 식당은 음식이 별로네.
　　승희: 그러게 말이야. 옆집 식당은 맛이 <u>있던걸</u>.(괜히 이 식당에 왔어요)

①에서 '-던걸'은 생각과 다른 것을 발견하여 말함을 나타낸다. '-던걸'은 이런 의미 외에 상대방의 말을 가볍게 반박하거나 감탄을 나타낼 때도 쓴다. ②의 '잘 그리던걸'은 '그림을 잘 못 그린다고 생각하는 상대방의 말에 가볍게 반박함'을 나타낸다. ③의 '아름답던걸'은 상대방의 말에 반박하는 것이 아니고 '제주도 경치가 아름다웠음을 감탄하여 말함'을 나타낸다. ④는 '옆집 식당이 더 맛있었다는 사실을 새삼 기억해내고 괜히 그 식당에 왔다고 후회함'을 나타낸다.

35. -아야지

1 복합 : 아야+지/융합/연결+종결

① 네가 선배니까 네가 <u>참아야지</u>.
② 승희야, 내일이 시험이니까 <u>공부해야지</u>.
③ 내년에는 꼭 <u>취직해야지</u>.
④ 올해부터는 술을 <u>끊어야지</u>.

①은 '네가 선배니까 참아야함'을 강조하여 나타낸다. ②는 '내일이 시험이니까 공부를 하는 것이 당연한 일임'을 나타낸다. '-아/어/여야지'는 ③, ④처럼 혼잣말로 말하는 사람의 의지를 나타내기도 한다. ③, ④는 각각 혼잣말로 '취직하겠다'는 의지와 '술을 끊겠다'는 자신의 의지를 나타낸다.

36. -으니까는

1 단순: 문장연결기능

① 오늘은 <u>바쁘니까는</u> 다음에 만나요.

①의 '-으니까는'은 선행절과 후행절을 연결해 주는 연결기능을 하므로 형태가 복합형태이기는 하지만 복합종결어미가 아니다.

2 복합: 으니까+는/연속/연결+조사
💡 의미: 이유를 강조하여 말함의 의미를 나타낸다.

① 승희: 시장 상인들이 장사가 안 된다고 난리래.
　　성필: 그렇겠지. 경기가 <u>나쁘니까는</u>.

② 사람들이 큰 TV를 선호한다고? 그래, 아무래도 크면 <u>좋으니까는</u>.

①은 '경기가 나쁘니까 장사가 안 된다'는 의미를 강조하여 나타내고, ②는 'TV가 크면 좋으니까 사람들이 큰 TV를 선호한다'는 의미를 강조하여 나타낸다.

37. -으니깐

1 단순: '-으니까는'의 축약형.
2 복합: '-으니까는'의 축약형.

38. -으려고

1 단순: '으려고 하다'의 줄어든 형태.
2 복합: 으려+고/연속/연결어미+인용격조사

💡 의미: 복합종결어미 '-으려고'는 주어의 의지나 의도, 또는 의문문에 쓰일 때는 비난의 느낌을 나타낸다.

① 나는 방학 때 여행을 <u>가려고</u>.
② 이제는 일 그만두고 좀 <u>쉬려고</u>.
③ 이렇게 많은 사과를 다 뭐 <u>하려고</u>?
④ 주말에 못 만난다고? 주말에는 뭘 <u>하려고</u>?

①, ②는 모두 주어의 의도나 의지를 나타낸다. 그러나 ③과 ④는 듣는 사람의 의도나 의지를 물어보는 것이라기보다는 '사과가 너무 많다'고 비난하는 것에 가깝고, '주말에 무슨 일이 있어서 못 만나겠다고 하는지

알 수 없다'는 비난이나 따짐의 느낌을 나타낸다.

39. -으려나

1 단순 : '-으려고 하나'의 줄어든 형태

① 자네는 그 모임에 정말 가지 <u>않으려나</u>?

①의 '가지 않으려나'는 '가지 않으려고 하나'가 줄어든 것으로 듣는 사람인 '자네'에게 가지 않으려고 하는 것인지 의도를 물어보는 것이다.

2 복합 : 으려+나/융합/연결+연결
🔆 의미 : 복합종결어미 '-으려나'는 주로 혼잣말로 추측하여 말할 때 쓰이며 뒤에는 '모르겠다' 정도의 동사가 삭제된 것으로 볼 수 있다.

① 내일은 눈이 <u>오려나</u>?
② 영수도 <u>가려나</u>?(모르겠다)
③ 언제 다시 미국에 갈 수 <u>있으려나</u>?(모르겠다)

①은 '눈이 올 것인지 안 올 것인지 모르겠다'는 말하는 사람의 추측을 나타낸다. 여기에서 '-으려나'는 의문문으로 나타나고 있지만 질문을 위한 것이 아니라 혼잣말로 스스로에게 질문함을 나타낸다. ②는 '영수가 가려나 모르겠다'에서 '모르겠다'가 삭제된 후 '모르겠다' 의 의미까

지 '가려나'가 모두 나타내므로 복합종결어미가 된다. ③의 '미국에 갈 수 있으려나 모르겠다'는 말하는 사람의 추측을 나타내며 '모르겠다'를 쓰지 않아도 충분히 그 의미를 전달할 수 있으므로 '있으려나'의 '-으려나'는 종결어미이다.

40. -으련다

1 복합: 으려+ㄴ다/융합/연결+종결

☞ 의미: 1인칭 주어에만 결합하여, 1인칭 주어의 의지를 강조함을 나타낸다.

① 나는 이제 <u>가련다</u>.
② 이제는 좀 <u>쉬련다</u>.

①, ②는 '간다', '쉰다'는 주어의 의지를 강조하는 의미를 나타낸다.

41. -으련마는

1 단순: '-으려고 하건만'의 줄어든 형태.

① 여건이 되면 공부를 계속 <u>하련마는</u>.

①은 '여건이 되면 공부를 계속하겠지만 그 조건이 충족되지 않으므로 계속 공부를 할 수 없다'는 의미와 함께 아쉬움을 나타낸다.

2 복합 : 으려+언마는/융합/연결+연결

💡의미 : 이루어질 가능성이 별로 없는 일에 대해 아쉬움이나 안타까움
　　　을 나타내는 복합종결어미이다.

① 빨리 통일이 되면 <u>좋으련마는</u>.
② 나도 시간이 있으면 금강산에 <u>가련마는</u>.
③ 시험이 빨리 끝나면 <u>좋으련마는</u>.

①은 '빨리 통일이 되면 좋겠지만 그것이 빨리 이루어질 것 같지 않다'
는 의미와 함께 안타까움, 아쉬움의 감정을 나타낸다. ②는 '시간이
없어서 금강산에 못 가는 것'에 대한 아쉬움을, ③은 '시험이 빨리 끝나
지 않는 것'에 대한 안타까운 마음을 나타낸다. ②, ③의 예문 뒤에는
각각 '어려울 것 같다', '빨리 끝날 것 같지 않다'라는 문장이 삭제된
것이라는 예측이 가능하며, 후행절이 삭제되더라도 '-으련마는'이 그
의미 전부를 나타내므로 복합종결어미가 되는 것이다.

42. -으련만

1 단순 : '-으련마는'의 축약형.
2 복합 : '-으련마는'의 축약형.

43. -으렵니다

1 복합 : 으려+ㅂ니다/융합/연결+종결

💡의미 : 1인칭 주어에만 결합하여, 1인칭 주어의 의지를 강조하여 나

타내는 의미를 표시한다.

① 나는 중국어를 <u>배우렵니다</u>.
② 퇴직 후에는 시골에서 <u>생활하렵니다</u>.

1인칭 주어와 함께 쓰이는 '-으렵니다'는 '-으려고 합니다'의 단순융합형이 아니라 주어의 의지를 강조하는 복합종결어미인 것이다. ①, ②는 각각 '배운다', '생활한다'는 주어의 의지를 강하게 나타내고 있다.

44. '-은걸'

[1] 복합 : 은+걸(것을)/융합/관형사형 어미+체언곡용형

💡 의미 : 새롭게 알게 된 사실을 감탄하여 말하거나 어떤 사실에 대해 가볍게 반박하거나 사실을 부정하는 의미를 나타낸다. 특히, 동작동사와 함께 쓰이는 경우에는 같은 의미를 나타내지만 이미 과거에 일어난 일에 대해서 말한다.

① 오늘은 정말 날씨가 <u>좋은걸</u>.
② 승희: 낙지볶음 너무 맵지?
　 준하: 아니, 별로 <u>안 매운걸</u>.
③ 영희: 제가 노래를 못 불렀죠?
　 어머니: 그만하면 아주 잘 <u>부른걸</u>.

①은 '오늘 날씨가 좋은 것'을 지금 알았으며 그에 대해 감탄하는 의미를 나타내고, ②는 '낙지볶음이 맵다'는 상대방의 의견을 가볍게 반박함

을 나타낸다. ③의 '잘 부른걸'은 '못 부르지 않았고 잘 불렀다'는 의미를 나타낸다. '-은걸'이 동작동사와 함께 쓰일 때 역시 다른 사람의 말을 가볍게 반박하거나 어떤 사실을 부정하는 의미를 나타내는데 이때는 과거의 사실에 대한 것임을 의미한다.

45. -을걸

1 복합 : 을+걸(것을)/융합/관형사형 어미+체언곡용형

⚲ 의미 : 불확실한 추측이나 후회의 의미를 나타낸다.

① 아마, 영수가 오늘 학교에 <u>안 올걸</u>.
② 사랑한다고 <u>말할걸</u>.

①은 '영수가 학교에 안 올 것'이라는 불확실한 추측을 나타내는데, '-을걸'이 추측의 의미를 나타낼 때는 부사 '아마' 등과 같이 쓰인다. '-을걸'은 모르는 일에 대한 불확실한 추측을 바탕으로 하여 경험하지 않은 일에 대해 추측하는 것으로 후회의 의미를 나타내기도 한다. ②는 '사랑한다고 말하지 않은 것을 후회함'을 의미한다.

46. -을라고

1 복합 : 을라+고/연속/종결+조사

⚲ 의미 : 어떤 일이 일어날 가능성이 별로 없다는 부정적인 의심을 나
    타낸다.

① 왜 그렇게 높은 곳에 올라갔어? 그러다가 떨어지면 <u>어쩔라고</u>.
② 설마, <u>떨어질라고</u>.
③ 설마, 그 모임에 그 사람 혼자 <u>갔을라고</u>.
④ 아무리, 사람 얼굴이 그렇게 <u>붉을라고</u>.

①의 '어쩔라고'는 '어쩔라고 그래' 또는 '어쩔라고 그랬어'에서 '그래' 또는 '그랬어'가 삭제된 후에 그 의미를 '-을라고'가 모두 나타내며 종결어미가 된 것이다. ②의 '떨어질라고'는 '설마 떨어질라고 하겠어?'에서 '하겠어?'가 삭제된 후에 삭제된 '하겠어?'의 의미까지 '-을라고'가 나타내며 종결어미가 된 것이다. ③은 '그 사람이 그 모임에 혼자 갔을 리가 없다'는 의심을 나타내며, ④는 '사람 얼굴이 그렇게 붉을 리가 없다'는 강한 의심을 나타낸다. 복합종결어미 '-을라고'는 '설마', '아무리' 등의 부사와 호응하는 경우가 많다.

참고〉 단일종결어미 '-을라'는 '설마', '아무리' 등의 부사와 같이 쓰면 어색한 문장이 된다.

① ?설마, 그 모임에 그 사람 혼자 <u>갔을라</u>.
② ?아무리, 사람 얼굴이 그렇게 <u>붉을라</u>.

47. -을밖에

1 복합 : 을+밖에/융합/관형사형 어미+조사

① 시간이 없으면 <u>기다릴밖에</u>.

①의 '-을밖에'는 그것 말고는 다른 방법의 없다는 의미를 나타내는 복합종결어미가 된다.

48. -을테니

① 복합: 을+테니/융합/관형사형 어미+체언곡용형

② 의미: 듣는 사람의 의지를 물어봄의 의미를 나타낸다.

① 너, 정말 그 곳에 <u>갈테니</u>?
② 나하고 같이 도서관에서 <u>공부할테니</u>?

①은 듣는 사람에게 '가겠냐고' 듣는 사람의 의지를 물어보는 것이고, ②는 듣는 사람인 '너'에게 도서관에서 같이 공부하겠냐고 의지를 물어보는 것이다. 이때의 '-을테니'는 줄어들기 이전의 형태인 '-을#터이니'로 바꿔 쓰면 어색한 문장이 된다.

①' ?네가 <u>갈 터이니</u>?
②' ?너도 그 회사에서 <u>일할 터이니</u>?

참고〉 '-을테니'는 2인칭 주어와만 결합하며, 2인칭 주어인 듣는 사람의 의지를 물어보는 의미를 나타낸다. 따라서 '-을테니'는 '나', '그 사람' 등의 주어와 함께 쓰일 수 없고, 나이가 비슷한 사람이나 높이지 않아도 되는 사람을 주어로 하여 쓰인다.

49. -을테니까

1 단순: 연결기능

① 가든지 말든지 마음대로 해. 나는 안 <u>갈테니까</u>.
② 먼저 가서 기다려. 곧 <u>따라갈테니까</u>.

①, ②는 복합종결어미가 아니라 연결기능을 하는 '-을테니까'가 도치된 문장일 뿐이다. '-을테니까'가 연결기능을 할 때는 문장의 끝에 놓이더라도 앞에는 청유나 명령의 문장이 나오는 경우가 많다.

1 복합: 을+테니까/융합/관형사형 어미+체언곡용형
💡 의미: 강한 추측이나 어떤 행위나 일에 대한 강한 의지를 나타낸다.

① 영수가 안 왔다고? 하긴 논문 때문에 <u>바쁠테니까</u>.
② 옷을 많이 가져 간다고? 그래, 설악산은 서울보다 <u>추울테니까</u>.

①과 ②의 '바쁠테니까'와 '추울테니까'는 각각 강한 추측을 나타낸다. '-을테니까'는 강한 추측뿐만 아니라 1인칭 주어의 강한 의지를 나타내기도 한다.

50. -을테니까는

1 복합: 을테니까+는/연속/복합형태+조사
💡 의미: 어떤 일에 대한 확실한 추측을 나타내는데 그 추측이 어떤

일을 판단하는 근거나 어떤 일의 이유가 되기도 한다.

① 준하가 또 친구를 만나러 갔다고? 하긴…앞으로 못 <u>만날테니까는</u>.
② 아무래도 영수는 다음에 만나야겠어. 요즘 시험이라 <u>바쁠테니까는</u>.

①의 '못 만날테니까는'은 앞으로 못 만난다는 확실한 추측을 하면서 그것이 준하가 친구를 만나러 간 이유임을 나타낸다. ②의 '바쁠테니까는'은 시험이라서 바쁘다는 것을 확신하며 영수를 다음에 만나야겠다는 근거로 제시하고 있다.

51. -을테니깐

1 단순 : '-을테니까는'의 축약형.
2 복합 : '-을테니까는'의 축약형.

참고〉 '-을테니깐'은 '-을테니까는'이 줄어든 형태로 '-을테니까는'과 같은 의미 기능을 가진다.

52. -을테냐

1 복합 : 을+테냐/융합/관형사형 어미+체언곡용형
💡 의미 : '-을테냐'는 듣는 사람의 의지를 물어보는 종결어미이며, '을# 터이냐'의 융합형으로 이루어진 복합종결어미이다. 2인칭 주어인 듣는 사람의 의지를 물어보는 의미를 나타낸다.

① 네가 <u>갈테냐</u>?
② 너도 그 회사에서 <u>일할테냐</u>?

①은 듣는 사람에게 '가겠냐고' 듣는 사람의 의지를 물어보는 것이고, ②는 듣는 사람인 '너'에게 그 회사에서 '일하겠냐고' 의지를 물어보는 것이다. 이때의 '-을테냐'는 줄어들기 이전의 형태인 '-을#터이냐'로 바꿔 쓰면 어색한 문장이 된다.

①'. ?네가 <u>갈 터이냐</u>?
②' ?너도 그 회사에서 <u>일할 터이냐</u>?

53. -을테다

1 복합 : 을+테다/융합/관형사형 어미+체언곡용형

의미 : 서술문에 쓰이며 주어의 강한 의지를 나타내는 복합종결어미이다.

① 나는 졸업 후에 유학을 <u>갈테다</u>.
② 아무리 일이 없어도 그런 일은 안 <u>할테다</u>.

①은 '자신이 졸업 후에 유학을 가겠다'는 의지를 나타내고 ②는 '아무리 일이 없어도 그런 일은 안 할 것'이라는 의지를 나타낸다.

참고〉 '-을테다'는 1인칭 주어와만 함께 쓰이며 주어의 의지를 강조하는 의미를 나타낸다. 때문에 2·3인칭의 주어와는 함께 쓸 수 없고 비문이 된다.

① *영수는 졸업 후에 유학을 <u>갈테다</u>.
② *너는 아무리 일이 없어도 그런 일은 안 <u>할테다.</u>

54. -을테지

1 복합 : 을+테지/융합/관형사형 어미+체언곡용형

💡 의미 : 말하는 사람의 강한 추측을 나타낸다.

① 수미도 졸업 후에 유학을 <u>갈테지</u>.
② 수미가 아무리 일이 없어도 그런 일은 안 <u>할테지</u>?

①은 '수미가 졸업 후에 유학을 갈 것'이라는 강한 추측을 나타내고, ②는 '아무리 일이 없어도 그런 일은 안 할 것'이라는 추측을 나타낸다. '-을테지'는 서술문이나 의문문에 쓰여 말하는 사람의 강한 추측을 나타내는 복합종결어미이다.

55. -을텐데

1 단순 : 연결기능

2 복합 : 을+텐데/융합/관형사형 어미+체언곡용형

💡 의미 : 어떤 사실이나 상황에 대한 강한 추측을 나타낸다.

① 오후에 비가 <u>올텐데</u>.

② 일요일에는 영수가 매일 <u>바쁠텐데</u>.
③ 내일까지 이 일을 끝내야 <u>할텐데</u>.
④ 내일이 운동회라서 비가 안 와야 <u>할텐데</u>.

①은 '오후에 비가 올 것 같다'는 강한 추측을 나타내고, ②는 '일요일에 영수가 바쁠 것'이라는 강한 추측을 나타낸다. '-을텐데'는 ③, ④에서처럼 미래에 대한 걱정이나 불안감을 나타내기도 한다. 이런 경우에는 각각 '큰일이다', '걱정이다' 정도가 삭제된 것으로 볼 수 있다.

저자약력   허경행(許慶行)

서울 서문여자고등학교 졸업
한국외국어대학교 한국어교육과 졸업
한국외국어대학교 대학원 국어국문학과 석사과정 졸업
한국외국어대학교 대학원 국어국문학과 박사과정 졸업
전 현립니가타대학교(구 현립니가타여자단기대학)외국인촉탁교수
현 한국외국어대학교 한국어문화교육원 교수부장

저서(공저)및 논문
『한국어교육을 위한 한국어문법론』(2003)
『언어교수이론과 한국어교육』(2006)
『외국인을 위한 한국어1,2』(2007)
『외국인을 위한 한국어3』(2009)
『부부공동학습교재 알콩달콩 한국어』(2008)
『이주노동자를 위한 아자아자 한국어』(2009)
명사화소 '-음', '-기'의 통시적 고찰(1998)
한국어 복합종결어미연구(2005)
한국과 일본의 한자어 비교연구(2008)
'이나'와 '이라도'에 대하여(2009)
효율적인 학습모형 설계를 위한 '-아 버리다'와 '-てしまう'의 대조연구(2009)

한국어 복합종결어미

초판인쇄 2010년 3월 23일
초판발행 2010년 3월 31일

저자 허경행

발 행 처 도서출판 박문사
책임편집 조성희
등록번호 제2009-11호

우편주소 서울시 도봉구 창동 624-1 현대홈시티 102-1206
대표전화 (02) 992 / 3253
팩시밀리 (02) 991 / 1285
전자우편 bakmunsa@hanmail.net

ⓒ 허경행 2010 All rights reserved. Printed in KOREA

ISBN 978-89-94024-26-4 93810   **정가** 17,000원